PRINTEMPS 2024

SOMMAIRE

Couverture de Margaret Brundage WT june1938 et logo créé par André Savéant

---

Directeur de la publication : Philippe Marlin — Rédacteur en chef : Richard D. Nolane

Mise en page : André Savéant

WENDIGO, LES ÉDITIONS DE L'ŒIL DU SPHINX

36-42 rue de la Villette

75019 PARIS, FRANCE

www.œildusphinx.com

ods@œildusphinx.com

ISBN : 978-2-38014 - 087-3
EAN : 9782 380 140 873
Collection Wendigo
ISSN de la collection : 2116 – 5114
Dépôt légal : mai 2024

ÉDITORIAL

Richard D. Nolane

Ce septième *Wendigo* a pris un retard considérable (il aurait du sortir il y a un an...) pour des raisons diverses mais qui n'ont eu rien à voir avec un problème strictement d'édition. Mais le voici enfin entre vos mains avec son panachage habituel des genres et des époques.

Pour ouvrir le feu, « Les fioles d'immortalité », une longue nouvelle de Rog Phillips, sa troisième dans nos pages, parue initialement en 1950 dans *Amazing Stories* sous le pseudonyme de Craig Browning. Une histoire de vampirisme mais qui, comme c'est souvent le cas chez Rog Phillips, va vite emprunter des chemins inhabituels...

Victor Rousseau, lui, est l'auteur le plus traduit dans *Wendigo* puisque « La ménagerie du major », l'enquête dans l'Occulte du Dr Brosky qu'on va pouvoir lire ici est sa sixième nouvelle sur sept numéros, le *Wendigo* n°6 ayant été réservé, je le rappelle, à des auteurs jamais publiés jusque-là dans la revue...

D'ailleurs quatre de ces nouveaux venus sont de retour ici...

Car c'est dans ce numéro 6 que nous avons découvert Amelia Shackelford, une auteure de Fantastique et de « proto-SF » injustement oubliée s'il en est, et que je compte m'employer à faire redécouvrir en dépit de la difficulté à retrouver ses histoires « perdues » et souvent astucieusement « tordues ». Cette fois, c'est en temps que précuseure des histoires de réincarnations égyptiennes aux États-Unis qu'Amelia Shackelford fait son retour dans *Wendigo* avec « L'âme de la momie ».

C'est toujours dans le même numéro 6 qu'est apparu pour la première fois dans la revue le Français E. M. Laumann avec la réédition de *deux* courtes nouvelles d'horreur oubliées. Laumann a toujours eu une attirance particulière pour les histoires maritimes et c'est donc avec un grouillement de créatures des profondeurs, « Les épouvantes de la mer », qu'il revient aujourd'hui ici.

Troisième contribution d'un des « petits nouveaux » du numéro 6, le retour de James Francis Dwyer avec une traduction restaurée (le mot est faible, la première avait été faite à la tronçonneuse…) de « Quand dansent les Dayaks », une de ses histoires exotiques mettant en scène son personnage de Jan Kromhout, toujours à l'affût du fantastique dans les jungles des îles des Indes Néerlandaises des années 1930.

La transfusion de sang nouveau, comme le dirait Dracula, en provenance du n°6 se termine avec Leroy Yerxa, un pur produit américain des pulps spécialisés de chez Ziff-Davis des années 1940 et produisant chaque mois un quota de SF et de Fantastique sous son nom et divers pseudonymes. Mais le flot inégal des histoires de Leroy Yerxa réserve un certain nombre de bonnes surprises, telle la nouvelle qui présentée ici. Tout comme celle du numéro 6, « Le démon du jeu » a été publiée à titre posthume, en 1948, Leroy Yerxa étant mort d'une crise cardiaque en 1946 devant sa machine à écrire, à seulement 31 ans. Notre auteur avait vraiment une fameuse avance sur le planning d'*Amazing Stories* et de *Fantastic Stories*… !

Ainsi que je le faisais remarquer dans le précédent numéro, un *Wendigo* sans une touche plus ou moins « victorienne » pouvant difficilement se concevoir, ce sont les britanniques L. T. Meade et Clifford Halifax qui l'incarnent ici avec « La chambre lambrissée », une nouvelle d'angoisse jouant subtilement avec les frontières floues du Fantastique.

Et pour conclure, saluons le retour de l'Américain Morgan Robertson, un des auteurs du tout premier *Wendigo* et dont la nouvelle d'horreur à la frontière de la SF avait inspiré la couverture. Cette fois, c'est à une rasade d'épouvante maritime pure qu'il nous convie avec « Le cargo de l'horreur ».

Ce numéro, comme tous les autres, n'aurait pas pu exister sans les traducteurs qui ont donné de leur temps pour « la cause ». Pour cette septième livraison, en plus de votre serviteur : Tepthida Hay, Amélie Filliâtre, Martine Blond, Albert Aribaud, Jean-Daniel Brèque et Eric M'Gaides.

Bonne lecture !

Le 15 avril 2024

LES FIOLES D'IMMORTALITÉ

par Rog Phillips

Jusqu'en 2017, la dernière parution en français de Rog Phillips remontant à 1985 dans une anthologie de la série « Hitchcock présente », il fallait être un amateur blanchi sous le harnais pour avoir gardé le souvenir de cet Américain qui fut le premier anglo-saxon, en dehors de l'omniprésent Vargo Statten, à avoir été traduit en « Anticipation » Fleuve Noir (n° 30, 1954).
Le roman s'intitulait Piège dans le temps, *version française de* Time Trap, *paru en 1949 et considéré comme l'un des tout premiers, sinon le premier,* paperback *original publié aux États-Unis. En dépit d'une traduction/adaptation en gros sabots,* Piège dans le temps, *servi par une belle couverture de Brantonne, a toujours joui d'une certaine cote chez les amateurs du genre.*
Plus tard, entre la fin des années 1950 et 1960, le nom de Rog Phillips réapparaîtra sporadiquement dans Fiction *et* Hitchcock Magazine *avant de faire un ultime tour de piste en 1978 avec deux nouvelles dans* Les meilleurs récits de Fantastic Adventures *réunis par l'incontournable Jacques Sadoul chez J'Ai Lu.*
Pourtant, Rog Phillips, de son vrai nom Roger Philips Graham (20 février 1909 – 2 mars 1966), fait partie de la garde des auteurs de SF et de Fantastique regroupés sous le label « classiques mineurs », ceux qui forment le socle d'un genre avec des œuvres solides et imaginatives d'où émergent de temps à autre de vrais textes marquants.

Roger Philips Graham fut un pur produit de l'équipe de Ray Palmer aux commandes des pulps Amazing Stories *et* Fantastic Adventures *dans les années » 40 pour le compte de l'éditeur Ziff-Davis. Autodidacte ayant publié quelques nouvelles d'aviation et de policier sous le nom de John Wiley en 1933/34, et pratiqué toutes sortes de métiers (ouvrier agricole, charpentier, plombier, vendeur de machines, etc.) Graham entra donc dans les revues de Palmer fin 1945, à 35 ans passés.*

Il y publiera des dizaines de nouvelles essentiellement sous son pseudonyme « officiel » de Rog Phillips et sous celui de Craig Browning (utilisé pour la nouvelle qui suit), mais aussi sous les « house names » de Peter Worth, d'Alexander Blade, de Peter F. Costello, d'A. R. Steber, Robert Arnette, Gerald Vance et quelques autres plus occasionnels. Jusque vers 1954, on le retrouvera aussi dans la plupart des magazines format « digest » qui ont remplacé les « pulps » et forment la majeure partie du marché, derrière les publications stars que sont Astounding, Galaxy *et* The Magazine of Fantasy and Science-Fiction *(*F&SF*).*

De graves ennuis de santé vont ensuite pousser Roger Graham à réduire drastiquement ses activités littéraires puis à opérer un virage en direction du récit policier à partir de 1959, mutation interrompue par un décès prématuré à 56 ans. Un certain nombre de ses meilleures histoires datent de cette période, où il avait abandonné le rythme de publication souvent effréné qui avait marqué ses dix premières années de carrière...

Enfin, sous le nom de Rog Phillips, il rédigea de 1948 à 1953 la rubrique mensuelle The Club House pour Amazing Stories, *rubrique sur les fanzines et le fandom de SF qui constitua le premier véritable port d'attache pour les fans de tous les États-Unis et marquera à jamais de jeunes débutants comme Robert Silverberg.*

Auteur de près de 200 nouvelles et courts romans, Roger Graham ne publia que trois vrais romans, de SF d'aventure, sous forme de livres en dehors de Piège dans le temps *:* Worlds Within *(1950),* World of If *(1951) et* The Unvolontary Immortals *(1959, relié).*

En dépit des effets, à l'occasion néfastes, d'une production trop rapide jusqu'en 1955, bien des histoires de Roger Philips Graham ont plus que survécu aux atteintes du temps, souvent par l'originalité de leur traitement. Comme celles déjà publiées dans de précédents Wendigo, *celles du court recueil* Un rat dans le crâne, *réuni fin 2017 par mes soins pour la collection « Vintage Fiction » et celle que vous allez lire maintenant.*

RDN

Le Dr Schwick s'assit sur sa chaise-tonneau favorite et empoigna la carafe de trois litres pour se verser une rasade de cidre dans un grand verre. Sa bedaine proéminente, avec des jambes courtes et épaisses, et des doigts trapus contrastaient fortement avec son large front d'intellectuel surplombant d'ardents yeux gris.

Sa femme se tenait assise dans un coin de la pièce, occupée à coudre une robe qu'elle était en train de confectionner. Elle ne faisait pas attention à son mari ni à l'élève préféré du moment de celui-ci.

Ce dernier était un jeune homme d'environ vingt-cinq ans, d'un mètre soixante-dix, aux cheveux blonds séparés par une raie et soigneusement rabattus sur son cuir chevelu.

Il s'appelait Orville Chadwick, et avait développé un talent évident pour l'écriture automatique sur machine à écrire. Il était plutôt mince, suite au régime d'eau de pomme de terre et de jus de carottes qu'il avait suivi sous la tutelle du Dr Schwick.

Les deux hommes contrastaient fortement l'un avec l'autre ; autant le premier était élancé, avec de longs doigts sensibles, autant l'autre était corpulent et paraissait gonflé, avec des doigts qui, au premier regard, semblaient avoir été amputés de leur première phalange. C'est seulement en regardant leurs yeux que l'on pouvait déterminer que le gros homme était le *maître* et que l'autre, plus jeune, était d'un niveau intellectuel inférieur.

Le Dr Schwick revissa le bouchon de la carafe avant de la déposer sur l'épais tapis vert à côté de son fauteuil. Il avala plusieurs gorgées du cidre pétillant et fit claquer bruyamment ses lèvres. Puis il reprit ce qu'il était en train de dire.

— Toute ma vie, Orville, j'ai espéré que quelqu'un avec tes dons finirait par croiser mon chemin. Le problème principal avec un talent comme le tien est qu'il ne s'accompagne pas toujours de l'expertise nécessaire pour en faire le meilleur usage possible. Tu penses qu'il est quelque part merveilleux d'être capable de s'asseoir devant une machine à écrire, d'entrer en transe et de reprendre conscience pour constater que tes doigts ont écrit un non-sens intellectuel qu'un esprit prétentieux penserait être une découverte révolutionnaire provenant d'une dimension parallèle.

« Balivernes ! Nul besoinde contacter une quelconque autre dimension pour produire un non-sens intellectuel. Des millions de mots du même acabit sont écrits quotidiennement par des personnes parfaitement normales. Et un homme décédé depuis un siècle ou deux ne fait pas de lui un « je-sais-tout » ! Si c'était le cas, alors toutes nos plus grandes réalisations scientifiques auraient pu être écrites et publiées par des médiums, plutôt que par des hommes de science bien vivants.

— Mais quel autre usage puis-je en faire, docteur ? demanda Orville. Lorsque j'entre en transe, je ne sais pas quelle est l'entité qui va prendre le contrôle. Je ne peux d'ailleurs jamais le savoir, à moins qu'elle ne me dévoile son nom. Je n'ai aucun pouvoir pour l'y forcer !

— Tu as le contrôle jusqu'à une certaine limite, répondit le Dr Schwick. Va de l'avant, mon garçon ! Je connais un écrivain qui a obtenu un franc succès en voyageant dans différents endroits, et en ouvrant son esprit aux entités célestes se trouvant alentour. Il en découla des résultats fort intéressants. Il écrivit par exemple un roman se déroulant dans une petite ville du Midwest, et qui illustre très précisément ce que je veux dire. Car, vois-tu, il n'y avait jamais mis les pieds auparavant, ne connaissait aucun des habitants, et encore moins la topographie des lieux.

« Mais à peine était-il là depuis quelques heures que l'inspiration le submergea. Il s'assit alors devant sa machine à écrire, et en trois jours, il accoucha de quarante mille mots. Une histoire complète, et sans défaut.

« Pour autant, ce n'était là que pure fiction. Il avait *inventé* les noms des personnages, ainsi que ceux des rues et des zones géographiques, telles que les montagnes et les collines, les ravins et les ruisseaux. Bien entendu, il en allait de même pour l'intrigue.

« Comme c'est de mise chez les écrivains, il fit courir la rumeur qu'il était un auteur célèbre, et qu'il venait juste de terminer un roman. Puis il l'envoya à un magazine. Il s'avéra que ce dernier cherchait justement ce style d'histoire à ce moment précis, et moins d'un mois après, c'était en kiosque. Bien entendu, tous les résidents de la ville s'empressèrent d'acheter le fameux roman pour le lire.

« L'histoire fut une bombe pour eux ! Elle prouvait, au fil des chapitres, et pour ainsi dire, paragraphe après paragraphe, que l'ivrogne qui avait été mis en prison, accusé d'avoir commis un meurtre près de la ville, était innocent, et pointait un doigt accusateur vers un citoyen hautement respectable, dévoilant même son identité !

— Donc un écrivain automatique, tout comme moi ! s'exclama Orville.

— Non, répondit gentiment le Dr Schwick. Lui, c'était un auteur à succès. Il ne l'aurait jamais été s'il s'était laissé aller à de grandes révélations à la sauce d'un pisse-copie. Il avait mis en pratique son talent au service de son but : divertir le public.

— Ah, je vois… fit Orville, quelque peu décontenancé.

À cet instant, la sonnette de la porte d'entrée retentit. Le Dr Schwick posa ses mains sur les accoudoirs de son fauteuil et redressa sa puissante silhouette, protestant inconsciemment contre cette violation soudaine de son confort. Madame Schwick leva les yeux de sa couture, et suivit son mari du regard tandis qu'il se dirigeait vers la porte d'entrée.

Une voix tonitruante lui indiqua qui était le visiteur.

— Ça alors ! s'exclama joyeusement Schwick. Docteur Bowden ! Entrez, entrez. Qu'est-ce qui vous amène par une nuit pareille ? Avec cette météo propice à propager rhume et grippe, si j'avais voulu vous revoir avant le calme plat estival, cela aurait été plutôt à moi de vous d'aller vous voir…

Le Dr Bowden ressemblait beaucoup à Schwick, presque comme un frère. Exception faite de sa bedaine imposante, Schwick aurait facilement pu se glisser dans les vêtements de Bowden.

Le visiteur se débarrassa de son pardessus et prit une chaise sans y avoir été invité. Il jeta un œil à la cruche de cidre posée sur le tapis, ainsi qu'au verre dans la main de Schwick, et demanda tranquillement s'il pouvait en avoir un aussi.

Une lueur d'excitation brilla dans les yeux de Schwick. Il sentait que son vieil ami était préoccupé et qu'il devait se passer quelque chose de particulier, sans quoi cette visite n'avait pas de sens. Il ne se trompait pas. Après avoir étanché sa soif avec un premier verre de cidre, Bowden alla droit au but, tout en s'installant confortablement avec un second verre à la main.

— Je suis confronté à une affaire qui me laisse perplexe, commença-t-il. En fait, il s'agit plus d'un cas criminel que d'un patient. Pour être exact, il s'agit de deux patients et d'un cadavre. Le mort a été victime d'un accident alors qu'il était seul. Un des patients a une jambe cassée. L'autre souffre d'une anémie aiguë.

— Une anémie ! dit Schwick sur un ton feutré et sérieux. Racontez-moi tout ça.

— C'est la raison pour laquelle je suis ici, s'agaça Bowden. D'abord, j'ai reçu un appel de la part d'un ami, agent immobilier de son état, qui m'avait adressé auparavant quelques patients. Il venait de vendre une maison à des particuliers. Une fois qu'ils eurent emménagé, il décida de leur rendre visite, afin de leur demander s'ils étaient satisfaits. Il s'agissait d'un homme et d'une femme sans enfants. Leur nom était Crane… Fred et Edith Crane.

« Il toqua à la porte de derrière. Au tout début, il ne perçut aucun signe de vie à l'intérieur. À la seconde tentative, il entendit soudain une femme qui hurlait « au secours ». Il ouvrit la porte, qui n'était pas verrouillée, entra et se rua en direction des cris qui provenaient du sous-sol.

« Edith Crane était étendue en bas des marches avec une fracture de la jambe. Mon ami passa un bon moment à la convaincre de se calmer, jusqu'à ce qu'il puisse trouver un docteur. Il m'appela et je me mis en route sur le champ.

« L'histoire de la femme était la suivante : elle était dans les escaliers lorsqu'une souris avait bondi brusquement entre ses pieds. Oubliant sa position précaire, elle avait sauté pour l'éviter. Elle s'était cassé la jambe en dévalant le reste des escaliers jusqu'au sol en béton de la cave.

— Auriez-vous une raison de penser qu'elle ait pu vous mentir sur ce qui lui est arrivé ? demanda Schwick.

— Non ! Je pense qu'elle disait la vérité, même au vu de ce qui s'est passé par la suite. J'ai appelé immédiatement une ambulance pour l'emmener à l'hôpital. Entre-temps, après avoir été contacté par l'agent immobilier sur son lieu de travail, Fred, le mari était rentré à la maison. Pour partir immédiatement vers l'hôpital.

« De retour, Fred dit qu'il avait envoyé un télégramme à sa belle-sœur, Ada, pour qu'elle vienne immédiatement. Celle-ci arriva le lendemain et alla rendre visite à Edith à l'hôpital, en compagnie de Fred. Puis les deux sont rentrés à la maison. Edith, elle, ne pouvait pas réintégrer son foyer avant le lendemain. Les blessures de sa jambe étaient stabilisées, mais je sentais qu'elle souffrait du choc subi, et qu'elle devait donc rester plus longtemps à l'hôpital.

« Vers onze heures du soir, je reçus un appel paniqué de Fred Crane. Il balbutia au téléphone qu'Ada serait morte. Je pensais qu'il avait perdu l'esprit et je me précipitai là-bas pour lui administrer un sédatif, me bottant mentalement le derrière pour ne pas avoir réalisé que le mari avait dû souffrir d'un choc, tout autant que sa femme.

« Je m'étais trompé. La sœur d'Edith était réellement morte. Les indices démontrèrent qu'elle était entrée dans la baignoire pendant qu'elle se remplissait pour prendre un bain. Elle avait alors glissé et s'était cognée si violemment contre les robinets qu'elle en avait perdu connaissance.

« Effondrée au fond de la baignoire, elle s'était retrouvée entièrement recouverte par l'eau montant jusqu'au niveau du trop-plein, et elle s'était noyée. Fred avait refermé les robinets, et eut assez de bon sens pour ne pas toucher au corps.

« Dans tous les cas de mort accidentelle, je dois prévenir la police, ce que je fis. Ils arrivèrent et commencèrent leurs examens de routine. Puis le Dr Beasley, le médecin légiste, et moi-même vidâmes l'eau de la baignoire afin d'approfondir l'examen du corps. La mort était sans aucun doute due à des causes qui nous paraissaient évidentes, mais nous avions pourtant tous les deux remarqué quelque chose d'inhabituel sur le cadavre.

« Nous avons pu confirmer tout cela par la suite, et donc il ne subsiste aucun doute à ce sujet. Bien qu'il y ait eu une fracture du crâne et du sang sur les robinets indiquant l'endroit où Ada s'était cogné la tête, *il ne restait plus assez de sang dans son corps pour maintenir en vie un chaton*... Elle avait largement dépassé le stade où la mort résulte d'une anémie chronique ! Elle avait beau être incontestablement morte par noyade, il était aussi fort possible qu'elle n'ait déjà plus été en vie au moment de tomber dans la baignoire. Absurde ? J'en suis conscient ; mais les preuves parlaient d'elles-mêmes.

« Fred Crane insista sur le fait que sa belle-sœur paraissait se porter comme un charme. Elle avait le teint clair, elle rougissait souvent et facilement. Il aurait donc remarqué tout signe d'anémie au cours de la soirée qui avait précédé sa mort.

« Il n'y avait pas d'explication plausible. La légère teinte rosée de l'eau du bain ne pouvait avoir été causée que par guère plus qu'une ou deux gouttes de sang. Pour être précis, l'eau avait coulé dans la baignoire et s'était évacuée par le trop-plein pendant près d'une heure avant que Fred n'intervienne et ne referme les robinets. Une grande quantité de sang avait pu disparaître pendant tout ce temps-là. Le médecin légiste et la police considérèrent cette explication comme satisfaisante, ignorant le fait que cela impliquait que quatre litres de sang aient pu donc s'écouler d'une simple petite blessure au cuir chevelu pendant que la pauvre fille était restée sous l'eau… Une blessure pas même située à proximité d'une artère ! Et en imaginant que cela ait été le cas, il aurait fallu autrement plus de cinq minutes pour que tout ce sang s'écoule ! Car passé ce délai, Ada serait de toute façon morte par noyade, et le sang aurait ensuite cessé de couler.

« Cependant, la police suivit ma suggestion discrète d'emmener Fred et de le boucler. J'avais un mauvais pressentiment concernant cette maison et je voulais qu'il en sorte pour la nuit. D'autre part, il était dans un tel état mental qu'il aurait pu faire n'importe quoi suite à ces deux tragédies successives qui le tourmentaient.

« Ça, c'était la nuit dernière. Tôt ce matin, avant d'entamer les visites à mes patients, je suis passé par le poste de police pour voir comment Fred avait passé la nuit.

« Il paraissait endormi lorsque le gardien me fit pénétrer dans sa cellule. Je serais reparti en évitant de le déranger, si ce n'est que j'observais soudain qu'il paraissait beaucoup plus mince qu'il ne l'était sept heures auparavant, et que sa peau avait pris une teinte presque blême.

« Sans le réveiller, je tâtais alors son pouls. Son cœur battait la chamade comme une pompe tournant en continu. Il était fiévreux. J'ai alors tenté de le réveiller, mais sans succès.

« J'ai appelé le gardien afin qu'il contacte l'ambulance de la police pour le conduire d'urgence à l'hôpital. Une fois là-bas, je lui ai administré en priorité un quart de litre de plasma. Ensuite, j'ai pratiqué sur lui deux transfusions sanguines. Je pense qu'il est maintenant hors de danger.

« En ce qui concerne Ada, la belle-sœur, après tout il n'était pas totalement impossible qu'elle *ait pu* perdre presque tout son sang juste avec cette blessure au cuir chevelu... Si cela avait été un cas isolé, j'aurais été obligé de boucler toute cette affaire en me basant là-dessus. *Sauf que*, dans le cas de Fred, il y avait à peu près la même perte de fluide sanguin, sans le moindre signe d'altération de sa peau, en quelque endroit que ce soit... Pas même la plus petite marque de piqûre suffisante pour y introduire une seringue hypodermique !

— Vous pensez qu'il existerait une force maléfique dans cette maison qui en soit la cause, c'est ça ? demanda doucement le Dr Schwick.

« Et vous, vous penseriez quoi à ma place ? répondit Bowden. J'ai récupéré les clés de la maison auprès du sergent du poste de police quand j'y ai pris les affaires de Fred pour les lui apporter à l'hôpital. En temps normal, je ne m'en serais pas soucié, mais je voulais ces clés. Si vous le désirez, nous pourrions nous rendre dans cette maison, et voir ce que nous pourrions y découvrir d'intéressant... »

Le Dr Schwick se leva de son fauteuil et se dirigea vers la penderie où il attrapa son manteau et son chapeau. Il avait les lèvres pincées, et ses yeux gris reflétaient une lueur de colère.

Il se figea après avoir enfilé son manteau.

— Dites-moi, docteur, demanda-t-il, quand vous étiez dans cette maison, avez-vous ressenti quelque chose d'étrange, ou qui semblait... différent ?

— Euh... Non, répondit Bowden après réflexion. Je ne peux rien affirmer là-dessus.

— Vous ne serez donc pas en danger, dit Schwick. Mais moi, je ferais mieux de me préparer...

Il se dirigea vers une vitrine posée sur une table collée au mur, d'où il retira une croix de quinze centimètres, à laquelle était attachée une cordelette sombre pour pouvoir la porter autour du cou, dissimulée sous les vêtements.

— C'est une croix que j'ai trouvée dans un magasin de curiosités de Berlin, il y a de nombreuses années, expliqua-t-il. Elle est supposée avoir appartenu à un prêtre érudit, célèbre en son temps pour avoir détruit… des *vampires*.

— Des vampires ? répéta Bowden sur un ton incrédule. C'est absurde. Nous sommes au vingtième siècle, pas à l'âge des ténèbres !

— C'est vous qui tenez des propos insensés, répliqua Schwick avec un petit ricanement. Quand un maître de l'Art Noir comme Hitler peut obliger le monde entier à lutter pour sa préservation, en invoquant les forces du mal à sortir de leurs égouts pour exécuter ses ordres, impossible de dire que le vingtième siècle sera différent du précédent… ni même du treizième, d'ailleurs.

Il ouvrit la porte et se tint en retrait pour laisser passer Bowden.

Le Dr Bowden était un conducteur prudent et attentif. Les deux hommes roulaient en silence, l'un ayant les yeux sur la route et le pied toujours près de la pédale de frein, l'autre les yeux fermés, perdu dans ses pensées.

Après avoir dépassé plusieurs pâtés de maisons, Schwick parla sans ouvrir les yeux.

— J'étais en train de réfléchir à ce que vous m'avez dit. Il n'y a aucun doute là-dessus dans mon esprit, nous avons affaire à du vampirisme. Si tel est le cas, nous devons trouver le corps auquel l'esprit du vampire est lié dans la mort, et le *détruire*. Je suis un médium, comme vous le savez. Je serai donc, sans le moindre doute, en mesure de détecter l'esprit du vampire.

« Mais le détecter et lui faire quitter le corps qui le retient sur terre sont deux choses différentes. Toutes les histoires de vampirisme insistent sur le fait que le vampire est conscient de sa vulnérabilité lorsqu'on détruit le corps qu'il habitait durant sa vie, et auquel il s'accroche dans la mort, et qu'il ne révélera jamais spontanément l'emplacement de ce corps.

— Alors, comment comptez-vous faire pour le découvrir ? demanda Bowden sur un ton plutôt sceptique.

— Je pense que le plus efficace serait de miser sur sa vanité, dit lentement Schwick. Si je parviens à le faire parler longuement, il pourrait involontairement livrer son secret. Je suis intimement convaincu que le corps *doit* se trouver soit dans la maison elle-même, soit enterré quelque part, mais tout près de là. Bien sûr, il est hors de question de se contenter de chercher le corps, sauf en dernier recours. Il faudrait creuser au moins six pieds sous chaque mètre carré du sous-sol, et du terrain autour de la maison ! Tout ça pour s'apercevoir plus tard qu'il était caché à la même profondeur, mais juste de l'autre côté de la limite de propriété, dans la cour d'un voisin… « Ce que j'ai l'intention de faire, si je le peux, c'est de parler à cet esprit et d'implanter en lui l'idée d'écrire son histoire. Une fois de retour à la maison, je pourrais ensuite recourir aux services de mon élève, Orville Chadwick. J'exposerais à ce vampire la perspective séduisante que, s'il devenait célèbre, il verrait venir des dizaines de personnes dans la maison où il se trouve. Il pourrait alors pratiquer son vampirisme à cœur joie.

« Pour y parvenir, je vais devoir me limiter dans mon esprit à des pensées simples et amicales à son égard, mais ce sera bien difficile après tout ce que vous m'avez raconté sur ses agissements.

— Dieu merci, je ne suis pas médium ! déclara vivement Bowden.

— Et c'est tant mieux ! J'en remercie moi-même le Ciel ! Sinon, vous auriez fait une victime de plus, et le vampire serait resté en dehors de tout soupçon. Et on ne connaît pas encore le nombre de ses victimes !

Le Dr Bowden arrêta la voiture contre le trottoir devant une maison sombre et sans éclairage, à une quinzaine de mètres de la route.

C'était une bâtisse à deux niveaux avec un haut toit en pente qui laissait deviner un vaste grenier. Des arbres la cachaient en partie, et le lampadaire situé à un pâté de maisons ne contribuait guère à dissiper l'obscurité de cette nuit sans lune.

La maison la plus proche se trouvait à l'équivalent d'un demi-pâté de maisons de là. Un terrain vague se trouvait de chaque côté de la propriété. Lorsque les deux hommes, tournant le dos à la voiture, se dirigèrent vers la maison, ils resserrèrent instinctivement le col de leur manteau autour de leur cou, en dépit de la chaleur et de l'humidité de la nuit.

Le bruit de leurs pas résonnait étrangement sur l'allée en béton avant d'être renvoyé en écho par la maison qui se trouvait devant eux.

Les arbres de chaque côté de l'allée étaient immobiles, et pas un souffle d'air ne venait troubler le silence de la nuit.

Pendant que Bowden tâtonnait avec la clé de la porte, le Dr Schwick regarda tout autour de lui. Soudain, deux yeux luisants surgirent à l'angle de la maison, sur la droite. Ils se figèrent, immobiles, sans sourciller.

Lorsque Bowden réussit à déverrouiller la porte et à la pousser, un faible miaulement sortit de l'obscurité, à hauteur des yeux brillants.

Au loin, le hurlement lugubre d'un chien ajouta à cette atmosphère sinistre qui planait sur la maison comme une chape de plomb. Et juste avant que Schwick ne franchisse le seuil de la maison, les deux yeux brillants disparurent brusquement.

Schwick entendit le frottement des mains de son confrère sur le plâtre, à la recherche de l'interrupteur.

— N'allumez pas la lumière maintenant, dit-il. Tenez ! J'ai une lampe-stylo. Elle est suffisamment puissante pour nous éclairer.

Il fouilla dans la poche de sa veste et en sortit une toute petite torche. Il l'alluma, projetant une lueur lugubre dans la pièce.

De longues ombres se camouflaient derrière les chaises, lorgnant vers les deux silhouettes silencieuses. Schwick se tenait bien raide, dans une posture d'écoute, la main posée sur l'épaule du Dr Bowden.

Puis ses yeux s'agrandirent. Dans l'embrasure de la porte, à l'autre bout de la pièce, les ténèbres se mirent à tournoyer et peu à peu, quelque chose d'apparence solide commença à prendre forme.

Il sentit, par la décontraction de l'épaule de Bowden, que celui-ci était incapable de voir ce qui se passait. Pourtant, c'était bien là !

Lentement, la noirceur de l'espace dans la porte s'enroula en spirale, et une silhouette commença à se préciser.

Alors qu'elle se stabilisait progressivement, une partie de l'obscurité parut se déchirer, et un visage apparut. C'était le visage d'une femme !

Elle avait une peau lisse et impeccable, détendue comme si elle dormait, et d'une blancheur stupéfiante. Ses yeux étaient des petits lacs de nuit, et sa silhouette élancée était dissimulée par une longue cape qui tombait droit jusqu'au sol.

Le Dr Schwick put la sentir sonder son esprit, et il y répondit en lui adressant des pensées chaleureuses — comme celles d'un père envers sa fille.

Elle sourit et se dirigea vers lui. Ses mains surgirent entre-temps de sa cape. Elles étaient longues et fines. Alors qu'elles se rapprochait du docteur, elle leva ses bras comme pour l'embrasser. Celui-ci pouvait apercevoir ses dents éclatantes dans la faible lumière diffusée par la petite lampe de poche. Elles étaient petites et pointues comme des aiguilles.

Schwick ressentit tout à coup une chaleur émanant de la croix cachée sous sa chemise. Au même moment, une expression de douleur traversa le visage de la femme, et elle fit un bond en arrière. Elle se redressa, mais n'essaya plus de s'approcher à nouveau. Au lieu de cela, elle se mit à le fixer avec une certaine crainte, mais avec aussi un respect nouveau.

Jusque-là le docteur était resté silencieux. Puis sa voix s'éleva, douce et apaisante :

— Vous devez vous sentir bien seule, sans personne aux alentours…

— Oui, je le suis, répondit-elle. Il est si rare que quelqu'un vienne, et lorsque c'est le cas, il ne reste pas très longtemps. Je me sens si seule… Moi qui aime tant les gens !

— C'est la raison pour laquelle je suis venu vous voir, dit Schwick sur un ton apitoyé. J'ai une idée pour inciter les gens à venir auprès de vous et pour qu'ils ressentent votre présence, même s'ils ne peuvent pas vous voir, comme moi je le peux. Cela vous plairait-il ?

— Oh, oui ! fit-elle avec enthousiasme. Ce serait si merveilleux. Je n'aurais plus à faire de mal à quiconque. Je n'aime pas faire souffrir les gens et les faire fuir. Je veux qu'ils restent près de moi et qu'ils me parlent.

Une expression de douleur parcourut alors son visage semblable à un masque. Sa beauté était au-delà de toute description, et ses yeux s'ouvraient sur de sombres profondeurs, laissant deviner un espace infini où aucune lumière ne pouvait briller.

— Il se trouve que j'ai un ami, reprit lentement le Dr Schwick, qui est capable de sortir de son corps et de vous laisser ensuite y entrer afin d'en prendre possession. Ce corps est entraîné pour faire fonctionner une machine à écrire. Vous seriez à même d'*utiliser* ce corps et écrire l'histoire de votre vie. Ainsi on pourrait la faire lire et apprendre à vous connaître. Vous auriez la chance de devenir célèbre et les gens viendraient ici tous les jours. Peu nombreux, sans doute, mais suffisamment pour que vous restiez vigoureuse et épanouie. Qu'en pensez-vous ?

— Oh, oui ! s'exclama-t-elle.

Elle leva les bras et se dirigea vers le docteur. La croix se remit à chauffer légèrement à son approche, et elle recula.

— Si je vous amène cet ami, vous devez me promettre de ne pas absorber sa vie, prévint Schwick. Si vous passez outre, il pourrait s'affaiblir et être incapable d'écrire ; les gens seraient alors dans l'impossibilité de connaître votre histoire, et personne ne viendrait ici.

— Je le promets. Oh, oui, je vous le promets… soupira-t-elle. Je ferais n'importe quoi pour que les gens viennent me rendre visite !

— Parfait ! Donc, soyez prête à nous revoir demain soir à la tombée de la nuit.

Schwick tira doucement sur l'épaule du Dr Bowden et recula lentement vers la porte.

Une fois dans la voiture, avec les pâtés de maisons défilant à toute vitesse, les éloignant de plus en plus de la maison, Schwick prit un mouchoir et essuya la transpiration sur son front.

Le Dr Bowden gloussa d'un air dubitatif.

— Vous savez, dit-il sur un ton ironique, si je ne vous connaissais pas depuis tant d'années, et si je n'avais pas d'autre explication valable à tout cela, je penserais que vous êtes dingue. Là-bas, vous avez tenu une conversation à bâtons rompus, comme si vous entendiez réellement quelqu'un vous répondre. Qui était-ce ? Un homme, une femme… ou un enfant ?

— C'était une femme, répondit faiblement Schwick. La plus belle femme au monde. Et je dois la tuer, si je le peux. Pas seulement pour l'empêcher de faire d'autres victimes, mais aussi pour la renvoyer dans le monde auquel elle appartient.

Il se tint silencieux pendant quelques instants, puis il reprit :

— Voyez-vous, docteur, dit-il, au Moyen-Âge, les vampires étaient adeptes de Confréries Noires. Ils y reçurent un enseignement solide dans leur art. Grâce aux efforts systématiques de l'Église, ils furent décimés jusqu'à ce que l'on n'en trouve plus qu'un ici ou là. Finalement, leur art mourut presque totalement, et il n'apparaît plus aujourd'hui que lorsqu'un adepte du Mal le redécouvre à nouveau, ou qu'une âme non initiée tombe dessus par hasard. Je crois que cette femme entre dans cette dernière catégorie. Elle ne possède rien de la personnalité maléfique d'un disciple d'une Confrérie Noire. Elle est candide comme peut l'être un enfant, et ne voit aucun mal dans ce qu'elle entreprend. Elle n'est peut-être pas consciente de ce qu'elle fait, mais elle l'a à coup sûr rationalisé comme quelque chose de naturel et d'humain.

— Son corps doit être découvert afin qu'elle puisse être libérée. Sinon elle sera enchaînée dans cette maison à jamais. Je ne doute pas une seule seconde que nous allons découvrir que ce quartier a connu une longue série de morts étranges, passées inaperçues au cours de ces dernières années, toutes inexpliquées, et qui peuvent toutes être reliées à cette maison ! Voilà qui devrait calmer votre scepticisme naturel. Mais nous devons vérifier la chose au plus vite. Demain à la nuit tombante, je vais amener Orville Chadwick afin de lui donner sa première chance de mettre vraiment ses dons en pratique.

— Voulez-vous que je vous accompagne ? demanda le Dr Bowden en tournant dans la rue du domicile de Schwick.

— Oh que oui ! s'exclama celui-ci. Je ne pense pas que j'aurai le courage de continuer sans vous. En fait, j'ai une peur bleue de cette femme. Vous seriez comme moi, vous aussi, si vous pouviez la voir. Et comme ce n'est pas le cas, vous êtes en mesure de conserver un état mental solide. Vous n'avez pas idée de ce qu'endure mon courage lorsqu'elle s'avance pas à pas vers moi… Et je sais que, si on laisse de côté cette croix chargée de magnétisme contre les vampires, sans votre épaule tranquille et solide sous ma main, je serais impuissant face à elle. Bien sûr que je veux que vous m'accompagniez !

Le lendemain soir, peu après la disparition des dernières traces du crépuscule, laissant derrière elles un ciel sans lune et couvert faisant planer une chape de mystère sur le paysage, la voiture du Dr Bowden stoppa à nouveau devant la maison.

Cette fois-ci, Orville Chadwick accompagnait les deux médecins, sa main droite agrippant fermement sa machine à écrire portable.

Alors qu'ils approchaient de la maison, une ombre furtive jaillit soudain de l'obscurité et se dirigea vers eux. Le Dr Bowden alluma sa torche. Elle révéla un gros chat sauvage aux yeux vert fauve et dont une des oreilles avait été fendue au cours d'un ancien combat.

Il cracha en direction de la lumière et recula dans l'obscurité. Le docteur éteignit la torche et le chat revint, manifestant son approbation par un miaulement plaintif.

Ses yeux incandescents suivirent avec attention l'avancée des trois hommes, et quand ceux-ci s'arrêtèrent devant la porte d'entrée, il choisit Orville comme objet de son affection et se frotta avec volupté contre ses jambes, émettant des ronronnements sonores qui contrastaient avec le silence ambiant.

Lorsque les hommes entrèrent dans la maison, le chat les suivit en évitant le coup de pied de Schwick qui cherchait à l'empêcher d'entrer. Une fois à l'intérieur, le chat se tint à l'écart, si bien qu'il devint impossible de l'attraper et de le chasser.

À la lumière de la torche, Orville choisit une petite table adjacente à un mur. Une lampe était posée dessus. Il l'alluma et installa sa machine à écrire, avec une petite pile de papier vierge sur le côté. Puis il s'assit en face de la machine et ferma les yeux.

Pour le Dr Bowden, il sembla tout simplement qu'Orville avait juste rouvert les yeux au bout de quelques instants et qu'il s'était mis à taper rapidement. Mais pour Schwick, c'était quelque chose d'étrange et de surnaturel qui venait de se produire.

Après qu'Orville eût fermé les yeux, Schwick avait presque tout de suite aperçu une sorte de substance opaque et pâle se détacher lentement de la forme immobile du jeune homme. Elle trouvait sa source dans son oreille gauche. Elle se déposa lentement sur le sol, s'accumulant petit à petit jusqu'à atteindre une hauteur de plus d'un mètre cinquante.

Au travers de cette évanescence trouble et faiblement lumineuse apparaissaient des tourbillons et des spirales qui se mouvaient lentement. Les spirales prirent rapidement forme jusqu'à ce qu'une réplique exacte d'Orville se tienne aux côtés de celui-ci, reliée à la forme assise par un mince filet blanc qui s'illumina momentanément. Sa lueur projeta des ombres et des lumières à travers la pièce. Elle vira ensuite en une couleur jaune pâle, vibrant en pulsations lentes et similaires au rythme des battements d'un cœur humain.

Puis, sortant de l'obscurité, une silhouette s'approcha d'Orville jusqu'à se tenir juste derrière lui, au niveau de son épaule droite. Les plis de la cape sombre qui enveloppait le vampire se soulevèrent au-dessus de l'homme assis, et des mains longues et fines se placèrent au-dessus de sa tête.

Elles descendirent lentement jusqu'à reposer juste au-dessus de son cuir chevelu, pour ensuite s'y enfoncer jusqu'à ne plus être visibles à la hauteur des poignets. Une onde électrique de forte intensité se propagea à travers le corps assis, et les mains s'animèrent au-dessus du clavier de la machine à écrire. Après quelques salves d'écriture rapides à titre d'essai, la machine vibra au rythme de la frappe effrénée des mains entraînées d'Orville, maintenant contrôlé par l'étrange et mystérieuse entité jaillie de l'obscurité, et qu'un des deux hommes pouvait voir, mais pas l'autre.

Et tandis que la machine à écrire fonctionnait sans discontinuer, une histoire surprenante se mit à prendre forme. Les deux médecins se penchèrent en avant pour la lire au fur et à mesure que jaillissaient les mots.

ENFIN, je peux raconter mon histoire ! Vous, le lecteur, qui que vous soyez, vous ne pouvez pas savoir quel soulagement cela représente pour moi ... Mais vous le saurez lorsque vous apprendrez ce que je suis. Vous avez remarqué que j'ai dit *CE QUE* je suis, et non *QUI* je suis. Savez-vous que je ne suis pas réellement une personne, bien que je puisse être plusieurs choses, y compris des êtres humains. Je suis aussi un chat, un gros matou galeux qui vient miauler à la porte de derrière avec insistance tous les matins, pour quémander sa pitance. Je suis également deux souris qui vivent au sous-sol de cette maison, et qui ont une peur bleue de ce gros chat, trop paresseux pour nous attraper — je parle des souris vivant au sous-sol...

Tout cela est parfois assez déroutant, même pour moi. Je pense parfois être l'esprit d'une personne morte dans cette maison depuis très longtemps, et qui n'en possède plus aucun souvenir ; mais l'esprit est tellement rusé. Par exemple, prenez le vôtre. Pensez-vous que votre esprit se loge dans votre cerveau ? Le pensez-vous vraiment ? Et comment pouvez-vous en être sûr ? Quand il pense, peut-il savoir *OÙ* il pense ? Non ! Il sait seulement *QU'IL* pense.

En réalité, si ça se trouve, votre esprit pourrait être en train de penser sur la Lune. Et vous ne seriez pas au courant de ça tant que les sens par lesquels vous avez conscience de votre environnement opèrent à partir de votre propre corps. Le cerveau pourrait être un système de contrôle automatique à double sens qui dirigerait le corps tout en étant simultanément en contact avec le siège de la pensée sur la Lune. Rien ne peut prouver, en tout cas, que ce n'est pas le cas !

En ce qui me concerne, je rencontre les mêmes problèmes, mais avec des complications supplémentaires, parce que les membres du « *corps* » que j'appelle le mien pour la simple et même raison que vous appelez votre petit doigt « *le vôtre* », ne sont pas tous reliés physiquement, mais capables de se déplacer dans l'espace de façon indépendante.

Prenons par exemple le chat. Il est pour moi un peu comme ce qu'un de vos doigts représente pour vous. Au travers du toucher, vous êtes capable de percevoir les choses d'une certaine façon et en détail avec votre doigt. En outre, par un simple effort de votre volonté, vous pouvez manipuler dans une certaine mesure les objets à portée de votre doigt. Je procède de façon identique avec le chat.

Il jouit d'un certain degré de liberté, et il accomplit certaines actions lorsque je ne suis pas particulièrement concentré sur lui, tout comme votre doigt a un certain degré d'action musculaire aléatoire et effectue des routines, sans que vous en ayez conscience.

Et lorsque vous vous concentrez uniquement sur votre doigt en laissant le reste de votre corps et de vos sens au repos, si on peut dire, je doute que votre doigt soit plus conscient de votre prise de contrôle sur lui que ne l'est le chat lorsque je concentre en lui mon esprit et ma volonté.

Je peux « *devenir* » à volonté le chat, de la même façon que vous pouvez vous-même « *être* » votre doigt — en étant conscient de ses moindres sensations et en faisant passer sous le contrôle de votre volonté les plus infimes de ses mouvements.

Vous y parvenez grâce aux connexions nerveuses entre votre doigt et votre cerveau. Je le fais également — bien que je ne sache pas *COMMENT* je le fais. Il n'existe aucune connexion nerveuse du chat vers « *moi* », et je ne sais pas non plus « *OÙ* » je conçois mes pensées.

Je n'utilise pas de nerfs pour avoir des sensations, à moins qu'ils n'appartiennent à des êtres vivants. Je peux être réceptif par l'intermédiaire d'une rampe d'escalier tout aussi bien que par celui d'une main qui la touche.

Je *PEUX* sentir la main toucher la rampe et la rampe toucher la main, tout comme vous pouvez sentir votre main toucher votre menton et votre menton toucher votre main lorsque vous le frottez. Il n'y a pas de réelle différence, si ce n'est que pour vous, c'est par le biais d'un influx nerveux et que pour moi c'est par le biais de quelque chose que je ne connais pas plus que vous.

Mais je ne vais pas laisser mon histoire dégénérer en une discussion philosophique qui ne mènera nulle part. Vous pouvez discuter de la pertinence de la pensée et de la conscience d'un poisson, pour ensuite ne pas aller plus loin. Des gens *L'ONT FAIT* très sérieusement. En tout cas, *JE PENSE*, j'ai un esprit conscient, et je *raconte* mon histoire, ou sur le point de le faire. J'ai juste expliqué *QUI* j'étais parce que je doute que vous puissiez trouver un sens à mon histoire sans le savoir.

Je ferais mieux de vous donner plus de précisions. Admettons que je sois l'esprit de la maison, ma conscience à travers les objets inertes est en effet centrée sur celle-ci et son terrain, et ne va pas plus loin. Pourtant, ma conscience à travers les personnes qui vivent *dans la maison* perdure même lorsqu'elles s'éloignent. Elle peut également lentement pénétrer chez les nouveaux occupants qui s'y installent.

Avec un nouveau mobilier, il me faut quelques semaines pour en prendre conscience. Avec les personnes — eh bien, disons que certaines d'entre elles me sont tout de suite accessibles. D'autres semblent avoir une cuirasse qui aurait pour moi un effet similaire à l'intrusion d'un caillou dans votre système digestif. Vous verrez ce que je veux dire ; et avant que j'aie fini de raconter mon histoire, vous réaliserez probablement que *J'EXISTE* vraiment, et qu'il y a des millions d'entités pensantes et conscientes, à défaut d'un meilleur terme, qui sont exactement comme moi. Il se pourrait même que *VOUS* en fassiez partie sans ne l'avoir jamais soupçonné !

Encore une chose. Le petit doigt de votre main droite ne peut pas prendre directement conscience du petit doigt de votre main gauche. Il peut l'atteindre et le toucher, s'enrouler autour de lui, etc., mais il ne peut pas traverser ce système de canaux neuromoteurs et le « contacter » directement et mentalement. Bien sûr, il peut travailler en harmonie avec ce compagnon pour taper à la machine, jouer du piano et d'autres choses encore, mais il doit pour cela obéir à une intelligence principale. Et il obéit à cette intelligence sans en être conscient. C'est un circuit à sens unique. De la même façon, je suis pleinement conscient lorsque je me connecte au chat ou aux souris, et je peux coordonner leurs actions tout comme vous coordonnez les mouvements de vos deux mains ; mais le chat, les souris, les personnes et la maison qui sont « *MOI* » ne sont pas capables d'être conscients de mon existence, ni même atteindre mon esprit et encore moins être conscients des autres composants de mon « *CORPS* », pas plus que ne le peuvent vos deux mains.

Vous pourriez me dire : « Bon, si votre cas est si courant que ça, alors pourquoi d'autres entités comme vous n'utilisent-elles pas une personne qui serait pour vous ce qu'une main est pour moi, et ne racontent-elles pas leur expérience ?

Tout ce que je peux répondre, c'est :

— Vous seriez surpris. *OUI, VOUS SERIEZ SURPRIS !*

Mais revenons à mon histoire :

MES PREMIERS souvenirs sont ceux d'un printemps ; un printemps magnifique, merveilleux, avec une brise qui faisait vibrer fenêtres et portes, avec les deux souris dans la cave qui s'affairaient autour de leur nouvelle famille de sept petits souriceaux, avec le gros chat galeux sous les marches arrière de l'escalier, en train de dévorer un rouge-gorge qu'il venait d'attraper — avec l'odeur enivrante et le goût du sang frais et chaud.

Ah ! C'était merveilleux ! Ce sont mes premiers souvenirs. Pas vraiment les premiers, mais les premiers dont je me souvienne.

Pourquoi devrais-je me souvenir de quoi que ce soit avant ça ?

C'était une erreur. En tout cas, les gens avaient peur de moi. *DE MOI !*

Vous vous imaginez ça ? Et puis, de quel droit me le demandez-vous ? Répondez ! Écoutez-moi, lecteur. Vous êtes seulement censé lire mon histoire, et non commencer à me poser des questions. Rappelez-vous de ça et ne soyez pas trop curieux de savoir ce qui est arrivé aux personnes qui vivaient ici auparavant. L'agent immobilier ne vous le dira certainement pas, alors pourquoi le ferais-je ? Je ne leur ai rien fait. Ils se sont tout infligé à eux-mêmes, de leur propre initiative. Disons que je les ai un peu aidés, mais pas plus que ça.

Quoi qu'il en soit…

Pendant que le chat était sous le porche arrière en train de se repaître du rouge-gorge, j'ai perçu des bruits de pas sur le trottoir de devant et j'ai dressé l'oreille. Peut-être que le panneau « À louer » avait fini par séduire… Je veux dire : avait attiré de nouveaux propriétaires potentiels.

Une voix féminine plutôt agréable était en train de parler :

— Oh, cette maison n'est-elle pas adorable, Fred ? disait-elle. Ce toit est si agréable à regarder, avec sa façon de descendre et de protéger la maison avec ses larges gouttières. Je pense qu'il serait parfait avec une couche de peinture verte pour bardeaux, une fois grattée la mousse.

— Le toit est en excellent état.

C'était Mr Harris, l'agent immobilier. Il m'avait déjà vendu, je veux dire la maison, à quatre ou cinq reprises auparavant.

— Belle entrée en matière ! répondit Fred. Ce porche et cet escalier mettent vraiment la maison en valeur. Je l'aime bien. Qu'en penses-tu, Edith ?

— Je l'adore, dit Edith d'une voix ronronnant d'impatience. Les deux érables protègent la maison du soleil, et regarde-moi ces jolies fleurs. La pelouse doit être tondue, mais elle est dense et saine.

— J'avais l'intention de faire venir un gars pour tondre la pelouse ce matin, dit Mr Harris. Je veillerai à ce que cela soit fait avant que vous n'emménagiez.

— Si nous l'achetons, corrigea Fred avec un petit sourire.

— Je ne pense pas que vous passerez à côté, dit Mr Harris avec assurance. C'est une aubaine à trois mille dollars. Si j'avais cet argent, je l'achèterais moi-même au lieu de la vendre pour le propriétaire. Il a un besoin urgent de liquidités et a fixé le prix pour faire une vente rapide.

Un pas rapide et nerveux de chaussures féminines fit « tap-tap-tap » sur les marches de l'entrée du porche. De quoi m'envoyer des frissons d'extase par l'intermédiaire des marches.

Le vieux matou galeux sous les marches de l'escalier leva la tête des restes du rouge-gorge et redressa ses oreilles pointues, tout en léchant consciencieusement le sang collé à ses moustaches.

Les foulées plus lourdes des deux hommes suivirent. Une clé s'introduisit dans la serrure de la porte d'entrée, tourna avec un cliquetis, et la porte s'ouvrit.

Les trois franchirent le seuil à pas feutrés, puis tout redevint silencieux.

Je savais bien ce qui se passait. Vous aussi, je suppose. Il était amusant de voir comment des gens si attachés à leur façon de penser et à leurs convictions matérialistes s'arrêtaient ainsi sur le pas de la porte pour scruter les lieux avec leurs filaments psychiques, à la manière d'un insecte à moitié aveugle agitant ses antennes.

Edith frissonna légèrement.

— Cette maison sent le moisi ! s'exclama-t-elle.

— Elle a juste besoin d'être aérée, répondit Mr Harris. Vous savez ce que c'est. Quand une maison est habitée, on ouvre les fenêtres pour aérer les pièces, mais lorsqu'elle est inoccupée, toutes les fenêtres doivent être fermées afin de la protéger du vandalisme et des intempéries.

— Bien sûr, approuva Fred. Voilà, tu as l'explication, Edith.

Fred était en train de tirer sur sa pipe. Le drapé velouté de la fumée de tabac dérivait dans la pièce et se mêlait à la danse des particules de poussière qui scintillaient dans la lumière provenant des fenêtres.

— Parquet en chêne massif dans toutes les pièces de la maison, fit remarquer Mr Harris. D'ordinaire, vous ne trouvez jamais ça dans une maison à moins de cinq mille dollars.

— Le salon est juste parfait, déclara Edith.

Je voyais qu'elle faisait un effort pour se défaire de sa frousse. Son esprit lui soufflait que, bien sûr, la maison avait besoin d'être aérée.

— Fred, n'aimes-tu pas la façon dont cette arcade partage la salle à manger de la grande salle de devant, sans vraiment les séparer ?

— Cette demeure a été conçue par un architecte, répondit Mr Harris. Beaucoup de maisons sont juste assemblées par un charpentier sans aucun principe architectural. Notez par exemple comme ces deux placards sont pratiques, car situés de chaque côté de l'entrée principale. Une vingtaine d'invités pourraient y accrocher leurs manteaux sans se bousculer.

— Excellent, approuva Fred.

— Il y a trois portes, dit alors Mr Harris. Celle de droite donne sur la cuisine. C'est une porte battante. La porte du milieu mène au hall arrière qui ouvre sur la salle de bain et la chambre principale du rez-de-chaussée. Enfin, celle de gauche mène au bureau, salle de musique, bibliothèque ou salle de couture — quel que soit le nom que vous lui donnerez, une belle pièce de neuf mètres sur dix avec de grandes fenêtres.

Il ouvrit la porte en question et passa devant. Il indiqua du doigt un placard, qu'il laissa fermé. Une autre porte menait au bout du couloir, sans avoir à repasser par l'avant de la maison.

— Tout est conçu ici pour être très pratique, poursuivit Mr Harris sur un ton enflammé. La salle de bain est facile d'accès depuis l'avant de la maison. Le bureau, la cuisine, la chambre principale ou même l'étage, eux, le sont sans même avoir à traverser une autre partie de la maison. Par contre, la façon dont la porte de l'escalier s'ouvre par rapport à celle de la chambre à coucher est peu pratique, et si j'étais propriétaire de la maison avec l'intention d'y vivre, je l'enlèverais pour l'expédier au sous-sol… L'ancien propriétaire allait le faire, avant de changer d'avis parce qu'il n'utilisait jamais l'étage et que cette porte empêchait la chaleur du chauffage d'y monter. Économie de fioul oblige !

Il poursuivit la visite dans la cuisine.

— Les escaliers menant au cellier se situent juste en dessous de ceux menant à l'étage, dit-il. Remarquez comme la cuisine est pratique ! Tout déplacement est optimisé dans *cette* pièce ; et il y a des armoires de rangement à profusion. Chaque chose à sa place. Pas de petit coin repas, mais une belle fenêtre avec suffisamment d'espace pour une table pour déjeuner. Et un joli porche arrière.

Il ouvrit la porte de service afin de leur laisser voir ledit porche.

Le vieux matou surgit alors brusquement du bas de l'escalier et en franchit les marches d'un seul bond.

Ses yeux clairs jaugèrent Edith, puis il se frotta contre ses bas-nylon avec une attitude suffisamment pathétique pour espérer l'amadouer.

— Ah oui, au fait… ricana Mr Harris, il est compris avec la maison. Il est ici depuis sa naissance. Et il ne partira pas.

Edith se baissa pour le prendre, et il se lova dans ses bras en ronronnant bruyamment. Apparemment satisfait, il lécha les dernières traces de sang du rouge-gorge sur ses moustaches.

— Garage à deux places là-bas, reprit Mr Harris, en désignant du doigt l'arrière de la propriété.

Puis ils repassèrent à l'intérieur de la cuisine.

— Deux chambres au premier étage, poursuivit l'agent immobilier.

Puis, jetant un regard malicieux à Edith, il ajouta :

— Beaucoup d'espace là-haut pour une famille destinée à s'agrandir…

Son regard changea lorsqu'il comprit que sa remarque humoristique était tombée à plat, et il revint prestement aux détails pratiques.

— Parquet en chêne massif également à l'étage, annonça-t-il afin de récupérer leur attention.

Edith fut soudain prise de frissons.

— Qu'est-ce qu'il y a, chérie ? demanda Fred.

— Je ne sais pas, dit-elle en riant. Je pense que c'est à cause du chat… Quel est son nom, au fait ?

— Aucune idée, répondit Mr Harris. Appelez-le Tom si vous voulez. C'est le nom que je lui ai donné.

— Je suppose que c'est Tom qui a dû me faire frissonner, décida Edith.

Mr Harris entreprit de monter les escaliers, suivi par Edith avec Tom dans ses bras, et son mari Fred.

— Murs et plafonds en plâtre dans toute la maison, dit Mr Harris. Cette maison est une véritable aubaine pour trois mille dollars.

Il cessa de parler pour que le message fasse son effet.

Moi, je pouvais sentir ce qui se passait dans leurs esprits. Edith pensait à sa sœur Ada, qui était au chômage et qui désirait venir dans cette ville pour trouver un travail. Un potentiel conflit en vue…

Fred, lui, réfléchissait au garage à deux places. Ce serait bien d'avoir deux voitures. Il s'étonna brièvement du faible prix qui était proposé pour la maison, mais sans que ça n'aille plus loin…

De son côté, le vieux matou rêvait du retour des jours où il avait eu une soucoupe de lait régulière tous les matins et un fauteuil moelleux pour s'y pelotonner.

Et Mr Harris s'en voulait à propos de Fred et Edith.

— Les affaires sont les affaires, se répétait-il intérieurement pour étouffer l'envie qui le tenaillait de leur parler de — eh bien, de l'étrange coïncidence ayant marqué tous les problèmes endurés par les personnes qui avaient emménagé à tour de rôle dans cette maison.

J'insufflais alors dans son esprit que les coïncidences allaient finir par s'épuiser d'elles-mêmes et que *CETTE* fois-ci, tout allait s'arranger. Il sembla des plus heureux à cette idée, mais je dus refroidir son enthousiasme en laissant ensuite échapper un petit rire. Ce qui lui fit froncer les sourcils. Une réaction qu'il dissimula en se détournant pour commencer à redescendre les escaliers.

Finalement, aucune décision ferme ne fut prise concernant la maison. Edith déposa le chat à contrecœur sur le porche d'entrée lorsqu'ils partirent.

Ne les voyant pas revenir au bout de deux jours, je commençais à me demander ce qu'ils avaient décidé au bout du compte. Mais le troisième jour, des décorateurs d'intérieur débarquèrent et traînèrent à appliquer sans trop se fatiguer une quantité impressionnante de peinture. Je les ai ignorés.

Trois jours plus tard, un camion de déménagement se gara

devant la maison. Je postai le chat à l'avant de la maison, derrière un arbuste, afin d'observer ce qui se passait.

Edith arriva en voiture et ouvrit la porte d'entrée, le visage affichant un air de propriétaire. Juste après, une activité débordante s'installa dans toute la maison.

Un garçon vint à midi pour tondre la pelouse. Un opérateur arriva ensuite pour rebrancher l'électricité. Le camion du Service des Eaux suivit, et un homme en descendit pour raccorder les lieux au réseau d'eau.

À cinq heures, une autre camionnette déposa un homme qui réactiva le téléphone. Entre-temps, Edith s'était occupée dans la cuisine à sortir la vaisselle, les casseroles et les poêles des boîtes, ainsi que la nourriture du carton spécial que les déménageurs avaient sorti de sa voiture.

À six heures, alors que les choses s'étaient enfin un peu calmées, un léger bruit de pas se fit entendre sur le perron, et Fred entra.

— Je suis à la maison, chérie, lança-t-il.

Edith sortit en se trémoussant de la cuisine, débordante d'enthousiasme. C'était une scène touchante, *mais* que j'avais déjà vue. À cent pour cent irréaliste. Moi j'ai une vision concrète de la vie. Un peu comme chez le chat. Direct et droit au but, sans toute cette guimauve fleur bleue. Mais, pour l'instant, je ne pouvais rien y faire.

Tout comme *VOUS,* vous ne pouvez pas parvenir à contrôler en un seul jour vos muscles dans le but de jouer une partie de tennis parfaite ou de nager aussi bien qu'un champion du monde, j'ai moi aussi des limites que seul le temps peut estomper. Le temps et la patience. Avec les deux, on peut tout gagner.

C'est le lendemain qu'Edith s'est blessé la jambe en tombant dans les escaliers menant à la cave. Ne me blâmez pas pour ça ! C'était vraiment de sa faute. Moi, j'avais juste l'intention de l'effrayer un peu.

En fait, je savais qu'elle allait descendre à la cave, et j'ai alors fait grimper le papa souris à mi-hauteur de l'escalier. Lorsque Edith a ouvert la porte de la cave, je lui ai suggéré que s'il restait immobile, elle ne le remarquerait pas.

Puis, au moment où elle atteignait la marche au-dessus de lui, je l'ai prévenu s'il ne fuyait pas, il risquait de se faire piétiner. Ce qu'il fit sur le champ.

Edith fut si effrayée qu'elle en oublia où elle se trouvait. Elle bondit comme s'il y avait une table ou une chaise à sa portée pour s'y réfugier. En retombant, sa jambe se coinça et se brisa. La chute qui s'ensuivit sur le restant des dernières marches, avec cette jambe cassée, lui fit perdre connaissance.

C'est tout à mon honneur, je pense, d'être intervenue et d'avoir introduit dans l'esprit de Mr Harris l'idée de passer afin de s'informer si les nouveaux propriétaires s'en sortaient bien. Il arriva peu de temps après qu'Edith soit revenue à elle. Elle l'entendit frapper à la porte et elle se mit à hurler comme une folle.

L'expression de son visage lorsqu'il se retrouva en haut de l'escalier et qu'il la vit allongée là avec sa jambe tordue valait le coup d'œil. Il donnait même l'impression d'être le coupable de l'accident. J'observais toute la scène à travers les yeux de la maman souris cachée derrière un morceau de charbon, près du fourneau.

Mr Harris eut beaucoup de mal à convaincre Edith de rester là où elle était, en attendant l'arrivée du médecin. Mais pour ça, il dut lui promettre solennellement de revenir tout de suite si elle le laissait monter dans la cuisine pour téléphoner au docteur et à son mari.

Edith fut emmenée à l'hôpital sur une civière, accompagnée par Fred. Celui-ci revint à dix heures du soir. Il donnait l'impression de débarquer un lundi matin après avoir passé le week-end à boire. Bien sûr, il n'avait pas bu. Il était tout simplement *groggy*.

Je me suis bien amusée cette nuit-là, et pour la première fois depuis pas mal de temps de ça. Chaque fois qu'il allait s'endormir, je lui injectai dans la tête une image d'Edith dans une situation dramatique pendant que lui était au travail. Un coup, elle restait allongée dans la cave avec une jambe cassée pendant plusieurs jours, alors qu'il sillonnait tout le pays en voyage d'affaires. Un autre coup, elle se retrouvait coincée dans un placard dont la porte était verrouillée. Et ainsi de suite.

Au petit matin, j'ai eu une excellente idée qui l'a fait abondamment transpirer… Edith était dans le lit avec un énorme plâtre autour de sa jambe, incapable de bouger, et la maison était en flammes. Fred, lui, était dehors à essayer d'entrer à tout prix. Puis les pompiers le traînaient en arrière alors qu'il était torturé par les cris d'agonie d'Edith en train de mourir. Ce cauchemar l'a réveillé instantanément, et après ça, il fut incapable de se rendormir.

Au lieu de cela, il est allé dans le salon pour écrire une lettre. Puis il l'a déchirée et a saisi le téléphone dans la cuisine pour envoyer un télégramme à la sœur d'Edith lui demandant de venir immédiatement.

J'ai beaucoup *aimé* ça.

Ada, la sœur d'Edith, devait avoir déjà fait ses bagages, car elle était déjà prête à partir lorsqu'elle reçut le télégramme ; elle arriva le lendemain après-midi. Je ne sais pas d'*OÙ* elle venait. Je ne l'ai jamais su, et à notre époque de voyages par avion, elle aurait pu venir de n'importe où, à des milliers de kilomètres à la ronde.

Quoi qu'il en soit, elle était là. Il était six heures du soir et Fred se préparait à dîner : une boîte de haricots, une boîte de soupe, du café, quelques tranches de pain, et un petit gâteau pour le dessert — bref, le dîner habituel d'un homme marié quand sa femme n'est pas là, à moins d'être cuisinier dans l'âme…

Il y avait une faiblesse dans le tuyau d'eau chaude juste sous l'évier. J'avais l'intention de le faire lâcher, juste pour embêter Fred et lui faire rater son dîner avant d'aller voir Edith, lorsque la sonnette de la porte d'entrée retentit. C'était Ada. Elle était venue en taxi. Je mis la canalisation d'eau chaude défaillante de côté. Pour l'instant.

Je pénétrais dans l'esprit de Fred, histoire de détailler Ada. Cela valait largement le coup. Blonde comme sa sœur, et plus jeune de quelques années — environ la vingtaine. Un peu plus belle, ce qui n'est pas peu dire, car je l'avais déjà cataloguée au bout de cinq minutes après son arrivée. Une prédatrice *avec* Fred en vue. Pour moi, c'était évident. J'ai tout de suite vu que j'allais passer un bon moment dans les jours à venir. Je l'ai su à la façon dont les yeux d'Ada se sont illuminés lorsque Fred lui a annoncé qu'Edith était toujours à l'hôpital et ne pourrait pas rentrer avant le lendemain.

Edith était bien au-delà de la frontière où commence le concept de beauté. Mais si les formes d'Edith étaient agréables à regarder, celles d'Ada, elles, étaient… fascinantes. Fred lui-même en était bien conscient.

Malheureusement, si les femmes possèdent un esprit, elles ont aussi corps, et elles savent s'exprimer avec les deux. C'est là qu'Edith avait le dessus sur sa sœur Ada. Elle était assez *gentille.* Fred l'aimait. En fait, il faisait plus que l'aimer. Il était très attiré par ses charmes physiques, mais juste un peu refroidi par son manque de charme intellectuel, comparé à sa sœur.

Ada se révéla une femme efficace, prenant en charge la préparation d'un dîner décent pour Fred, et utilisant à son avantage un des tabliers de cuisine d'Edith. Il était très amusant de voir comment Fred essayait de réprimer ce qui lui venait à l'esprit, à savoir qu'Ada remplissait *bien mieux* le tablier qu'Edith. Et ça, alors qu'Edith était à l'hôpital, avec une jambe cassée ! Quelle canaille ! Mais quelquefois, un homme ne peut pas plus contrôler ses yeux ou ses pensées que je ne peux les contrôler moi-même. Tout ce qu'il peut faire, c'est de les détourner.

Ada et Fred partirent peu après sept heures du soir à l'hôpital pour rendre visite à Edith. Fred était un peu perturbé. Il savait déjà qu'Edith n'aimerait pas l'idée de savoir Ada dans la maison, seule avec lui toute la nuit. Cependant, il n'osa pas tenter de convaincre Ada que celle-ci ferait mieux de rester à la maison, pour ne dire à Edith que le lendemain qu'elle venait juste d'arriver. Mais il ne savait pas qu'Ada, elle, avait fait des pieds et des mains pour arriver le jour même, dans l'espoir qu'Edith *NE PUISSE JUSTEMENT PAS* rentrer tout de suite à la maison…

Ils oublièrent de sortir le chat avant de partir, et je me suis alors amusé pendant leur absence à faire rôder le chat dans la cave à la recherche des souris.

La pauvre petite maman souris était morte de peur que le chat ne découvre son nid avec tous les souriceaux à l'intérieur. Je l'ai donc fait volontairement se coucher et s'endormir après un court moment, à moins d'un mètre de l'endroit où le nid était dissimulé dans une vieille cagette à pommes. Dès qu'il bougeait ses moustaches, la maman souris était prise de panique ! L'amour maternel est vraiment un phénomène surprenant. La maman souris était assise là, veillant sur sa progéniture au péril de sa vie. Je pense sincèrement qu'elle aurait laissé le vieux chat galeux l'attraper pour sauver ses petits, mais cela ne me viendrait pas à l'idée de faire ça.

Après tout, lorsque les gens seront tous partis, tout ce que j'aurai pour m'amuser sera le chat et les souris, et le vieux chat galeux ne pourra plus entrer à l'intérieur de la maison.

Fred et Ada rentrèrent vers onze heures du soir. Ils s'étaient arrêtés en route, avaient pris un repas convenable et bu quelques pintes de bière.

C'est pour des moments comme ça que j'existe. Il y a une chose que je dois quand même préciser à propos d'Ada : elle savait exactement ce qu'elle faisait.

Fred lui montra sa chambre et amena ses bagages à l'étage. Il se rendit ensuite dans le salon, s'installa dans un fauteuil confortable et commença à lire le journal du soir.

Ada redescendit et fit couler de l'eau dans la baignoire. Ensuite, elle entra dans le salon pour demander à Fred où les serviettes étaient rangées. Son peignoir l'enveloppait d'une manière quelque peu négligée. Mais rien de vulgaire. Juste de quoi donner l'impression qu'il pouvait s'ouvrir à chacun de ses pas.

Ses cheveux blonds avaient été brossés dans le but de recouvrir ses épaules. Le col du peignoir était partiellement ouvert, de manière suggestive, juste ce qu'il faut…

Elle avait soigneusement étudié son apparence devant le miroir de la salle de bains avant d'entrer dans le salon, histoire d'arranger méticuleusement son peignoir.

Il n'y avait aucun doute là-dessus. Elle était extrêmement séduisante, debout dans l'embrasure de la porte du hall, dévoilant une jambe nue jusqu'au genou, les cheveux tombant négligemment sur ses épaules, et révélant une généreuse étendue de peau nue sous son menton.

Elle baissa les yeux devant le regard surpris de Fred lorsqu'elle lui demanda une serviette. J'ai vraiment cru pendant une minute qu'il allait lui dire où elle pourrait en trouver. C'est là qu'il commit une énorme erreur. Il décida de lui en procurer une lui-même.

En fait, elle savait déjà où elles se trouvaient. Rangées dans le placard à linge de la salle de bain. Pendant qu'il tendait la main pour en saisir une, elle desserra un peu plus le nœud de la cordelette qui entourait le peignoir.

Il sortit finalement une serviette et se retourna pour la lui donner. Elle l'a saisie avec le plus grand naturel et apparut embarrassée à souhait lorsque son peignoir s'ouvrit.

C'est à ce moment précis que j'ai réalisé qu'elle aurait pu devenir une grande actrice au lieu de perdre son temps dans une vie sans intérêt.

Elle poussa un cri de surprise et tenta d'enrouler son peignoir autour d'elle. Puis, soudainement, elle devint très pâle et ses mains s'immobilisèrent dans les airs.

Elle ferma les yeux et inclina son visage vers le haut, ses lèvres entrouvertes.

Hum… disons que concernant Fred, il n'était pas très difficile d'imaginer la tournure des évènements à venir. Sa femme était à l'hôpital avec une jambe cassée et il l'aimait passionnément, même sans ce foutu accident. D'autre part, ce n'était ni un goujat ni un méchant loup. Mais c'était quand même un être humain…

Mais Ada ne tenait pas compte de *moi*. Elle avait fait tout cela uniquement par elle-même, si je puis dire, et c'était plutôt agréable de me sentir un peu *dépassée*. Bien sûr, ce n'était pas aussi subtil que ce que j'aurais pu accomplir. À la base, c'était même vulgaire. Ça s'était déroulé de telle manière que Fred se serait convaincu plus tard que tout était de sa faute. Peut-être qu'Ada voulait-elle lui faire se demander si, en fait, il n'avait pas épousé Edith parce qu'il aimait sa sœur ?

Il y aurait alors pu y avoir la contrainte d'un bébé en route (quelle qu'en soit la réalité), une femme trompée qui aurait à juste titre quitté son mari et obtenu le divorce, et Ada aurait pu avoir enfin ce qu'elle cherchait… à savoir, Fred. Mais les choses ne se sont pas passées ainsi…

Ada se tenait là, les bras en partie levés comme s'ils étaient retenus par le tissu du peignoir qui l'entourait, le visage légèrement relevé, les yeux clos, les lèvres entrouvertes, le souffle rapide, et le cœur battant la chamade ; elle attendait à chaque instant de sentir les bras puissants de Fred l'écraser contre lui. Elle voulait que ses lèvres épousent les siennes avec passion, qu'elle sente son souffle fiévreux contre sa joue, son étreinte violente.

Environ dix bonnes secondes s'écoulèrent sans que rien ne se produise. Ada rouvrit les yeux avec le même sentiment d'incrédulité qu'une personne venant de sauter d'une falaise de trois cents mètres de haut pour se suicider, et qui ouvrirait ensuite les yeux pour se retrouver flottant en apesanteur, en violation complète des lois de la gravité.

À ce sentiment succéda une symphonie d'émotions multiples, ce qui, pour moi, était du Beethoven comparé à un musicien de base.

Imaginez la situation, Fred se tenait là, la serviette à la main, un sourire ennuyé sur son visage. Ses yeux se moquaient ouvertement d'elle.

— Terriblement ringard ! dit-il.

Puis il jeta la serviette sur l'épaule de la jeune femme et sortit de la salle de bains, suivi par un gros rire amusé, qui claqua comme une gifle.

Bien sûr, Ada ne pouvait pas savoir que ce n'était pas à Fred, mais à *moi* qu'elle avait affaire à ce moment-là. Le tressaillement de Fred au moment où il s'est retourné de la commode de linge pour voir s'ouvrir le peignoir d'Ada, son visage se soulever, ses yeux se fermer et ses lèvres s'écarter en signe de soumission, fut juste suffisant pour me permettre de prendre le contrôle sur lui.

Lorsqu'il réintégra le salon et s'assit pour reprendre la lecture de son journal, il eut l'impression fugace d'avoir fermé les yeux et donné la serviette de bain à Ada, puis de s'être tiré d'une situation embarrassante avec élégance. En fait, il se sentait même plutôt content de lui.

Ce qui n'était pas le cas d'Ada. Pauvre fille ! Sa fierté avait encaissé un coup fatal. Pendant cinq bonnes minutes, elle resta debout, tremblante, assassinant mentalement Fred de la manière la plus horrible qui soit. Je m'aperçus alors, avec une grande satisfaction, qu'elle avait un sacré complexe de supériorité, et que cet affront ne resterait pas impuni.

Son esprit présentait de fortes similitudes avec celui du vieux chat galeux : simple et pragmatique, il avait tendance, lorsqu'il avait choisi un objectif, à ne plus lâcher prise jusqu'à ce qu'il l'ait atteint. Elle ne se contenterait pas d'une revanche en demi-teinte. Pas elle.

Et comme elle pourrait manquer de… finesse, votre humble servante allait se faire UN PLAISIR de lui en fournir.

Comme il était bon de pouvoir se délecter à nouveau de la chaleur de l'émotion humaine ! D'en jouer comme un grand musicien le ferait avec l'orgue d'une cathédrale, de s'attarder sur les riches harmoniques et les accords, en cascades délicates sur la mélodie, et d'y ajouter mes propres variations pour agrémenter le thème. Et à l'instar d'un Rubinstein plaçant avec tendresse sous son menton un violon d'une richesse harmonique d'exception pour en caresser amoureusement les cordes, je pris possession de l'esprit d'Ada pour apaiser son cœur qui battait la chamade avec mon toucher mental le plus délicat, tout en lissant les plis de son tempérament exacerbé pour mieux l'adapter à mes désirs.

La puissance de sa rage et de sa passion contrariée m'envahit tout à coup et je me suis sentie… plus forte que je ne l'avais été depuis longtemps. Mais je devins trop avide et puisais largement dans son énergie vitale, plus que ce qu'elle ne pouvait se permettre de partager. Ce n'était pas vraiment de ma faute. Je n'avais pas réalisé ce que je faisais jusqu'à ce qu'elle soit prise de vertige en entrant dans la baignoire. Mais il était trop tard pour faire quoi que ce soit. Elle perdit l'équilibre et tomba, sa tête heurtant les robinets.

Puis son corps s'enfonça dans la baignoire et très vite, l'eau monta assez haut jusqu'à recouvrir son visage. Je savais qu'elle allait se noyer si je ne réagissais pas, et j'ai alors essayé de convaincre Fred de se précipiter pour la sauver.

Il ne voulut rien savoir. Je hurlais dans son esprit qu'Ada gisait inconsciente dans la baignoire. Vous savez ce qu'il a répondu ? Qu'il était persuadé qu'une partie malveillante de son subconscient suscitait en lui un prétexte pour faire irruption dans la salle de bain.

Il se répétait intérieurement :

— Qu'arriverait-il si je me précipite pendant qu'elle se baigne et que je lui dise : « Ah, mais, tu vas bien ! J'ai cru que tu étais en train de te noyer ! » ?

Je finis par l'abandonner et retournais vers Ada. Il n'y avait aucune raison de GASPILLER son énergie vitale quand je pouvais la consommer dans sa TOTALITÉ, n'est-ce pas ? J'étais vraiment désolée pour elle, tout en étant très honteuse de moi-même, à ce moment précis ; mais cette nouvelle énergie insufflée dans mon organisme m'a très vite revigorée.

Ce n'est que près d'une heure plus tard que Fred commença à s'inquiéter de son mauvais pressentiment, comme il le disait, en entendant toujours couler l'eau. Il frappa à la porte de la salle de bain et demanda :

— Comment ça va, Ada ?

Il continua de frapper à la porte pendant plusieurs minutes tout en l'appelant, avant d'avoir le cran d'ouvrir la porte pour jeter un coup d'œil. Puis il se précipita à l'intérieur et ferma les robinets d'eau. Après quoi, sous le choc, il resta à fixer le corps d'Ada qui gisait sous l'eau, un genou affleurant à la surface.

Finalement, Fred alla dans la cuisine se saisir du téléphone pour appeler le médecin qui avait soigné la jambe de sa femme. Après avoir raccroché, il revint à la salle de bains, puis sortit sous le porche d'entrée. Il s'assit sur les marches, fumant cigarette sur cigarette en attendant l'arrivée du docteur.

Je faisais de mon mieux pour le réconforter. Puisqu'il ne voulait pas écouter ma voix, je fis en sorte de faire venir auprès de lui le matou, qui se frotta contre ses jambes en ronronnant. Ce qui se révéla un peu efficace.

Le docteur arrêta sa voiture juste en face de la maison et remonta l'allée presque au pas de course sur ses courtes jambes. Sans un mot, Fred le conduisit à la salle de bain.

Le docteur passa sa main sous l'eau et dégagea la bonde de la baignoire. Puis, il changea d'avis, la remit en place, et se dirigea ensuite vers la cuisine pour appeler la police. Ceci fait, il retourna dans la salle de bain et se mit à observer le corps d'Ada sans le toucher.

Ce que fit aussi la police, tout en prenant des photos de la scène.

Peu après, un nouveau médecin arriva. C'était le médecin légiste. Les deux médecins firent sortir tout le monde de la salle de bain et cessèrent de scruter le corps sans vie d'Ada. Ils vidèrent l'eau de la baignoire et firent pivoter le cadavre pour mieux visualiser l'endroit où la tête avait heurté le robinet.

Ils discutèrent entre eux, mais je ne comprenais pas ce qu'ils disaient. Voyez-vous, *je comprends* ce que les gens disent par ce qu'ils pensent, mais certaines personnes me sont impossibles à déchiffrer. Il semble qu'ils aient une sorte de carapace autour d'eux, comme je l'ai dit au tout début de mon histoire. Et c'était le cas pour ces deux médecins.

Juste après qu'ils soient ressortis de la salle de bain, celui qu'on appelait le légiste dit quelque chose à voix basse à l'un des policiers. Ça, je le compris. Ils embarquèrent Fred et l'enfermèrent pour sa propre sécurité. Vu son état, ils avaient peur qu'il ne commette quelque violence contre lui-même. Le choc de voir son épouse se casser la jambe, puis la noyade de sa belle-sœur dans la baignoire le lendemain, c'était trop dur à supporter pour lui, se dirent-ils. Il fallait lui laisser le temps de s'habituer à ce drame.

Ce fut sans importance pour moi. Je m'étais pris d'affection pour Fred, et avec la toute nouvelle énergie qu'Ada m'avait procurée, il me fut facile de garder un œil sur lui jusqu'au poste de police.

Une fois en cellule, il s'assit sur le bord du lit et se mit à ressasser ses pensées, encore et encore. Je n'aimais pas ça, parce que je devinais la direction qu'étaient en train de prendre ses réflexions. Le problème avec lui, c'est qu'il était superstitieux. Avec, entre autres, l'idée fixe que les problèmes arrivent toujours par groupe de trois.

Finalement, il fit ce que je redoutais le plus. Il décida de ne plus jamais remettre les pieds dans la maison et se fixa pour objectif d'appeler l'agent immobilier à la première heure du lendemain matin, pour lui demander de la revendre.

Je me revoyais déjà vivre seule, avec rien d'autre que le chat chasseur d'oiseaux et les souris élevant leurs souriceaux dans la cave. Je sentais que Fred était déterminé à le faire.

Il m'avait fallu consommer beaucoup d'énergie pour m'accrocher à Fred jusqu'au poste de police, et si je le libérais de mon emprise, je ne serais pas capable de reprendre contact à nouveau avec lui. Et donc bien partie pour me retrouver seule, peut-être durant des mois…

Je n'avais pas vraiment l'intention de lui faire du mal. Simplement, je ne pouvais pas me résoudre à lâcher prise. Mais pendant tout ce temps, j'étais en train de le vider de son énergie vitale. Au petit matin, il était si faible et si froid qu'il me fut impossible de me maintenir en lui plus longtemps.

Je me suis donc retrouvée bien seule dans la maison. Je somnolais la plupart du temps, ne laissant que de légers filaments de ma conscience reliés au vieux chat galeux et aux souris de la cave. Ils me réveilleraient si quelqu'un venait, ce qui ne fut pas le cas.

Ce n'est qu'à la tombée de la nuit qu'un frémissement nerveux dans l'esprit de la maman souris me tira de mon sommeil. Elle avait entendu des bruits de pas sur le porche d'entrée.

Je stimulai alors le chat et le fis se précipiter vers l'avant de la maison pour que je puisse examiner les visiteurs avant d'essayer un contact direct avec eux.

Voyez-vous, je savais que j'étais allé trop loin avec Edith, Ada et Fred. Et bien qu'aucune faute ne puisse m'être imputée, il était fort probable que je me sois forgé là une très mauvaise réputation !

J'observais les visiteurs à travers les yeux du chat, du coin de la maison. Il s'agissait de deux hommes. L'un d'eux était le médecin qui avait soigné la jambe cassée d'Edith, et qui était revenu lorsque Ada était morte dans la baignoire.

L'autre homme était un étranger ; un homme corpulent, avec un ventre énorme et des doigts courts et épais.

Le docteur était en train d'ouvrir la porte. Lorsqu'ils pénétrèrent dans la maison, j'ai *senti* le nouvel arrivant. Puis j'ai eu une surprise. Deux surprises, en fait. La première était qu'il était parfaitement conscient que je le *sentais*. La seconde, c'est qu'il paraissait tout savoir de moi et qu'il venait en ami !

C'était une première pour moi. Tous ceux que j'avais connus auparavant étaient si stupides que lorsque je leur parlais, ils pensaient que cela provenait de leur propre esprit. Mais lui était différent. IL AVAIT COMPRIS.

Il faut croire que j'étais si heureuse de trouver un interlocuteur que je me suis laissée aller. J'ai commencé à m'installer dans son esprit et à me sentir chez moi. C'est alors que j'ai eu ma *troisième* surprise.

Lorsque je suis entrée dans son esprit, j'ai reçu en retour un choc brutal qui m'a fait voir les étoiles. Cela m'a complètement déstabilisé, et j'ai eu du mal à reprendre mes esprits. Après avoir suffisamment récupéré pour parler à nouveau à cet homme, j'ai alors compris qu'il l'avait fait sciemment.

Il voulait que nous soyons amis, mais il connaissait son affaire et ne tolérerait rien de tordu. C'était une nouvelle expérience pour moi et, au premier abord, je ne savais pas franchement trop quoi en penser.

Ensuite, nous avons échangé pendant environ une heure, et nous avons fait plus ample connaissance. Je lui ai dit à quel point j'étais seule, et que je n'avais la plupart du temps que le matou galeux et les souris comme contacts vivants.

Il m'a paru savoir exactement ce dont j'avais besoin. C'était également un médecin. Le docteur Schwick.

— Ce qu'il vous faut, m'a-t-il dit, c'est une sorte de soupape mentale. Vous avez pour cela besoin d'un large public qui vous admire. Et pour y parvenir, vous devriez écrire votre propre histoire.

Il déclara qu'il connaissait quelqu'un possédant le don de l'écriture automatique, et me proposa d'amener ici cette personne avec sa machine à écrire. Tout ce que j'aurais à faire, ce serait de me concentrer sur les détails de mon histoire, qui se transposeraient en mots dans son esprit, puis via ses doigts, jusqu'à la machine à écrire.

Il partit juste après, mais il promit de revenir la nuit suivante avec cet autre gars. Après son départ, je ne pus penser à rien d'autre qu'à ma chance de pouvoir écrire.

Il resta fidèle à sa parole. La nuit suivante, il débarqua avec l'autre docteur, ainsi qu'un jeune homme muni d'une machine à écrire portable.

Je voulais seulement que mon histoire fasse comprendre aux gens que je mérite d'être connue. Je vois déjà les jours à venir où je serai célèbre, avec des dizaines de personnes qui se présenteraient à la maison. Certains d'entre eux seront si gentils, j'en suis sûre ! Je pourrai prélever à chacun un petit peu de sa force vitale et devenir puissante. Comme ça, je n'aurai plus besoin de faire de mal à personne !

En général, je ne veux jamais faire de tort à personne, mais si les gens ont peur de moi, et que seulement deux ou trois personnes viennent dans l'année, j'éprouve alors un manque terrible de chaleur humaine et d'émotions. Et à chaque fois, les choses se retournent contre moi… Comme quand Edith est tombée en se cassant la jambe.

*

La machine à écrire s'arrêta soudain. Son débit monotone était devenu si entêtant que le bruit des touches sembla se poursuivre une fois la frappe pourtant terminée.

Le Dr Schwick s'était lentement déplacé sur le côté afin d'observer le visage de la femme. Celui-ci exerçait sur lui une irrésistible fascination, avec sa beauté d'un autre monde et ses yeux, vasques limpides d'une nuit sans fond. Ils semblaient s'ouvrir sur des royaumes où de mystérieuses entités se livraient à une danse démoniaque autour de feux lointains, dans des rites déments d'une sorcellerie depuis bien longtemps disparue dans les ténèbres du passé.

Lentement, les doigts blancs et fins quittèrent le crâne de l'homme assis, puis se reposèrent à nouveau sur lui. Les lèvres rouges de la femme s'entrouvrirent pour révéler des dents pointues et acérées. Elle se pencha alors lentement en avant, et sa tête se détourna légèrement pour s'approcher tout près du cou d'Orville.

Le Dr Schwick fit un pas en avant pour se rapprocher d'elle. Un choc saisit la créature vampire qui s'écarta soudain, le visage grimaçant de rage.

Le docteur lui fit face, protégeant la forme assise du jeune homme tandis que celle, brumeuse, de son double tourbillonnait à nouveau en réintégrant son corps.

Orville remua et se frotta les yeux comme s'il se réveillait d'un long sommeil. C'est alors que le Dr Bowden osa poser la question qui lui trottait en tête.

— Pouvez-vous nous dire où elle se trouve d'après ce qu'elle a écrit ? demanda-t-il avec empressement.

— Je crois que je le sais maintenant, dit Schwick. Mais nous devons en être sûrs. Suivez-moi tous les deux, mais en restant bien derrière moi.

Il s'avança vers le vampire, qui grognait et crachait comme un chat, ses traits pourtant toujours magnifiques, même dans cet accès de rage folle.

Lentement, la créature recula au fur et à mesure que le docteur, lui, avançait, son confrère et Orville le suivant à quelques pas en arrière.

Cette étrange progression les conduisit jusque dans la cuisine. Soudain, au moment où ils étaient au milieu de la pièce, la silhouette du vampire disparut.

— Vite ! cria Schwick.

Ses jambes courtes le portèrent avec une surprenante agilité vers la porte du sous-sol. Alors qu'il descendait les marches dans l'obscurité, ses yeux parcoururent la cave. Il aperçut alors un éclair furtif de couleur blanche, qui disparut aussitôt.

— Les lumières ! cria Schwick.

Dr Bowden alluma sa lampe de poche et trouva l'interrupteur. Le sous-sol fut inondé par une lumière aveuglante qui révéla chaque détail de la pièce. Le visage sombre, Schwick se dirigea vers une pile de planches dans un coin éloigné et commença à les retirer. Les deux autres le rejoignirent et bientôt le sol en béton commença à apparaître.

Orville déplaça une planche, et de petites choses s'enfuirent en trottinant à l'abri des regards.

— Les souris ! dit Schwick d'un ton satisfait. J'avais raison. Elles se doivent d'être aussi proches que possible de la tombe du vampire pour qu'il puisse garder le contact à travers elles pendant la journée, lorsque son énergie est à son niveau le plus bas.

— Mais c'est du béton solide, objecta le Dr Bowden.

— En effet, dit Schwick avec regret. Nous devrons revenir demain avec des ouvriers pour creuser un trou. Nous ne pouvons rien faire de plus ce soir. Partons d'ici.

Ils tournèrent les talons pour quitter les lieux.

Sur les marches de la cave, le chat se tenait debout et leur barrait la route. Son dos était arqué, les poils hérissés. Il leur gronda dessus.

Le Dr Schwick fouilla dans son manteau, sortit un petit automatique et tira sur le chat, qui retomba en arrière. Ses yeux étaient grand ouverts et fixaient en silence le docteur, toujours l'arme à la main.

Le matou miaula faiblement puis, juste avant que ses yeux se voilent dans la mort, Schwick crut percevoir un regard de gratitude et de remerciement pour sa libération.

— Je vous le répète, c'est complètement dingue !

Le capitaine de police disait cela d'une manière lasse, sur un ton monotone, comme s'il avait tellement répété ces mots qu'il ne se rendait plus compte de ce qu'il disait.

— Regardez ce sol. Regardez-le ! répéta-t-il. Ce béton a au moins dix ans.

— Quatorze, rectifia Schwick. Je l'ai vérifié au bureau de l'inspecteur des bâtiments à la première heure ce matin.

— Très bien ! Il a quatorze ans, dit le capitaine. Donc il n'a pas été touché une fois en quatorze ans. Comment, par tous les saints, pouvez-vous savoir qu'il y a un corps sous cet endroit ?

— Vous n'êtes pas obligé de me croire, répondit le Dr Schwick avec indulgence. Vous le trouverez en creusant. Je doute d'ailleurs que vous ayez à creuser profondément. Il y a sûrement le corps d'une femme très belle, qui n'a pas plus de trente ans, et qui plus est, en parfait état de conservation. Sans avoir été embaumé, il devrait être aussi bien conservé que le jour où il a été enterré. Les vêtements seront certainement décomposés, ce qui prouve qu'elle est là depuis longtemps. Maintenant, creusez, et prouvez donc que je suis un menteur...

Les lèvres du capitaine de police remuèrent comme s'il allait parler. Mais il renonça et se retourna pour ordonner aux deux ouvriers de commencer à casser le sol en béton.

Un grand rectangle fut tracé sur le sol où le Dr Schwick avait désigné la zone qu'il désirait voir dégagée.

Un photographe de presse souriant prit une photo de la scène avec l'un des ouvriers tenant un gros marteau de forgeron dressé au-dessus de sa tête, et qu'il se préparait à abattre. La photo fut prise dans un angle approprié pour faire ressortir l'expression de rage frustrée et de perplexité sur les traits du capitaine en opposition au calme imperturbable du Dr Schwick.

Les deux premiers coups ricochèrent avec un son creux. Le troisième brisa le béton dans un bruit sourd. Ensuite, il ne fallut que peu de temps pour agrandir la fente sur toute la surface, puis dégager les gravats.

Alors que seul un tiers de la zone délimitée avait été dégagé, l'un des ouvriers poussa un cri d'excitation et redoubla d'efforts.

Le corps gisait juste en dessous. Il était manifeste qu'une tombe peu profonde avait été creusée, tout juste assez grande pour le contenir, et que le béton avait été coulé ensuite par-dessus.

Le cadavre était recouvert d'un linceul de toile en décomposition et qui partait en morceaux.

Schwick fit un pas en avant et déchira l'enveloppe qui entourait la tête, révélant un visage pâle et superbe, si bien conservé qu'il n'aurait pas été du tout surpris si les narines avaient frémi et si le cadavre avait commencé à respirer.

Schwick se retourna vers le Dr Bowden et le médecin légiste.

— Je vous conseille vivement de faire incinérer ce corps avant la tombée de la nuit, dit-il avec gravité.

Le Dr Beasley, le légiste, se pencha sur le corps de la femme et déchira un peu plus du tissu qui partait en lambeaux.

Son visage était légèrement gris. Sa main se tendit à contrecœur vers son sac noir, hésitant comme s'il tentait de résister à l'envie de faire ce qu'il avait en tête.

Les mains tremblantes, il saisit une seringue hypodermique et il l'introduisit dans une veine du cadavre avant de ramener lentement le piston. Un fluide rouge vif s'écoula dans le tube de verre. Les trois médecins étaient hypnotisés. Ils ne remarquaient même plus les flashs du photographe de presse.

Lorsque le capitaine de police vit le sang remplir la seringue provenant du cadavre d'une personne morte depuis au moins quatorze ans, son visage vira au vert clair et il s'assit sur le sol.

*

— Vous pourriez penser que tout ce qui est surprenant dans cette histoire s'est déjà produit à ce moment-là, dit le Dr Schwick, s'adressant à un petit cercle d'amis, plusieurs mois plus tard après les faits. Dans le cours normal des choses, vous vous dites que le légiste a accepté ma demande et incinéré le corps immédiatement. Ce qui fut fait, bien sûr. Seulement, il se trouve qu'il a conservé l'échantillon de sang pour l'apporter à son laboratoire aux fins d'analyse.

« De son côté, la police entreprit de rechercher le premier propriétaire de cette maison afin d'élucider le crime. Il n'y avait aucune marque sur le corps qui puisse montrer un quelconque signe de violence ; mais, comme le Dr Bowden le fit remarquer, n'importe quelle blessure aurait pu guérir en quatorze ans. Après tout, ce n'était pas plus improbable que les absences évidentes de coagulation du sang et de décomposition du corps, pourtant non embaumé.

« Ils ont finalement retrouvé le mari. Il avait déménagé dans une autre ville, mais n'avait pas changé de nom. Ils le rapatrièrent et l'accusèrent d'avoir assassiné sa femme, car il s'agissait bien d'elle.

« L'homme révéla alors une bien étrange histoire. Il raconta que sa femme était une étudiante en sciences occultes et qu'elle se procurait des potions de toutes sortes auprès d'une école pratiquant la vente par correspondance, potions censées la mettre en transe. Elle était devenue si prise par ses études qu'elle restait à peine disponible pour s'occuper de ses simples besoins quotidiens.

« Le mari ne croyait pas à tout cela, mais il la laissait faire, car il ne voyait pas comment intervenir. Un jour, elle ne se réveilla pas de la transe nocturne provoquée par la drogue. Il essaya tout ce qui lui vint à l'esprit pour la ranimer — hormis appeler un médecin ! Toutes les tentatives pour la réveiller se soldèrent par des échecs successifs.

« Après trois jours, il fut enfin convaincu qu'elle était morte. Il se dit alors qu'aucun médecin ne croirait son histoire et qu'il serait *de facto* accusé de meurtre.

« À l'époque, le sous-sol de la maison n'avait pas de plancher, mais seulement des murs en béton avec un sol en terre battue.

« Ils n'avaient pas d'amis intimes, et à part lui, sa femme n'avait aucun parent connu. Il serait donc assez simple de se débarrasser du corps puis de déménager. Sa femme ne manquerait à personne et il n'aurait pas à signaler sa disparition.

« Il obtint le permis de construire pour poser une dalle en béton, qu'il réalisa lui-même. Ensuite, il déposa le corps de sa femme dans une tombe peu profonde avant de couler le béton dessus.

« Interrogé sur la drogue, il n'avait pas la moindre idée de sa nature. Il ne se souvenait pas du nom de la société auprès de laquelle sa femme se l'était procurée ni de l'endroit où elle se trouvait. La police était dans une impasse. Pouvant difficilement condamner l'homme pour meurtre dans ces circonstances, elle cessa ses investigations, et classa le dossier.

« Mais pas le médecin légiste. Lui avait toujours cet échantillon de sang et n'était pas resté inactif de son côté. Il était apparemment l'un des meilleurs techniciens de laboratoire du pays, contrairement à ce que pouvait laisser penser son plutôt modeste poste de légiste.

« En deux mois, il fit subir à cet échantillon les analyses les plus sophistiquées et imaginables de nos jours. Il découvrit plusieurs choses. Elles jetèrent une lumière nouvelle sur le mystère ancien du vampirisme, tout en soulevant celui, bien plus important, de l'origine du produit que la société par correspondance avait vendu à la femme.

« Le Docteur Beasley utilisa la moitié de l'échantillon de sang et en tira du plasma. Il injecta ensuite une goutte de ce plasma à un groupe de six rats de laboratoire. Rien ne se passa pendant dix jours, puis les six rats perdirent connaissance. Plus aucun signe de respiration n'était perceptible. Leurs cœurs cessèrent également de battre. Jour après jour, l'état des six rats n'évolua pas. Leur sang restait fluide. La température de leurs corps chuta jusqu'à fluctuer en fonction de la température ambiante, mais le sang de ces rats, lui, restait stable, s'épaississant peu à peu et devenant plus foncé à mesure que s'évaporaient leurs liquides corporels.

« Au bout de dix jours supplémentaires, un des rats commença à présenter un autre phénomène. Son corps, qui avait tendance jusque-là à rapetisser, retrouva une taille normale du jour au lendemain. Ses fluides corporels étaient revenus à la normale, de façon tout à fait inexplicable. Les cinq autres rats, eux, se sont rapidement momifiés, mais pas ce rat-là.

« L'idée du vampirisme étant très présente dans son esprit, le docteur observa alors attentivement les autres rats vivants et finit par détecter chez eux des signes d'affaiblissement de leur vitalité.

« Il tenta une expérience. Il transporta le rat supposé vampire dans une autre partie du bâtiment et plaça un jeune rat en bonne santé dans une cage près de lui. Le lendemain matin, le jeune rat était apparemment mort.

« L'esprit scientifique du médecin légiste, désormais complètement investi dans ce nouveau sujet, ne négligea aucun indice pouvant lui être utile. Il ne détruisit pas la dépouille de la victime du rat vampire, mais la plaça avec celle des autres rats morts. Et elle devint également un vampire.

« Le côté mystique du vampirisme ne concernait pas vraiment le Dr Beasley. Il était convaincu d'avoir là quelque chose de concret qu'il pouvait traiter, mais il n'avait pas non plus l'intention d'aller au-delà de ce que les techniques de laboratoire pouvaient lui permettre d'explorer. Les aspects surnaturels pouvaient attendre…

« Il récupéra plus de plasma, extrait à partir des rats infectés et morts, et filtra ce fluide pour éliminer toutes les bactéries afin de l'injecter à un nouveau groupe de rats. Si certains devinrent des vampires, tous perdirent définitivement connaissance.

« Enfin, il put prouver que le vampirisme était causé par un virus susceptible d'être filtré. Ce qui expliquait comment les vampires pouvaient transformer à leur tour leurs victimes en vampires, en les infectant avec ce virus tout en aspirant leur sang.

« Il soumit le fluide contenant ce virus à toutes sortes de tests afin de déterminer sa stabilité, la possibilité d'analyser sa structure chimique, et ainsi de suite. Enfin, il se tourna vers l'histologie et étudia les effets sur les rats eux-mêmes.

« Je passais le voir quasiment tous les jours, tout comme le Dr Bowden. Nous travaillions tous les trois plus ou moins en équipe sur ce projet, même si c'était le Dr Beasley qui faisait tout le travail.

« Au bout d'un mois de dissections et d'analyses, nous en étions arrivés à une conclusion étonnante. Le virus donnait aux cellules sanguines une vitalité remarquablement accrue, les rendant capables de se développer, de se reproduire et de se mouvoir. Elles cessaient de jouer un rôle subalterne dans l'organisme, ne fournissant plus d'oxygène aux tissus et évacuant les toxines. Les déchets du métabolisme de ces cellules modifiées se déposaient en fait sur les parois des cellules des tissus et les rendaient complètement hermétiques, de telle sorte que la structure du corps ne se détériorait pas.

« Étrangement, le tissu nerveux et le cerveau n'étaient pas détruits, mais semblaient rester en vie et en état de fonctionner. D'une certaine manière, le métabolisme du système nerveux devenait une partie du nouvel organisme. Il semblait certain que chez un vampire humain, *le cerveau pouvait rester conscient et vivant tant que le corps était intact*.

« J'avais désormais mon explication des aspects *surnaturels* du vampirisme, à défaut de la preuve du mécanisme astral de la chose. Tant que le cerveau vivait et restait conscient, il pouvait continuer à se développer. Il était, de fait, en état de transe permanente, de telle sorte que l'âme pouvait aller et venir à volonté.

« L'explication matérielle ou scientifique du transfert du sang d'un être vivant à la forme matérielle inanimée du vampire dépasse probablement les capacités de la science actuelle, telle que nous la connaissons. Pourtant, parmi les phénomènes psychiques, la téléportation est un phénomène parfaitement authentifié. L'esprit du vampire, libéré de ses distractions purement mortelles et confronté à la nécessité de nourrir sa forme physique avec les seuls instruments de son esprit, a sans aucun doute résolu ce problème en perpétuant la pratique consistant à drainer le sang d'êtres vivants.

« Naturellement, puisque tous les tissus du corps du vampire deviennent inactifs et protégés contre la décomposition par les déchets de conservation des cellules sanguines infectées par le virus, la quantité de nourriture qui doit être ingérée ne compte pas vraiment. Il faut probablement très peu de nourriture réelle pour maintenir le vampire en vie. Une pinte de sang de temps en temps pour apporter un supplément de vitalité au flux sanguin qui circule par l'action des cellules individuelles plutôt que par la pompe du cœur, et peut-être un peu d'humidité, à moins que le corps ne soit placé dans un endroit où l'évaporation ne peut avoir lieu.

« Finalement, l'étude fut menée à son terme, à l'exception d'une expérience réelle sur des humains, ce que nous ne pouvions évidemment pas nous résoudre à envisager.

« Nous n'avons pas osé publier nos conclusions. Pourtant, nous avions estimé que les connaissances acquises pourraient un jour s'avérer inestimables pour la race humaine. Nous avons alors préparé trois fioles du liquide viral et les avons soigneusement scellés. Nous avons également rédigé trois copies du rapport de nos expériences sur du papier parchemin et avons joint une copie à chaque fiole. Une fiole prit la direction du Vatican. La deuxième a été transmise au Président des États-Unis, et la troisième à l'Association Médicale Américaine.

« Nous nous sommes peut-être trompés en agissant de la sorte. Si l'une de ces fioles et l'un de ces rapports tombaient dans de mauvaises mains, ou dans celles de quelqu'un qui désire l'immortalité à tout prix, cela pourrait très bien signifier le retour du vampirisme qui fleurissait dans les temps obscurs. Ce serait une chose terrible, et notre civilisation matérielle deviendrait une proie facile, puisqu'elle en est venue à considérer toutes ces choses, par le biais du modernisme, comme étant impossibles et le produit de cerveaux détraqués. »

Le Dr Schwick secoua la tête avec tristesse.

— Oui, dit-il. Plus j'y pense, plus je crois que nous aurions dû détruire toute trace de ces expériences et garder le silence.

Il soupira, prit la cruche de cidre de pomme à côté de sa chaise et remplit son verre.

Dix visages blêmes le regardaient en silence. Il les observa attentivement et fut rassuré quant à la confidentialité du secret qu'il venait de leur confier. *L'incrédulité se lisait dans les yeux de toute l'assistance*. En son for intérieur, il gardait cependant l'espoir que ces fioles ainsi que les rapports qui les accompagnaient avaient déjà été détruits par leurs destinataires, tout simplement parce qu'eux aussi avaient refusé d'y croire.

Mais rien n'était moins sûr.

Titre original : « *Vial of Immortality* »
Traduit par Eric M'Gaïdes

BIBLIOGRAPHIE FRANÇAISE DE ROG PHILLIPS

— *Piège dans le temps* (*Time Trap*, Chicago; Century Books, 1949, USA), Fleuve Noir ; Paris, 1954, « Anticipation » n° 30.
— « Plante à tout faire » ("Love me, Love my...", in *The Magazine of Fantasy and Science-Fiction*, février 1958), in *Fiction n°* 58, avril 1958.
— « Le diable par la queue » ("Services, Incorporated", in *The Magazine of Fantasy and Science-Fiction*, juin 1958), in *Fiction* n° 77, avril 1960.
— « Les Ogres » ("Homestead", in *The Magazine of Fantasy and Science Fiction*, août 1957), in *Fiction* n° 79, juin 1960.
— « L'Exécuteur » (« Executioner No. 43 », in *Venture Science-Fiction*, septembre 1957), in *Fiction* n° 83, octobre 1960.
— « Un beau morceau » (« Full Treatment », in *Alfred Hitchcock's Mystery Magazine*, janvier 1961), in *Hitchcock Magazine* n° 12, avril 1962) , repris sous le titre « Traitement complet » dans l'anthologie *Hitchcock présente : Histoires renversantes*, Presses Pocket ; Paris, 1985.
— « Premier arrivé, premier servi » (« First come, first served », in *Alfred Hitchcock's Mystery Magazine*, octobre 1962), in *Hitchcock Magazine* n° 54, octobre 1965).
— « Justice S.A. » (« Justice, Inc. », in *Alfred Hitchcock's Mystery Magazine*, janvier 1963), in *Hitchcock Magazine* n° 92, janvier 1969).
— « L'amicale du feu » ("The Hypothetical Arsonist", in *Alfred Hitchcock's Mystery Magazine*, décembre 1965), in *Hitchcock Magazine* n° 94, mars 1969).
— « Incident d'escale » (« Ground Leave Incident », in *Venture Science-Fiction*, mai 1958), in *Fiction* n° 189, septembre 1969.
- « C'est dans les cartes » (« It's in the Cards »), in *Fantastic Adventures*, octobre 1952), in *Les meilleurs récits de Fantastic Adventures* réunis par Jacques Sadoul, J'Ai Lu n° 880 ; Paris, 1978.
- « L'ouvre-boîte » (« The Can Opener »), in *Fantastic Adventures*, janvier 1949), in *Les meilleurs récits de Fantastic Adventures* réunis par Jacques Sadoul, J'Ai Lu n° 880 ; Paris, 1978.
— « Un rat dans le crâne » ("Rat in the Skull", in *If*, décembre 1958), L'Œil du Sphinx/RDN Books: Paris, 2017, coll. « Vintage Fiction » n° 1.
— « Les anciens Martiens » ("The Old Martians", in *If*, mars 1952), L'Œil du Sphinx/RDN Books: Paris, 2017, coll. « Vintage Fiction » n° 1.
— « La galerie » (« The Gallery », *Amazing Stories*, janvier 1959, USA), L'Œil du Sphinx/RDN Books: Paris, 2017, coll. « Vintage Fiction » n° 1.

— « Les parias » (« Pariah », in *Science Stories*, octobre 1953, USA), L'Œil du Sphinx/RDN Books: Paris, 2017, coll. « Vintage Fiction » n° 1.
— « Le manoir » ("The House"), in *Amazing Stories*, février 1947), in *Wendigo* n° 4, 2017.
— « Mes trous de mémoire » (« Holes in My Head », in *Other Worlds Science Stories*, octobre 1950, USA), in *Wendigo* n° 5, 2019.
— « Les fioles d'immortalité » (« Vial of Immortality », sous le nom de Craig Browning, in *Amazing Stories*, janvier 1950, USA), in *Wendigo* n° 7, 2024.

LA MÉNAGERIE DU MAJOR

par Victor Rousseau

Victor Rousseau ayant été présenté longuement par Morgan A. Wallace dans le premier numéro de Wendigo, *le lecteur est invité à se référer à cette présentation pour plus de détails.*

*De son vrai nom Avigdor Rousseau Emanuel (1879-1960), il naquit et grandit à Londres avant d'émigrer aux États-Unis au début du XX*e *siècle, pays qu'il ne quitta plus jusqu'à sa mort à l'exception de longs séjours au Canada et en Angleterre dans les années 1910 et 1920. Sous les noms de Victor Rousseau et de H. M. Egbert, il devint un auteur régulier des plus grands pulps « généralistes » et un des auteurs importants de la SF en train de se former (notamment avec des romans comme* The Messiah of the *Cylinder*, 1917, *et quelques autres...) avant l'arrivée d'*Amazing Stories e*n 1926. À partir des années 1930, sa carrière entama un lent déclin (avec néanmoins des nouvelles de bonne facture ici et là) sous d'autres pseudonymes dont le plus connu est Lew Merrill et ses derniers récits furent publiés dans l'immédiate après-guerre. Les genres favoris de Victor Roussau ont toujours été la SF, le Western et l'Aventure, mais aussi le Fantastique qu'il pratiqua dans plusieurs pulps, dont* Weird Tales.

Victor Rousseau fut de toute évidence attiré par les personnages de Détectives de l'Occulte puisqu'il n'écrivit pas moins de quatre séries relevant du genre (plus un certain nombre d'histoires indépendantes avec des enquêteurs manifestement spécialisés), les plus connues étant celle du Dr Ivan Brodsky surnommé « Le Chirurgien des âmes » dans Weird Tales, *en 1926/27 et celle du Dr*

Martinus dans son concurrent Ghost Stories (1926/28). *Une troisième série mettant encore un autre spécialiste du surnaturel, le Dr Gabriel, parut bien plus tard dans* Speed Mystery, Speed Détective *et* Private Détective Stories *entre 1943 et 1946, sous le nom de Lew Merrill pour deux d'entre elles et de Hugh Speer pour les dix autres…*
Victor Rousseau passa donc fort longtemps pour une sorte de « suiveur » jusqu'à ce que Morgan A. Wallace découvre que la série du Dr Ivan Brodsky avait en réalité été publiée en 1909/10 dans des quotidiens américains et qu'elle avait été suivie en 1913/14 par une autre série, jusque-là inconnue, dans le Holland's Magazine *aux USA et mettant en scène encore un autre médecin spécial, le Dr Phileas Immannuel. De « suiveur », Victor Rousseau devint donc soudain presque un « précurseur » des Détectives de l'Occulte… !*
Après « La malédiction d'Amen-Ra » dans notre numéro 5, où Victor Rousseau s'attaquait avec brio au « fantastique égyptien », retour aux enquêtes du Dr Brodsky.
Morgan A. Wallace a publié en 2011 His Second Self: The Bio-Bibliography of Victor Rousseau Emanuel *(The Spectre Library, USA), une excellente bio-bibliographie de l'auteur comportant également une sélection de nouvelles rares du début de sa carrière. Un livre incontournable pour les amateurs de pulps, disponible uniquement via Amazon.fr pour l'Europe francophone.*

RDN

La plupart des exemples de manifestations psychiques que j'avais étudiés jusqu'alors en compagnie du docteur Ivan Brodsky concernaient la possession spirituelle et les phénomènes apparentés —des sujets stupéfiants pour les profanes, mais plutôt banals pour ceux qui étudient les sciences. Mais j'allais ici être le témoin de l'une des formes les plus sombres et les plus mystérieuses du pouvoir de l'esprit.

Je me souviens que Brodsky et moi-même avions lu un article sur une maison soi-disant hantée, distante d'un peu moins de vingt kilomètres. La demeure, un vieux bâtiment décrépit, avait appartenu à un major de l'armée qui, après sa retraite du service actif, s'y était installé pour y passer tranquillement ses vieux jours. Il avait été en poste aux Philippines, avait voyagé aux Indes, et avait ramené avec lui un assortiment d'animaux inhabituels, incluant un guépard, un de ces chats sauvages du Bengale, plusieurs gros perroquets au plumage chatoyant, et un jeune orang-outan qu'il avait capturé à Bornéo. Il avait développé une forte affection pour cette bête et l'avait éduquée au point qu'elle avait développé une intelligence presque humaine.

Mais quand le major mourut soudainement, le grand primate se mit à refuser toute nourriture, se laissa dépérir, puis le suivit dans la mort. La maison était maintenant occupée par un gardien et sa fille, qui s'occupaient des animaux restants, selon les termes du testament du major.

Environ deux mois après la mort du propriétaire, des rumeurs s'étaient répandues selon lesquelles l'endroit serait hanté. Les tableaux tombaient des murs, on avait vu de la vaisselle voler dans la cuisine, des chaises et des tables avaient développé un goût pour la valse, le tout sans l'intervention d'une quelconque force motrice visible. Les voisins, d'abord intéressés en simples spectateurs par ces phénomènes, se mirent à éviter l'endroit quand on constata que l'auteur de cette plaisanterie était mû par une motivation malveillante. Une femme bavarde avait été assommée par un gobelet volant ; un membre d'une société de recherche psychique qui s'était porté volontaire pour passer la nuit dans la ménagerie — là où ces manifestations apparaissaient le plus souvent — avait été retrouvé le jour suivant, au sol, inconscient, le corps couvert de bleus et avec plusieurs côtes cassées. Il avait été transporté à l'hôpital, où sa santé physique restait précaire. Quant à sa santé mentale, elle avait été mise à mal suite à quelque expérience effrayante.

— Qu'en pensez-vous, docteur ? demandai-je quand Brodsky eut reposé le journal.

— Ce n'est rien de plus qu'un esprit frappeur, répondit celui-ci.

Voyant mon regard surpris, il poursuivit :

— Un esprit frappeur, un *Poltergeist*, est un de ces élémentaux, une de ces formes partiellement humaines, qui n'ont jamais complété leur incarnation. L'univers contient une grande quantité de matière spirituelle palpitante, pour l'essentiel désincarnée, mais dont une petite partie se manifeste sous des formes physiques extrêmement hétérogènes. Cet élémental a-t-il déjà traversé le million d'incarnations progressives qui sépare l'organisme unicellulaire et l'homme, et attend-il maintenant sa transition vers une forme humaine, probablement un sauvage mal dégrossi ? Ou bien est-il simplement une émanation de la matière spirituelle universelle ? Impossible pour moi de trancher. Quoi qu'il en soit, il possède apparemment une intelligence limitée et des aspirations très matérielles. Et il se manifeste essentiellement en lançant de la vaisselle et en jouant des tours pendables.

« Le *Poltergeist*, un phénomène courant. Le célèbre *Fantôme de Cock Lane*, à l'époque du docteur Johnson, qui a troublé Londres au XVIIIe siècle, en était sans aucun doute un. Assez curieusement, les esprits frappeurs sont presque toujours associés à la présence d'un enfant de peu d'intelligence, probablement parce que c'est cette intelligence qui l'attire vers la Terre et lui fournit la source de son pouvoir.

« Cependant, poursuivit Brodsky, l'air pensif, j'avoue que j'aimerais bien enquêter personnellement sur cette affaire, car elle présente des symptômes fascinants, mais obscurs, et elle pourrait me mettre sur la voie d'une découverte.

À peine avait-il fini qu'on sonna vigoureusement à la porte, et qu'un jeune homme d'allure énergique pénétra bientôt dans la pièce.

— Docteur Brodsky, fit-il, je suis journaliste à La Gazette du Comté de Wayne, et j'ai pour mission de vous interviewer au sujet de la maison hantée de Tumerville. Avez-vous entendu parler des deux récents décès ?

— Non, je ne sais rien de plus que ce qu'en dit votre article… répondit Brodsky en montrant le journal.

Le reporter y jeta un regard.

— Ça, c'était il y a deux jours. Le type de la société psychique est décédé à l'hôpital la nuit dernière sans recouvrer la raison, et un autre est mort. Il s'était offert pour passer la nuit dans la ménagerie, où on l'a retrouvé au matin, un côté du corps totalement écrasé. Qu'est-ce que vous en pensez ?

Il avait sorti un crayon et un carnet, mais Brodsky ne répondit pas immédiatement. Il alla décrocher son chapeau et le mit sur sa tête.

— Allons voir ça, répondit-il simplement.

Le journaliste resta interdit.

— Vous voulez dire que vous voulez passer la nuit là-bas ?

— Si cela vous convient, oui.

— Si ça me convient ? s'exclama le journaliste. Laissez-moi juste le temps de téléphoner à mon patron !

Quelques minutes plus tard, nous étions en route vers la gare. Une fois dans le wagon, le journaliste abreuva le docteur d'innombrables questions auxquelles Brodsky répondit de très bonne grâce. Le jeune homme notait au départ copieusement, mais au bout de quelque temps, il cessa d'écrire. Il semblait hypnotisé par les propos de Brodsky, son carnet et son crayon désormais posés sur ses genoux.

— Docteur, dit-il enfin, je vous suis très reconnaissant d'avoir pris la peine de m'expliquer tout cela. Mais pour être parfaitement honnête avec vous, je ne peux rien en tirer…

Je vis Brodsky sourire avec bonhomie, mais sans rien répondre.

— En fait, poursuivit le jeune homme à voix plus basse, c'est mon journal qui n'en voudra pas. Je crois — en fait, je *sais* — que ces choses sont vraies. J'en ai fait l'expérience, comme grand nombre de mes connaissances. Mais si j'écrivais ce que vous venez de me raconter, je serais licencié, et probablement encouragé à me faire interner dans un asile de fous. Vraiment, docteur, je ne peux rien en tirer.

— Peut-être devriez-vous rester ce soir et voir cela par vous-même ? Après, vous rapporterez les faits à votre convenance, répondit Brodsky avec un soupçon de rire.

Le journaliste lui lança un regard dubitatif, mais le train s'arrêta à ce moment-là, et nous descendîmes à Tumerville. Il ne fallut que cinq minutes pour atteindre la maison, un grand bâtiment biscornu qui remontait au début du siècle précédent, et se dressant à l'écart sur une colline. La porte nous fut ouverte par un homme d'apparence bourrue, à l'évidence le gardien des lieux.

— Quoi, encore d'autres clients ? ricana-t-il. Vous venez voir la maison hantée, je suppose ? J'peux pas vous laisser entrer, messieurs ; la police a donné des instructions très strictes. Le shérif du comté était là ce matin, et si j'avais pas pu prouver que j'avais passé la nuit dans ma propre maison à Tumerville, il m'aurait coffré pour meurtre. Je jouerais ma vie à vous laisser entrer ; ils m'ont prévenu.

Le journaliste sortit quelque chose de sa poche et le tendit au gardien, qui referma la main dessus avec rapacité.

— Après tout, ce sera pas mon enterrement, hein ? grogna-t-il. De toute façon, j'allais fermer. Tout ce que je vous demande, messieurs, c'est d'aller vous balader un quart d'heure, le temps que je sois tranquille dans ma maison, et que je sache rien de votre présence ensuite ici. Et là, si vous trouviez la porte de derrière ouverte et si vous entriez, j'imagine que ce serait pas de ma faute.

— Polly ! appela-t-il alors d'une voix forte. Punaise d'enfant ! S'est encore égarée, j'imagine. Messieurs, je…

— Un instant, interrompit Brodsky. Vous parlez de votre fille ?

— Ma petite, ouais, grogna l'homme. Elle est pas trop futée et elle divague souvent. Et c'est pire depuis qu'ils sont tous morts, en particulier Plunk. Il a passé l'arme à gauche la nuit dernière et ça lui a brisé le cœur…

— C'était le grand singe, messieurs. Elle l'aimait comme s'il était humain. Mais c'était pas la même chose avec le tigre… J'ai été bien content de le voir avaler sa chique la semaine dernière, celui-là. Toutes les nuits, j'avais la trouille qu'il s'échappe et qu'il se balade dans Tumerville. Tout le monde en avait peur, à part le vieux. Quant à Plunk… Eh bien, à peine voyait-il la queue du tigre à l'autre bout du jardin qu'il hurlait de terreur.

— Le grand félin est donc mort ? dit Brodsky.

— Vous trouverez sa peau là-bas, dans la dépendance, répondit le concierge. Et maintenant, messieurs, si vous avez la bonté de partir dans cette direction jusqu'à ce que j'ai filé, je ne reviendrai pas chasser les cambrioleurs avant demain matin. Mais vaudrait mieux que vous restiez ensemble, ou bien *il* vous démontera les côtes comme on démonte un baril. »

— Qui ça, « il » ? demanda Brodsky

Le concierge ricana.

— Nan, nan… Je dirai rien même sous serment, répondit-il. J'ai fait mon devoir pour le vieil homme et ses animaux, il le sait et me laisse tranquille. Le vieux major avait son caractère, et s'il décide de vous écraser les côtes maintenant qu'il est mort, ben c'est qu'il l'aurait fait aussi s'il était encore en vie.

Sur ce, il mit les mains en porte-voix et hurla :

—Polly! Poll! Poll! Poll!

Je vis alors une fille de petite taille s'approcher de la maison. D'apparence, elle pouvait avoir dans les quatorze ans, mais sa stature était celle d'une enfant moitié moins âgée. Elle s'approcha furtivement, sans s'occuper de nous, et se tint immobile en mâchonnant un coin de son tablier. Le concierge la réprimanda pour son absence.

— Bébé avec Plunk, rétorqua la fille d'une voix aiguë. Plunk gentil. Bébé aime Plunk. Plunk aime pas gros chat. Bébé aime pas gros chat.

Son père lui saisit la main et l'attira à lui.

— Polly, ça suffit avec ces idioties, dit-il fermement. Plunk est mort et enterré, et on ne le verra plus !

Il se tourna vers nous.

— On espère qu'elle grandira comme les autres enfants, fit-il à voix plus basse. Mais la mort du singe lui a un peu dérangé la tête. Allez, Polly, on va à la maison retrouver Maman.

La fille éclata en sanglots, comme si elle avait le cœur brisé. Nous prîmes congé et partîmes d'un pas vif dans la direction indiquée.

— Pensez-vous vraiment que c'est l'esprit du vieux major ? demanda le journaliste quand la maison fut derrière nous.

— Mon cher Ami, répondit Brodsky, si j'avais l'habitude de former des hypothèses sans me baser sur les preuves satisfaisantes, je n'aurais jamais appris le peu que je sais de ce genre de phénomènes.

— Ne vous laissez jamais entraîner à faire des hypothèses trop rapides, poursuivit-il. Mais je peux cependant vous affirmer une chose, c'est que l'inattendu a le chic pour se produire tout le temps…

Ce fut tout ce que nous pûmes tirer de Brodsky. Nous marchâmes en silence. Le coucher de soleil était splendide, et à notre retour à la maison du major, notre balade avait pris une bonne demi-heure de plus que prévu. L'endroit semblait totalement désert, mais la porte de derrière était obligeamment entrebâillée, comme le gardien l'avait promis.

Nous traversâmes la conciergerie, pour entrer dans une salle basse de plafond, longue, pleine de planches, de grillages et de nourriture pour animaux. Nous fûmes instantanément accueillis par des cris aigus et discordants. Quatre très gros perroquets, des aras au splendide plumage tropical, occupaient chacun une énorme cage d'acier suspendue aux poutres au-dessus de nos têtes. Ils nous observèrent, poussant des cris discordants, la tête penchée de côté, le bec grand ouvert.

Brodsky, dont l'intérêt pour les animaux frisait presque l'obsession, alla de cage en cage, caressant sans inquiétude les têtes de ces créatures. Pendant un instant, ils semblèrent seuls au monde, puis le docteur sursauta soudain et reprit ses esprits.

— Allons voir la peau du guépard, dit-il.

Nous la trouvâmes dans un bâtiment séparé, malodorant, séchée depuis peu. Le pelage était magnifique. L'animal devait être de toute beauté lorsqu'il était en vie.

— Prenons-la avec nous ; la nuit risque d'être froide, dit Brodsky.

Il s'en saisit et l'emporta vers la salle des perroquets. Dès qu'ils le virent entrer, la tête à moitié cachée par la peau, ils lancèrent des cris aigus de peur et agitèrent leurs ailes frénétiquement. Brodsky cacha la peau sous quelques sacs vides, puis alla rassurer les créatures.

— Vous deux, allez jeter un œil dans la maison, dit-il, pour voir si vous trouvez de quoi nous coucher pour dormir et de quoi manger. Je vais rester avec les aras.

Nous montâmes à l'étage, sans rien y trouver d'intéressant. Les pièces meublées avec simplicité étaient à l'évidence restées dans l'état où elles étaient à la mort du major, toutes envahies par la poussière. Nous descendîmes des matelas, des chandelles et des allumettes. Dans la cuisine, nous trouvâmes du pain et du mouton froid, que nous mangeâmes de bon cœur. Puis nous retournâmes à la ménagerie pour y passer la nuit. Alors que nous entrions, le journaliste recula et agrippa mon épaule.

— Regardez ! Regardez ! s'écria-t-il.

La cage de l'ara la plus éloignée de nous se balançait régulièrement, comme si quelqu'un la poussait, tandis que l'oiseau, le bec ouvert, piaillait non pas de peur, mais de colère. Brodsky s'avança et immobilisa la cage. Presque immédiatement, la cage opposée commença à se balancer de la même manière. Brodsky recula et regarda autour de lui.

— Eh bien, mon ami, qui que vous soyez, nous ne vous en voudrons pas de vouloir occuper ainsi votre temps libre… lança-t-il.

Puis il se tourna vers nous.

— Nous n'avons rien à craindre d'une intelligence enfantine qui trouve du plaisir à ces plaisanteries espiègles, sourit-il. Et je pense qu'à nous trois, nous pourrons contrer physiquement toutes ses manifestations.

— Eh ! Vous ! Montrez-moi donc jusqu'où vous pouvez aller !

Il n'y eut, de fait, aucune réponse, excepté que la cage cessa de se balancer. De toute évidence, le défi était tombé dans l'oreille d'un sourd.

Nous allumâmes les chandelles, car la nuit était tombée, avant de nous asseoir. J'observai le journaliste. Il tremblait violemment. Soudain, les chandelles s'éteignirent l'une après l'autre.

— Soufflées ! s'exclama le journaliste, dont la voix résonna étrangement dans la pièce.

— Non, étouffées, corrigea Brodsky.

Les extrémités rougeoyantes des mèches avaient été neutralisées, comme par un éteignoir. Il les ralluma lentement, et aussitôt le même phénomène se reproduisit.

— Eh bien, il n'éteindra pas celle-ci… dit-il en rallumant la plus proche de lui et en l'emportant avec précaution là où il s'était assis, à côté de la peau du guépard camouflée. Il la posa sur une caisse proche du sol. Comme Brodsky l'avait prédit, la chandelle brilla sans à-coups. Il alla en chercher une seconde et l'alluma à la flamme de la première. Une fois de plus, rien ne se produisit.

— Assez de lumière pour vous ? nous demanda-t-il.

Nous acquiesçâmes.

Le journaliste faisait un effort visible pour gommer les signes extérieurs de la peur, pourtant flagrante, qui s'était emparée de lui. Moi-même, je n'arrivais pas à me défaire d'une sensation désagréable au creux de l'estomac et d'une faiblesse au niveau des genoux. Ces chandelles, pourtant si courtes, projetaient des ombres gigantesques, illuminant le sol de la pièce, tout en laissant les plafonds presque entièrement prisonniers de la pénombre. Les aras, eux, continuaient à piailler et crier. Tous les quatre se déplaçaient sans arrêt, mais toujours en faisant face au même endroit de la pièce. Leurs cages avaient recommencé à se balancer.

— Notre esprit frappeur apprécie manifestement les oiseaux, dit Brodsky avec calme.

— Pourquoi reste-t-il ici au lieu de suivre la fille ? demandai-je. D'où tire-t-il son pouvoir ?

Brodsky ne répondit pas. À mes côtés, je sentais le journaliste trembler comme une feuille.

— N'y a-t-il pas un remède contre ça ? murmura-t-il. Une prière, peut-être ?

— On ne peut chasser un élémental par la prière, répondit le docteur. Il n'a pas assez d'intelligence pour comprendre une prière, et ne connaît ni le Bien et le Mal. Mais je peux peut-être l'effrayer en…

— Alors, allez-y ! Fichez-lui, la frousse ! implora le journaliste.

— …éteignant les chandelles, poursuivit Brodsky. Bien qu'il ait tenté de les éteindre lors d'une farce bizarre, il se trouve que ce genre d'esprit, contrairement à ceux d'un ordre supérieur, a très peur de l'obscurité.

Le journaliste poussa tout à coup un cri et se leva.

— Quelque chose m'a pincé ! Je le jure ! s'exclama-t-il en tremblant.

— Asseyez-vous là, répondit Brodsky en désignant les sacs qui couvraient la peau de guépard. Mon ami, vous restez là quoi qu'il arrive, et rien nous fera du mal. Vous, approchez-vous, ajouta-t-il ensuite à mon adresse. Je vais prendre votre place. Et maintenant, tout le monde se tait, s'il vous plaît.

Tout était silencieux. Les oiseaux s'étaient endormis. J'avais conscience que, assis là, ma propre peur cédait progressivement la place as une sensation de tristesse intense. Tous les malheurs, toutes les angoisses du monde semblaient s'abattre sur moi. Je ressentais un besoin de lumière, de compagnie humaine, que même la présence de Brodsky ne parvenait pas à étancher. Je sentis sa main sur mon épaule ; instinctivement, il avait deviné mon malheur. C'est alors que, je pourrais le jurer, j'entendis un sanglot.

Brodsky l'avait entendu lui aussi. Il se redressa aussitôt. Il se rua dans un coin, là où le bois et les sacs étaient empilés en quantité, et en débusqua… la fille faible d'esprit. Elle avait beaucoup pleuré et son visage était mouillé de larmes. Ce qui n'empêchait pas un reflet sinistre et pernicieux de briller dans ses yeux.

— Je m'y attendais, dit le docteur sans la quitter des yeux. Vous chassez par deux, bien sûr. Je me doutais que tu devais être quelque part dans les environs quand ton ami désincarné a commencé ses farces avec les cages et les chandelles.

Il se tut un moment, l'observant avec l'expression dépourvue d'émotion et de pitié de quelque juge implacable.

— Âme ! jeta-t-il, comme si le corps de l'enfant n'existait pas pour lui, tu n'as qu'une pauvre lampe de chair pour éclairer ton chemin. Les sens que tu peux contrôler chez elle ne savent rien des conséquences de leurs actions. Tu as déjà tué deux hommes ! Et tu en tueras d'autres encore !

La fille éclata d'un rire idiot.

— Monsieur méchant taper ! cria-t-elle en direction des combles. Méchant monsieur taper bébé. Monsieur méchant tombe mort. Écraser monsieur méchant. Toi, monsieur méchant ! Lui écrase, toi mort !

— Ah ! fit le docteur, relâchant sa prise sans la quitter des yeux.

Il semblait décontenancé ; ou peut-être était-ce en raison de son amour naturel des enfants, même ses nerfs d'acier avaient cédé devant cette horreur.

Mais le journaliste bondit soudain sur ses pieds en criant. Ses nerfs avaient lâché. Il se rua vers nous en titubant, écartant planches et sacs de son chemin.

— Tuez-la ! Tuez-la ! cria-t-il. Je n'en peux plus ! Ce n'est pas une enfant, c'est le diable !

Comprenant qu'il avait perdu l'esprit, Brodsky essaya de l'intercepter, mais l'homme lui échappa et se jeta sur l'enfant, tel un fou aux yeux luisants de démence. Il la saisit par le col de sa robe et la souleva.

— Reposez-la, espèce d'imbécile ! s'écria le docteur, furieux. Si vous tenez à la vie, relâchez-la !

— C'est un piège ! lançai-je involontairement — car à cet instant précis, la clarté aveuglante de ce qui pouvait arriver inonda mon cerveau. Je vis le démon, appâtant son piège grâce à la jeune faible d'esprit, afin qu'une menace réveille en elle ses pouvoirs de destruction latents. La fille avait été présente lors des deux meurtres précédents ; elle était là ce soir, attendant que ce soit notre tour, attendant de pousser l'un de nous à la violence.

Rien n'indiqua que le journaliste avait entendu l'ordre de Brodsky. Il entreprit d'entraîner l'enfant vers la porte. Au début, celle-ci n'opposa aucune résistance et ne prononça pas un mot ; puis elle s'agrippa à une caisse et un hurlement de terreur sauvage s'échappa de sa gorge. Les aras s'éveillèrent et ajoutèrent leurs cris au sien. La caisse se renversa ; les chandelles tombèrent au sol et s'éteignirent aussitôt, nous plongeant dans une obscurité presque totale.

— Donnez-moi une allumette ! s'exclama Brodsky. Une allumette, pour l'amour du ciel !

Mais ces mots furent emportés par le vent de folie qui s'ensuivit. J'entendis le journaliste beugler comme un veau ; il plongea dans l'obscurité, lâcha l'enfant, chancela puis tituba vers la porte, tout en poussant des gémissements d'angoisse et de terreur. Au milieu de la longue salle sombre, il glissa et s'effondra sur le sol. Je m'élançai vers lui, mais rencontrait Brodsky sur mon chemin.

Je sentis à cet instant un corps velu, et qui déployait des bras incroyablement longs pour s'agripper à moi. Puis le docteur intervint, et dès lors, nous luttâmes tous pour nos vies.

Nos efforts n'avaient rien d'imaginaire. Nous étions projetés de-ci de-là. Tantôt, un tentacule semblable à celui d'une pieuvre se lançait vers moi, tantôt je me libérais pour plonger les poings dans quelque chose d'incroyablement dur, mais qui gardait la consistance de la chair humaine. Une fois, la Chose m'enserra la poitrine à me couper le souffle. Mais alors que je titubais, sur le point de m'effondrer, je sentis le bras du docteur s'interposer, et je fus à nouveau débarrassé du tentacule. Je me retrouvai bientôt au bord de l'évanouissement. Je ne pouvais lutter davantage. Cette fois, je m'effondrai pour de bon ; je sentis alors une haleine fétide sur mon visage, et des doigts d'acier griffus se refermer autour de mon cou… Et puis… quelque chose de doux et velu tomba sur moi.

Et notre adversaire disparut.

Je restai là, le souffle court.

Longtemps après, à ce qu'il me sembla, le docteur ralluma les chandelles.

— Non, déclara le journaliste, pensif, le matin suivant. Non, je ne publierai pas cette histoire. Je vais rentrer chez moi et passer le week-end dans mon lit, puis je dirai à mon patron que je n'ai pas pu le faire.

Un faible sourire étira ses lèvres tuméfiées. Son visage était un patchwork d'ecchymoses.

— C'est donc la peau du guépard qui nous aura sauvé la vie ? demandai-je.

Le docteur hocha la tête. Il était à peine plus présentable que le journaliste ou moi-même.

— Une heureuse inspiration, en effet, et qui m'a conduit à l'emporter dans la maison, dit-il. Un ange devait sûrement veiller sur nous, la nuit dernière. Jamais je ne suis passé si près d'un échec ! Jamais nos vies n'ont été sauvées par un miracle comme celui-ci !

— Vous saviez depuis le début que ce n'était pas un esprit frappeur, n'est-ce pas ? demandai-je.

— C'était bien un esprit frappeur, répliqua le docteur. Qui avait réalisé l'ultime incarnation avant de pouvoir prendre la forme d'un homme. Il réapparaîtra, d'ici quelques siècles, en un humain primitif, probablement un aborigène australien, ou un insulaire d'Andaman. L'entraînement du major l'avait sans aucun doute aidé à comprendre qu'il avait atteint la fin de ses renaissances animales.

— Mais ce n'était pas un agent du Mal pour autant, poursuivit Brodsky. L'éducation qu'il avait reçue l'avait amené presque au seuil de l'intelligence humaine, faisant naître en lui un monde de désir, doublé de la réalisation de son triste état. Il recherchait un amour humain, de la compagnie, et du fait de son âme quasi humaine, sa conscience a persisté après sa mort, comme c'est commun chez les grands primates anthropoïdes. Ceci au lieu de retourner au sein de l'immense fontaine de la conscience éternelle…

— Il est donc demeuré auprès de l'enfant qui s'était liée d'amitié avec lui. Il connaissait le concierge et ne lui faisait pas de mal. Par contre, si des étrangers s'approchaient de l'enfant, il les observait de près, pour la défendre furieusement sitôt qu'elle était victime de coups ou d'actes de méchanceté.

— Oui, j'ai soupçonné très tôt l'orang-outan. Je savais que ça ne pouvait pas être le guépard, car la famille des félins se situe trop bas pour conserver des mémoires individuelles. J'en fus convaincu quand il n'a pas répondu au défi que nous lui lancions. Un véritable esprit frappeur aurait compris et aurait, lui, réagi instantanément. Par chance, je me suis souvenu que les fauves sont les seuls ennemis de ces primates ; voilà pourquoi l'orang-outan ne s'était pas approché des chandelles lorsque je les ai installées près de la peau. Enfin, ce balancement des cages à oiseaux, c'est tout à fait le genre de chose que ferait un primate, n'est-ce pas ?

— Mais ce *Poltergeist* ne va-t-il pas revenir ? demandai-je. Et blesser quelqu'un d'autre ?

— Pas avant un bon moment, répondit Brodsky. D'ici là, je m'assurerai que l'enfant soit placée dans une institution pour les faibles d'esprit. Elle a vécu trop longtemps dans l'autre monde. Avec des soins et un accompagnement de qualité, je suis convaincu que nous réussirons à en faire un humain raisonnablement rationnel.

Titre original : « *The Major's Menagerie* »
Traduit par Albert Aribaud
Publié avec l'autorisation de l'agent des héritiers de l'auteur, Morgan A. Wallace

BIBLIOGRAPHIE FRANÇAISE DE VICTOR ROUSSEAU

— « Chapelle ardente » (« Chapelle Ardente », in *Red Book Magazine,* janv. 1915, USA), in *La Canadienne* de juil. 1920, Québec.
— « Le roman de Fanchette » (“The Wooing of Fanchette”, in *Blue Book Magazine*, fev. 1915, USA), in *La Canadienne* d’août 1920, Québec.
— « Comment s’accomplit un miracle » (« The Curé’s Love Story », originale peut-être in *Everywoman's Magazine,* 1917, Canada), in *La Canadienne* de janv. 1921, Québec.
— « La main du cadavre » (« The Crooked Finger », originale peut-être in *Fiction Magazine*, 12 août 1917, USA), in *Mon magazine policier* #1, fév. 1941, Québec.
— « Quand veillent les dieux morts » (“When Dead Gods Wake”, *Strange Tales of Mystery and Terror*, USA), in *13 histoires de sorcellerie*, Marabout: Verviers, Belgique, 1975.
— *L’Œil de Balamok* (*The Eye of Balamok, All-Story Weekly,* Jan 17, jan 24, janv. 31 1920, USA), Éd. Antarès : La Valette, 1991, coll. « L’Or du Temps ». Dans une traduction révisée, réédition en eBook chez L’ivre-Book : Ménétrol, 2018, et en papier chez L’Œil du Sphinx/RDN Books: Paris, 2018, coll. « Vintage Fiction » n° 2.
— « La femme de Jackson » (« Jackson’s Wife », *The Smart Set,* mai 1909, USA), in *Wendigo* n° 1, 2011.
— « Le cas de la fille du geôlier » (« The Case of the Jailer’s Daughter », sous le nom de H. M. Egbert, in *The Globe and Commercial Advertiser*, 5 février 1910, USA), première de la série Dr Ivan Brodsky, in *Wendigo* n° 2, 2013.
— « La femme au nez crochu » (« The Woman with the Crooked Nose », sous le nom de H. M. Egbert, in *The Globe and Commercial Advertiser,* 12 février 1910, USA), deuxième de la série Dr Ivan Brodsky, in anthologie *Détectives rétro* réunie par André-François Ruaud et Xavier Mauméjean, Les Moutons Électriques : Lyon, 2014.
— « L’héritage de la Haine » (« The Legacy of Hate », sous le nom de H. M. Egbert, in *The Globe and Commercial Advertiser*, 5 mars 1910, USA), troisième de la série Dr Ivan Brodsky, in *Wendigo* n° 3, 2016.
— « Le Dixième Commandement » (« The Tenth Commandment », sous le nom de H. M. Egbert, in *The Globe and Commercial Advertiser*, 26 févr. 1910), quatrième de la série Dr Ivan Brodsky, in *Wendigo* n° 4, 2017.
— « La malédiction d’Amen-Ra » (« The Curse of Amen-Ra », in *Strange Tales of Mystery and Terror*, oct. 1932, USA), in *Wendigo* n° 5, 2019.
— « La ménagerie du Major » (« The Major’s Menagerie », sous le nom de H. M. Egbert, in *The Globe and Commercial Advertiser*, 12 mars 1910, USA), cinquième de la série Dr Ivan Brodsky, in *Wendigo* n° 7, 2024.

L'ÂME DE LA MOMIE

par Amelia Shackelford

*L'Américaine Amelia Shackelford (1842-1922) est une sorte d'ovni littéraire, comme on dit de nos jours, totalement disparu des radars des spécialistes du fantastique, du bizarre, de la « proto-SF », et même du récit criminel du XIX*e *siècle. Personnellement, j'ai découvert cette pionnière tout à fait par hasard avec l'histoire présentée ici et qui avait été reprise dans le numéro 2 de mars 1997 de l'excellent fanzine américain* Pulpdom *de Camille Cazedessus.*

Issue d'une famille aisée de la banlieue de Chicago, Amelia Shackelford a commencé à publier à peine âgée de vingt ans, mais de manière anonyme, ce qui était extrêmement courant à l'époque et ce qui est une damnation pour les chercheurs et les bibliographes.

En effet, la première nouvelle qu'on peut lui attribuer, et qu'on lira ici, est « The Mummy's Soul » (anonyme, The Knickerbocker, New York Monthly Magazine, *de mai 1862), une histoire fantastique qui figure parmi les textes américains fondateurs sur le thème du retour et/ou/vengeance des momies égyptiennes. On retrouve cette nouvelle dans le rarissime opuscule* Madelaine Darth *(1867) signé « E. L. Ford ». Ce petit livre présente, en accompagnement de la longue nouvelle policière qui lui donne son titre et qu'on peut attribuer à Amélia Shackelford, l'histoire de momie en question, plus la nouvelle criminelle « In a Bin » (mais sans mention du titre) écrite, elle, par son frère, le journaliste et écrivain Collins Shackelford* (1839–1917) *et précédemment parue dans* Beadle's Magazine *de février 1867. Le pseudonyme collectif d'E. L. Ford*

sera encore utilisé quelquefois par le frère et la sœur pour des nouvelles, mais il apparaîtra aussi comme personnage dans une nouvelle d'Amelia Shackelford...
Jusqu'à son mariage tardif avec le célèbre journaliste William K. Sullivan (1843-1899) en 1874, Amelia Shackelford publiera sous son nom une brève rafale de nouvelles intrigantes dans la revue littéraire The Lakeside Monthly *de Chicago, juste après le Grand Incendie de 1871 et dans au moins un magazine populaire national le* Frank Leslie's Chimney Corner. *Ces trop rares histoires se caractérisent par une thématique criminelle/étrange/fantastique inhabituelle pour l'époque et par une narration la plupart du temps déroulée successivement par les personnages principaux de l'intrigue. Des indices laissent à penser qu'Amelia Shackelford a pu publier, anonymement ou sous un autre nom, encore d'autres textes qui restent à identifier.*
*Après son mariage et son implication renforcée dans les activités de la bonne société de Chicago, Amelia Shackelford continuera à publier irrégulièrement de la fiction, des articles, et même un roman (*À Questionable Marriage, *1897) sous le nom d'Amelia Sullivan ou d'Amelia Shackelford Sullivan. Jusqu'à preuve du contraire, sa dernière nouvelle publiée l'a été en 1904 dans* The Red Book.

RDN

Il était midi. La vie fraîche et luxuriante régnait au-dehors, et l'obscurité de la minuit et les morts à l'intérieur de la tombe égyptienne creusée dans le cœur même de la chaîne de montagnes libyennes. À deux cents pieds au-dessus de moi, des ruines imposantes, à demi enterrées sous les sables jaunes et scintillants du désert, s'affichaient comme l'ossature d'une cité de merveilles titanesques. À ce moment-là, Thèbes[1] n'était pas aussi désolée. Les visages sculptés des colosses contemplaient le désert de leurs yeux sévères et secs, comme moquant le caractère éphémère des créations contemporaines. Il y avait autour de moi des momies, des sculptures et des peintures grossières sur les murs. Ici, la vie et la

[1] Thèbes : ville antique d'Égypte, aujourd'hui appelée Louxor.

mort se tutoyaient, et se définissaient par la réalité de leur existence commune. Une humanité venue du fond des âges par ses cendres prêchait des sermons sur les vérités les plus importantes dans de prodigieux ossuaires. Néanmoins, je me demandais, dans une disposition d'incrédulité face à de telles vérités, si les oracles de la mythologie égyptienne parlaient faussement quand ils affirmaient que l'âme, après trois mille ans de pèlerinage vers d'autres sanctuaires, réinvestirait les corps des défunts, leur insufflant une nouvelle vie.

Une chauve-souris effrayée allait et venait dans un tombeau vide ; un scorpion en colère faisait claquer ses plaques dorsales tandis qu'il rampait le long de la corniche de l'une des cryptes au-dessus de moi. Une légère brise provenant du couloir emplit mes narines des effluves écœurantes des momies, et dispersa la poussière des gravures de la colonne. J'étais dans l'écrin de la Mort, et les momies en étaient les joyaux. Mortes depuis des siècles, et pourtant vivantes en tout si ce n'est dans la vie ; manquant seulement de ce souffle vital pour se dépouiller de leurs bandelettes et se mesurer à moi ! La pensée de les voir émerger du tombeau, dans toute la hideur d'une telle résurrection, me fit frissonner.

Pourtant, si leur doctrine d'un renouveau de vie après trente siècles devait se révéler vraie, alors il pourrait y avoir à tout moment une résurrection, et un paroxysme conséquent de terreur de ma part. Que se passerait-il si je devais me faire attaquer, alors que je parcourais les passages complexes de ce berceau d'antiques horreurs, par des hordes de ces Égyptiens ressuscités, rendus furieux par le sacrilège de ma présence ?

La simple idée de devoir affronter leurs formes racornies dans un combat mortel, et de lutter pour la victoire, nos membres entrelacés, tandis que leurs cheveux cassants, exhalant l'odeur de la crypte, balaieraient mon visage… Toutes ces suggestions insensées d'une imagination excitée par mon environnement étrange, conjointement avec l'écho d'un bruit de pas traînants dans un couloir éloigné, eurent pour effet de me faire lâcher ma torche et de me ruer vers l'entrée de la tombe, où je demeurai à trembler d'effroi, sans savoir quel chemin emprunter. Heureusement, Ferraj, mon guide, arrivait ; autrement, dans l'obscurité et l'ignoble solitude, je serais devenu fou.

Le tombeau dans lequel je me tenais avait été découvert la veille. Il consistait en une grande chambre agrémentée d'arches épaisses, d'une imposante colonne au centre et de trois niveaux d'alcôves de chaque côté ; les façades étaient ornementées de peintures d'une couleur rouge intense. Les ciselures lourdes de la colonne étaient simplement de formidables traits de sculpture, sans finesse de contour, sans élégance légère pour déparer l'efficacité de leur prodigieuse symétrie. Chaque courbe et ligne droite sur la colonne et la tablette était âpre, sévère et même cruelle dans l'expression de sa puissance. Le granit brut avait été taillé, dans bien des cas, de tracés rudimentaires, mais complexes de faste humain, par le talent facile de l'artiste patient. Pourtant, les mains qui avaient taillé et peint, jour après jour, au service d'un prêtre rusé ou d'un proche en deuil, avaient abandonné burin et pinceau des milliers d'années auparavant, délaissant les tracés de ces œuvres devenues des mémoriaux de grandeur inexploitée.

Nombre des niches superposées avaient été dépouillées de leurs contenus. Une seule demeurait intacte ; sur sa tablette était peinte, en couleurs chaudes, une fleur de lotus, brisée en son bourgeon. Il n'y avait nulle inscription sur la tombe pour désigner son occupant ; pas de gravure légendaire des événements de sa vie. Le ciment autour des angles de la tablette était aussi dur que la roche dans laquelle la tombe était taillée. Le labeur d'une demi-heure avec une pince à levier n'obtint qu'un maigre résultat ; aussi, je plaçai une quantité de poudre sous le bord inférieur de la pierre, où la barre de fer avait creusé une petite cavité. Le feu courut le long de la mèche dans un sifflement, bientôt suivi par le bruit assourdi de l'explosion, qui fut tout de suite étouffé et asphyxié par le silence de mort des couloirs qui nous entouraient. La dalle peinte tomba sur le sol et se brisa.

À l'intérieur de la niche ainsi ouverte se trouvait un sarcophage où reposait une momie, bandée de la tête aux pieds dans un lin fin, et qui reposait sur un lit de fleurs effritées. Je me reprochai, dans une disposition triste et pensive, un tel sacrilège, quand je découvris que c'était le corps d'une femme. Mais une odeur répugnante de moisi provenant de la dépouille répandit ses essences subtiles à travers la chambre, et s'emparant de mon cerveau l'enivra. Il me sembla voir, dans ce grisement passager des sens, le corps de cette momie rompre son linceul, et lentement reculer à travers les murs de pierre, qui ne se refermèrent pas derrière lui alors qu'il flottait, bien en vue, le long d'un couloir creusé dans la montagne, bordé par des rangées de tombes superposées. Et hors de ces tombeaux de pierre s'étiraient des bras bandés de momies à la peau fauve, dont les doigts cherchaient en vain à agripper le spectre, tandis que, les traits et les membres immobiles, il glissait toujours le long de l'effroyable allée, avant de se perdre dans les ténèbres.

Le supplice de la vision était passé. Mon front était couvert d'une sueur froide, et j'avais les yeux douloureux de la chaleur féroce qui avait donné vie à l'épouvantable tableau ; alors que de blanches flammes de lumière semblaient, de temps en temps, se mélanger aux ténèbres du couloir.

Je regardai derrière moi. Ferraj était recroquevillé au sol, les mains sur le visage.

— Ferraj !

— *Howadji*[2] ! Courageux *Sidi*[3] ! N'avez-vous pas vu le corps se déplacer et faire signe de ses mains ? Est-ce qu'il s'en est allé dans l'obscurité ? cria-t-il en saisissant ma main.

— Bien sûr que non, compagnon insensé ! N'est-il pas là dans le sarcophage ? Il est impossible pour les morts de revenir à la vie. »

Je ris légèrement pour le réconforter ; mais il n'était pas du tout rassuré, et je remarquai que, tout le temps que nous fûmes dans le tombeau, il se tint à distance de la momie, brandissant sa torche telle une épée, comme pour parer un coup porté par des mains invisibles.

Avec une profonde crainte mêlée de respect, je désenveloppai le visage de la dépouille. Les traits noirs et ridés d'une femme furent révélés. Je fus saisi — et même écœuré — par la hideuse révélation. L'espace d'un instant, j'en oubliais ma situation et mes environs, et il me revint seulement un souvenir, du jour où je retournai le couvercle d'un cercueil et contemplai pour la dernière fois le visage de ma défunte sœur. J'imaginais, à travers ma rêverie suscitée par cette momie, un beau visage et des traits pâles, comme du marbre.

---

[2] *Howadji* : nom arabe signifiant « voyageur ».

[3] *Sidi* : nom signifiant « mon seigneur », utilisé comme titre honorifique en Afrique du Nord.

Jamais mon imagination ne m'avait fait apparaître une vision aussi bouleversante. Mais mon zèle d'antiquaire réprima rêves délicats et réalités désagréables. Cette femme avait peut-être été belle à l'époque de son existence ; elle était, peut-être, considérée comme la détentrice d'une grande beauté. Elle était très petite, mince, avec un front bas, les pommettes hautes, mais pas saillantes, et le nez fin et petit ; ses yeux, les fenêtres vers l'âme d'une femme, étaient fermés sur un sommeil séculaire. Ses cheveux étaient bruns, frisés et un peu flétris. Sa bouche était petite, d'un contour exquis, et ses lèvres étaient dépourvues de toute lourdeur de courbe trahissant la présence de sang éthiopien. Mais la peau sombre, semblable à du parchemin, ridée et rugueuse, me fit exécrer le corps, et m'interroger sur l'amour qui ainsi avait brûlé jusqu'au bout la beauté, par des feux d'une subtile alchimie se consumant lentement ; et garder l'enveloppe de l'âme, afin qu'il puisse encore une fois lui redonner le souffle d'une vie qui dans ses errances avait animé bête, oiseau ou insecte, et avait acquis autant de force à chaque transmigration. Tandis que je défaisais les longs bandages de la poitrine, une puissante bourrasque afflua du désert jusqu'aux cryptes sombres sous les montagnes. Elle fit flamboyer les torches mourantes, dispersa la poussière recouvrant la colonne et la niche, et fit s'effriter la momie en une poudre dégoûtante qui me suffoqua à demi de sa subtile essence d'humanité. D'un amas de perles et de lambeaux d'étoffes, j'extirpai un scarabaeus de pierre au dos duquel étaient gravés nombre de minuscules hiéroglyphes. Je parvins à traduire ce qui suit : « D'ici trois mille ans, une vie nouvelle. » Ainsi, la prophétie avait été démentie, et la poussière était redevenue poussière, me dis-je. Mais le doute s'était introduit dans mon esprit, et la perspective de voir la résurrection ainsi prédite reformer un corps à partir de ces poussières vint alimenter mon imagination qui espérait qu'il en serait ainsi.

Dans la crypte, à la tête de la dépouille, je trouvai un minuscule vase de pierre d'un vert translucide, de forme ancienne, orné d'artifices gravés de superbe manière. De chaque côté jaillissait un serpent, qui s'étirait vers le haut en de légères et gracieuses courbes, jusqu'à ce que de ses crocs ignobles il entaillât le bord fin du vase. Il était si délicat qu'il semblait que le toucher des doigts même les plus prudents le réduirait en poudre. Je le renversai accidentellement, et voilà que s'éparpillèrent sur le sol nombre de cendres légères et fines et un insecte d'une taille impressionnante. Il reposait par terre, à mes pieds, les ailes déployées. Ferraj se pencha et, le prenant dans sa main, le regarda fixement pendant une minute, ses lèvres frémissantes, et sa main tremblant tant qu'il manqua en lâcher sa torche.

— Efrit ! Efrit ![4] Un mauvais diable ! hurla-t-il, avant de rejeter l'objet dans les restes de la momie. Le ramassant, je l'examinai avec soin, mais un dégoût indescriptible m'étreignit dès que je vis l'objet infâme.

Il s'agissait d'une mouche, longue de six pouces[5], avec une tête de la taille et la forme d'un pois, qui avait l'aspect d'une gouttelette d'argent liquide. Ses petits yeux blancs brillaient de l'éclat d'un diamant, et dépassaient légèrement de la tête. Le corps était souple et d'une couleur dorée éclatante, ceinte à intervalles réguliers par des bandes vertes. Ses longues pattes délicates et très articulées étaient ornées de fins poils jaunes. Ses ailes étaient de grandes plaques de pure beauté — des entrelacs de lignes dorées, des ombres d'une noirceur profonde — somptueusement ornées, rainurées de veines d'argent qui en teintaient les bords, telle une dentelle d'un charme merveilleux. Ces labyrinthes de couleurs délicates se mélangeaient si bien les uns dans les autres que l'œil se fatiguait à s'efforcer de chercher à découvrir où finissait une teinte et où commençait l'autre. L'éclat de la couleur n'avait pas été atténué par la mort de l'insecte, mais se révélait dans toute sa splendeur. Des extrémités pointues de ces ailes prodigieuses pendaient de minuscules pampilles de poils les plus fins, recouverts de la poussière dans laquelle il avait été enterré. En dépit de sa variété de couleurs et sa structure merveilleuse, il était déformé d'affreuse façon ; car jaillissant du centre même de sa tête, une fine antenne souple de couleur rouge sang était enroulée sur elle-même. En voyant cela, mon admiration se changea en dégoût. Un frisson d'effroi me parcourut lorsque, avec un claquement perçant, l'antenne que j'avais déroulée glissa de mes doigts et se replia en heurtant la tête. Ferraj s'était tenu éloigné de moi durant cet examen ; mais lorsqu'il vit mon geste et entendit le son aigu de la spirale qui se réenroulait, il poussa une plainte sourde.

---

[4] Dans la mythologie arabe, un *éfrit* est un génie malfaisant.

[5] Soit 15,24 cm.

La remarquable souplesse de l'insecte me persuada qu'il avait été embaumé dans le vase, dans un fluide évaporé depuis longtemps. Les cendres avaient dû, ou pas, former une partie du mélange d'embaumement. Tout dans l'insecte était souple et humide, comme si la vie s'en était tout juste allée. Mais je ne pouvais supposer son utilité quand il était en vie ni ce qu'il symbolisait une fois mort.

L'insecte me fascinait, pas simplement par sa superbe variété de couleurs, pas par quelque particularité de structure jusqu'à présent inconnue, ni par l'apparence très intelligente de ses yeux éteints, mais dans son ensemble. Même le casque répugnant sur sa tête était indispensable à ma fascination. Je me haïssais de céder au sentiment qui, dans les jours suivants, deviendrait une passion intense, et ferait place à la fierté que de posséder une création si merveilleuse.

Je rassemblai une ou deux poignées de la poussière de momie et les mis, avec la mouche, dans le vase, puis quittai le tombeau, abattu — submergé par les sensations éprouvées et les découvertes que j'y avais faites. Je n'avais pas le cœur de poursuivre mon investigation parmi les tombes, et repartis presque aussitôt pour l'Amérique.

Je montrais souvent mes souvenirs à mes amis ; les dames, reconnaissant la merveilleuse magnificence de l'insecte, déclaraient presque invariablement que c'était la chose la plus vile qu'elles eussent jamais vue, et s'élevaient plutôt amèrement contre un jugement qui avait pu choisir de telles horreurs comme souvenirs de mon séjour en Égypte.

Mais mon épouse — mon cher jeune et bel ange — se prit d'une réelle fascination pour cet insecte. Je ne découvris cette servitude de son esprit qu'après de nombreux mois. C'est alors, devenant subitement conscient de l'avoir trouvé entre ses mains à maintes occasions, qu'il me vint à l'esprit qu'elle devait être captivée par cette créature. Lorsque je l'en blâmais, elle fondit en larmes, et reconnut la réalité de mon accusation ; prétendant, d'un ton piteux d'excuse, « que la fascination du bel objet était tellement irrésistible, et en même temps lui rappelait si fortement ma longue absence dans des pays lointains, qu'elle ne pouvait empêcher ses pensées de se peupler des paysages étranges et des découvertes qui m'avaient tenu éloigné d'elle, et de contempler le seul souvenir de cette absence. » Alors, pour la première fois, je lui parlai des apparitions dans le tombeau. Quand j'eus terminé, elle joignit ses jolies petites mains, et dit :

— Fred, cet insecte m'attire comme il t'attire ; il y a seulement qu'à mon abandon à sa servitude est alliée une prémonition : qu'il me causera une blessure affreuse. J'ai rejeté l'idée encore et encore, mais elle revient toujours. Je lutte pour être philosophe, et la traiter comme un délire, mais je ne trouve pas d'apaisement.

Par la suite, ensemble, nous avions l'habitude de passer des heures à contempler les particularités antipathiques de cette mouche, et à tenter de deviner quel rôle elle jouait dans l'économie de la nature, lorsqu'elle volait parmi des gens dont l'existence était presque oubliée. Ces inspections enivraient nos imaginations, par l'ancienneté et le mystère entourant l'objet de notre investigation. Nous nous accrochions d'autant plus l'un à l'autre en raison de notre servilité à cette aura incompréhensible de la mouche. Nous n'étions pas malheureux, mais simplement mal à l'aise ; ne nous efforçant jamais, même après deux mois, de nous défaire de ce joug.

Si cela était la fin de l'histoire, je pleurerais de joie. Mais c'est à ce moment particulier que l'insecte, jusqu'ici silencieux, prend alors son rôle dans une tragédie sans nulle autre pareille.

Un soir, réalisant une expérience, j'eus l'occasion d'utiliser un mélange d'ammoniaque et d'éther que j'avais préparé dans une soucoupe, quand l'on m'appela soudain et je dus m'absenter de la maison, laissant le composé sur la table, dans son récipient. Quand je revins, tard dans la soirée, je constatai qu'une domestique avait vidé les contenus de la soucoupe dans un vase. Il ne me vint jamais à l'esprit de demander dans quel vase ; comme il y en avait plusieurs dans la pièce, c'était sûrement dans l'un d'eux, et je ne prêtai pas attention au problème. La chambre donnait sur le bureau ; les deux pièces étaient séparées par une cloison lattée et plâtrée, et la porte restait toujours ouverte la nuit.

Vers minuit et demi, mon sommeil fut brisé d'une manière subtile, inexplicable, signe souvent avant-coureur d'un danger. Chacune de mes facultés était alerte et vive, et inhabituellement éveillée. Dressant l'oreille, je captai soudain un air léger de musique, dont les notes délicates flottaient doucement vers moi d'un coin de la chambre. Puis, avec la rapidité de l'éclair, un courant délicieux, ahurissant, de mesure après mesure de symphonies passionnées me frappa les oreilles. Elles se déversaient du bureau et allaient et venaient dans l'air stagnant, jusqu'à ce que chaque particule devînt une clochette qui tintait de la plus douce des mélodies. Cette musique était si tendre, et pourtant si violente ; si douce dans ses cadences, pourtant si vigoureuse dans ses expressions ; si paisible, et pourtant si exaltante, que la pièce tremblait de ses répercussions. Une langueur exquise prit possession de moi. Il y eut un profond silence une minute durant. Puis, juste au-dessus de mon visage, retentit une nouvelle manifestation de cette mélodie impétueuse ; de ces échos carillonnants.

Ma femme gémit, et dans son agitation, sa main tomba sur mon visage.

Mes pensées avaient été si parfaitement contrôlées par la musique étrange et désincarnée que le contact me fit peur ; c'était comme si une main était sortie des ténèbres épaisses et s'était posée sur mon front. Mais l'alerte, bientôt rejetée par la calme raison, fut suivie d'un autre choc, moins rapide et soudain, mais plus durable et plein de terreurs subtiles et d'angoisse poignante. La main de mon épouse était sèche, fébrile et racornie, comme si une fièvre rapide et dévorante avait consumé sa fraîcheur, et laissé derrière elle la peau comme du parchemin, les cendres chaudes de sa beauté passée.

Elle gémit faiblement, quand je l'appelai passionnément. Je pressai mes lèvres contre son visage ; il était aussi terrible que sa main. Alarmé par son silence incompréhensible, et par le changement aussi soudain que silencieux, si évident au toucher, j'allumai la bougie.

Elle était étendue sur le côté, me regardant de ses yeux si vides d'expression, si dénués de vie ou d'éclat dans leur fixité idiote, que la transformation inattendue, horrible, plus douloureuse encore de par son état désespéré, perça mon cœur comme la pointe affilée d'un couteau. Je pleurais.

Tandis que je gémissais et pleurais dans mon angoisse désespérée, sa main rêche et brûlante reposa une fois de plus sur mon visage, comme pour exprimer, aussi faiblement qu'il fût, sa compassion pour ma détresse. Bien qu'elle ne pût se rendre compte de l'âcreté de mon angoisse, elle comprenait, comme dans un rêve à n'en pas douter, qu'un chagrin s'était abattu sur moi.

Avec un cri de joie face à cette manifestation de son amour profond, je la pris dans mes bras ; mais l'espoir qui avait subitement jailli dans mon cœur fut cruellement écrasé, car elle demeurait étendue dans mes bras, passive et non démonstrative, tandis que les rapides pulsations de son sang brûlant roussissaient sa peau délicate, jusqu'à ce qu'elle ne fût plus que fin parchemin.

Mais pendant que je souffrais très intensément, pendant que mon cerveau était pris de délire face à ce délabrement de mon amour — cette affliction mystérieuse, ahurissante — j'entendis de nouveau, pris d'une peur inexprimable, la musique sauvage et erratique. Mon épouse trembla avec violence lorsqu'elle entendit les notes claires retentir. Chaque seconde affectait son apparence, révélant une femme aux traits flétris et brunis ; dont les yeux, autrefois animés par le plus sacré des amours, étaient froids, dépourvus de passion et fixes en un regard sans âme. Elle perdit toute volonté et sombra dans une terrible apathie. En tout point, hormis la forme et le visage, elle ressemblait à la momie dans le tombeau. Jusqu'ici, mon esprit avait été paralysé par la terreur et le chagrin. À présent, il se remettait de son choc. J'implorai mon épouse de me dire la cause de sa maladie, de me parler ; et je mis mon oreille près de ses lèvres, pour saisir le plus faible des murmures. Mais le bourdonnement musical dans le bureau fut le seul son que j'entendis. Affolé à la pensée que mon inaction puisse hâter sa mort, je fis venir un médecin qui, après maintes délibérations, n'osa rien préconiser. L'on en envoya chercher un autre, qui n'avait jamais entendu parler ni rien lu au sujet d'un tel cas. Il prescrivit de l'eau-de-vie pour stimuler le sang, qui perdait rapidement en vitalité, et annonça qu'il ne pouvait rien faire de plus.

Ce fut après qu'il fût parti que, me penchant sur mon épouse, je vis plusieurs petites gouttes de sang sur l'oreiller. À l'arrière de son oreille gauche se trouvait un endroit où la peau était un peu endommagée, comme par la piqûre d'une aiguille, et de laquelle du sang suintait lentement. J'étais toujours penché au-dessus d'elle, et les domestiques lui frictionnaient mains et pieds en lui administrant le stimulant, quand soudain la mystérieuse musique électrisa de nouveau l'air. Mon épouse frissonna au bruit, et les femmes interrompirent leur tâche, pour se dévisager avec étonnement et inquiétude.

Prenant une lampe par le pied, je passai dans le bureau, refermant la porte derrière moi. Je n'avais pas retiré ma main de la poignée que dans un sifflement un grand objet, chaud comme un charbon ardent, frappa mon visage ; et quand je le repoussai, s'éleva et voleta çà et là contre le haut plafond. Complètement stupéfait, je reconnus cet assaillant, ce musicien, cet exsudeur de douces sonorités. C'était l'Insecte. Son corps, luisant d'or et d'émeraude scintillante, était étendu à ses pleines proportions ; ses grandes ailes à franges battirent l'air jusqu'à émettre une musique surnaturelle ; les facettes de ses yeux, étincelants comme des diamants, emprisonnaient un millier de feux minuscules, brûlant d'une flamme constante. Son antenne était déployée et tâtait nerveusement le plafond blanc, y laissant comme empreintes de petits points rouges à chaque contact. La chose ignoble volait d'un coin à un autre tandis que je la poursuivais. Elle évita avec facilité les projectiles que je lui lançai, et disparut soudainement à travers l'aérateur.

Je pris sur la table le petit vase vert dans lequel l'insecte ressuscité avait été conservé, et découvris qu'il était presque plein du mélange que j'avais laissé dans la soucoupe. Par l'action de ces liquides, la vie avait été recréée dans le corps de l'insecte embaumé. Que je ne comprisse pas le principe de cette résurrection, à travers l'instrumentalité de telles substances subtiles, n'était pas de ma faute. L'insecte était en vie, et sa place dans le vase prise par des fluides dans lesquels il avait dû être plongé — j'acceptais les faits tels qu'ils m'étaient présentés.

Et l'insecte se nourrissait de sang humain ! Tandis que je jetai un coup d'œil le long du plafond, les points rouges que j'y vis me révélèrent subitement la cause du mal de mon épouse ; ils étaient des preuves de l'injection dans ses veines d'un poison subtil, visant à tarir son sang et dessécher sa peau claire. La pleine étendue de ma peine, passée et future, passa devant mes yeux fatigués ; comme une vision terrible, et me secoua comme le vent bat un brin d'herbe sèche. Je retournai au chevet de mon épouse, dévasté par le plus amer des chagrins, et l'angoisse la plus aiguë de l'âme. Le tourment éternel m'enchaînait, comme un criminel, à des horreurs épouvantables ; tandis que l'Imagination enveloppait mon futur d'un voile sombre et ne m'offrait comme unique espoir que la mort ; la vie ne serait plus remplie que de fantasmes hallucinés qui en gâcheraient les moments les plus heureux.

Aimer une femme aussi passionnément que j'aimais mon épouse, et la tenir dans ses bras tandis que s'opère graduellement le dernier grand changement de la vie ; sentir les battements du cœur s'affaiblir, voir les derniers souffles haletants, regarder dans les yeux qui se fermeront bientôt pour toujours, et lire en eux l'amour qu'ils voient à leur tour dans les vôtres, sont les plus tristes de nos devoirs aux mourants. Mais quelle angoisse terrible, lorsque les yeux sont figés dans un regard idiot, leur lueur éteinte pour toujours, et l'être aimé, inconscient de votre douleur ahurissante, de votre amour piteux et inutile, est libéré par la Mort de sa vie malheureuse ! Mon épouse changea peu en apparence après cette nuit mémorable. Son corps devint émacié ; sa peau devint noire et chaude au toucher ; ses yeux étaient mi-clos, et leur vitalité disparue. Elle gisait dans mes bras, à la fenêtre, des heures durant ; et avec sa joue étroitement pressée contre ma poitrine, juste au-dessus de mon cœur endolori, imitait les douces sonorités qu'avaient produites les ailes de l'insecte. Elle ne parlait jamais ; ni ne montrait la moindre conscience de ma présence. Bien des fois, elle pressa ses mains farouchement sur sa tête, comme prise d'une douleur intolérable. Dans mon impuissance lamentable, je ne pouvais rien faire d'autre que de la soutenir de mes bras, et endurer calmement l'angoisse horrible de la vision.

Depuis la nuit de sa disparition, je n'avais pas entendu l'insecte. Je ne me souciais pas de savoir où il avait fui, tant qu'il me laissait en paix. Mais un après-midi, alors que la pluie tombait en rideaux épais, pendant que j'étais assis comme d'habitude à la fenêtre, mon épouse allongée dans mes bras, la musique haïe retentit soudain, faible et assourdie, dans la cloison séparant le bureau de la chambre. Les accords tirèrent mon épouse de son apathie. Elle se souleva, les répéta dans toutes leurs variations, et comme elle terminait, elle tourna rapidement son visage vers moi, et jeta ses bras autour de mon cou. S'ensuivit une brusque et convulsive recherche d'air accompagnée d'un bref et faible gémissement. Ses bras s'ouvrirent, et mon épouse était morte.

Mon épouse fut enterrée, et je devins monomaniaque. Ma seule pensée, la seule chose pour laquelle je me souciais de vivre était la manière dont j'attraperais et détruirais l'insecte — la cause de tout mon chagrin. Je démolis une grande partie de la cloison dans laquelle je l'avais entendu pour la dernière fois, mais échouai dans ma recherche. J'étais au désespoir, je m'asseyais des heures durant devant le trou que j'avais fait dans le mur, écoutant attentivement pour détecter le plus petit son ; mais n'en entendis aucun, et j'en vins à croire que l'insecte s'était glissé dans quelque fissure de la cheminée et s'était envolé.

Le mur n'avait pas été réparé qu'une nuit, pris d'une agréable stupeur, j'entendis une douce musique près de mon oreille, et sentis une brise fraîche, puis la douleur vive d'une piqûre, qui ne dura qu'une seconde. La musique basse et plaintive apaisa mon esprit. Une langueur délicieuse prit possession de moi. Pendant un moment, la sublime solitude du tombeau émerveilla mon âme d'un silence musical. Puis, dans un bruit semblable aux cris lointains d'une immense armée, un vent brûlant et de monstrueux fantasmes déferlèrent sur moi.

J'étais couché sur le sable devant la façade du grand temple d'Abou Simbel, avec ses trois statues colossales sculptées dans la montagne, figées dans un silence d'une majestueuse angoisse, fixant le Nil de leurs yeux de pierre, comme elles l'observaient depuis trois mille ans. Le désert les lape de ses flots de sable, submergeant à demi leurs membres immenses de ses vagues jaunes, révélant à demi leur prodigiosité. Le gris solennel des rochers et des statues contraste avec l'éclat miroitant de la rivière véloce. J'entends des voix qui résonnent à l'intérieur du temple, où les dieux siègent dans l'obscurité lugubre, où les sacrifices sont faits et les souffrances endurées. Tandis que j'écoute, le magnifique temple se dissout dans le doux crépuscule, et l'idée sublime de Sésostris assombrit mon âme comme un nuage.

Palmiers et colonnes brisées ! Philae, Isis et Osiris ! Mecque d'un peuple de merveilles prodigieuses ! Île de belles ruines et de délicieuse désolation ! Les grands rochers noirs qui l'entouraient adoucirent leurs angles aiguisés tandis que le clair de lune frissonnait dans ses allées, et s'attardait dans les cours de ses temples, et que cette vision céleste venait ouvrir les ténèbres dans lesquelles j'errais à travers cette grande plaine désertique. Un seul aperçu de sa beauté majestueuse, et l'obscurité lugubre se dispersait — l'avant-scène d'une révélation de beauté subtile.

Une fois de plus, comme en des temps passés, je me promenais parmi les ruines majestueuses de Karnac. Des amas de roches taillées en des formes gracieuses arrêtèrent ma progression. Des architraves de nobles temples, des fragments de colonnes renversées me firent soupirer devant leur chute. Je descendis l'allée des sphinx, parmi des colosses mutilés et des colonnes grossièrement sculptées, à demi enterrées dans les sables scintillants du désert. Je me promenais sans but dans les grandes salles de temples de tailles prodigieuses, où la lumière et l'obscurité se disputaient la supériorité ; et mon imagination fut réduite à néant tandis qu'elle essayait en vain de saisir toute la magnificence de la défunte Thèbes, dont le squelette gigantesque gisait sans sépulture dans le désert. J'étais perdu dans la forêt de colonnes de la grande salle de Karnak, et frissonnais d'une terreur surnaturelle à côté des statues de granit à l'entrée du temple à El Uksorein. J'étais pris par la faim et la soif dans mes errances parmi ces fragments de grandeur antique et mon âme réclamait le répit, car la terreur elle-même était devenue colossale. Et parmi ces ruines de cités mortes, oppressée par la grandeur même de la désolation, mon âme criait à l'aide. Mais le soleil ardent déversait ses rayons les plus chauds, les monstrueux obélisques m'abritaient des vents frais et rafraîchissants, et d'immenses murs menaçaient de m'écraser sous leurs larges surfaces couvertes de hiéroglyphes. Dans mon angoisse, je creusai une tombe peu profonde dans le sable, et me réfugiai à l'intérieur, et laissai le soleil la percer de ses rayons et attendis que les pierres s'effondrent par-dessus moi. Mais je m'endormis.

Soudain, dans mon sommeil agité, entouré de ces scènes mémorables, retentit un son strident et clair, qui fit vibrer chaque nerf dans mon corps, et résonna dans mon cerveau, jusqu'à ce que l'air semblât frissonner tout entier d'un tumulte d'accords perçants qui tourmentaient les nerfs sensitifs et résonnaient dans l'oreille délicate jusqu'à l'en assourdir. Les sons, vibration après vibration, m'accablèrent de leurs émissions puissantes. Je me relève de ma tombe et tends l'oreille pour en trouver la source. La faible lueur du soleil levant dérobe les flancs accidentés des montagnes libyennes et le fleuve généreux défile majestueusement dans son voyage sans fin. Une fois, deux fois, trois fois résonne la note aiguë ; et le légendaire Memnon, aussi gigantesque que s'il était toujours assis sur son trône sculpté, sur la plaine occidentale de Thèbes en ruines, marche à grands pas vers moi, me tombe dessus et me massacre. Je suis piqué par des milliers de douleurs vives et intenses ; mon corps brûle de leurs feux. La musique s'affaiblit et s'arrête. Une obscurité épaisse me submerge, et je bourre en vain de coups ses vagues silencieuses.

Le souvenir de la maladie qui tortura mon esprit et mon corps durant le mois qui suivit mes visions est rendu proéminent par une illusion aussi pénible qu'elle fut persistante. Je crus que mon épouse, enveloppée de lin, embaumant les arômes de gommes riches et d'épices, qui empoisonnaient l'air de leurs lourdes fragrances, était assise à mon chevet dans toute la hideuse noirceur de sa transformation ; qu'elle serrait ma main entre les siennes et regardait fixement dans mes yeux endoloris avec le regard vide et idiot qui avait caractérisé les dernières heures de sa maladie.

Je ne mis pas en doute la réalité de la vision ; non plus que mon esprit ne se laissa détromper de sa conviction par les stratagèmes rusés de médecins bienveillants. L'étroite communion des âmes, existant entre les êtres vivants, était ainsi perpétuée quand l'un d'eux mourait. L'angoisse de cette compagnie était, au début, infiniment intense. Mon délire n'ajouta rien au bonheur de la rencontre et n'amoindrit rien de ses terreurs. Tout me rappelait continuellement la momie et l'insecte, et tous les incidents liés à leur découverte.

Jour et nuit ne virent aucun changement dans la posture de mon épouse, assise en silence à mon chevet. Ma tête me pesait, lourde comme une montagne — un calme Vésuve empli d'horreurs dormantes. Mes sommeils étaient rares, courts et troublés, peuplés de visions de monstruosités au repos.

Un mois passa, gorgé de ces tourments, et je sombrai dans un sommeil profond qui continua cinquante heures. Lorsque je me réveillai, ma conscience des choses extérieures, bien qu'assurément affaiblie, était revenue. Mais la vigueur de mon esprit était partie pour de bon. Je pouvais penser, mais lentement, et mes déductions étaient très imparfaites. Une fièvre traînante, lente, coulait dans mes veines, et mes membres avaient été dépouillés de leur force, et leur rapidité de mouvement était perdue.

L'état dans lequel j'avais été retrouvé par la domestique, et les gouttes de sang funestes s'écoulant de la blessure derrière mon oreille trahissaient sans le moindre doute la cause de mon mal, identique à celui qui avait tué mon épouse. Si mes nombreux espoirs avaient été ruinés, mes ambitions étouffées, mes lourds chagrins rendus encore plus pesants, et le courant fort et vif de ma vie inversé par le pouvoir mystérieux de ce terrible insecte, il s'épanouissait et prospérait pourtant de par leur extinction même une haine amère de la cause de ce mal. Bien que mon cerveau fût alourdi dans son acuité de perception, et que mon corps fût desséché par une chaleur féroce et anormale qui me brûlait la peau, laissant derrière elle de grandes rides, et roussissait mon teint clair d'une nuance fauve, malgré tout j'espérais, faisais des plans et vivais uniquement pour détruire l'insecte, dont je pouvais parfois entendre la musique dans le mur, cachette hors de laquelle la chose diabolique s'aventurait rarement.

Un jour, d'une humeur inhabituellement abattue, je pénétrai dans mon bureau, refermai la porte et m'assis. En un instant, j'entendis la musique de l'insecte, au-dessus de ma tête ; et levant les yeux, le vis accroché au lustre, près du plafond. Un sentiment d'ineffable félicité me posséda pendant plusieurs minutes. Je pensai à tout ce que j'avais enduré depuis que j'avais trouvé la mouche dans le tombeau égyptien. Les minutieux détails de cette succession d'étranges catastrophes, culminant dans ma propre maladie, furent rapidement passés en revue. Je regardais l'insecte comme il s'accrochait à la tige de fer du lustre, et battait de ses grandes ailes ; elles donnèrent vie de nouveau à la musique délirante, mais je ne fus pas charmé ; ses yeux luisirent de tout leur éclat, mais je ne fus pas fasciné. Soudain, les longues pattes de la créature relâchèrent leur étreinte, et elle tomba comme du plomb presque sur mon visage tourné vers le ciel ; mais avant que je n'eusse le temps de la frapper, elle remonta au plafond.

Ce ne fut pas un combat inégal qui suivit cette attaque. L'insecte, évitant avec facilité mes coups furieux, me frappa de nombreuses fois au visage de son antenne, mais sans pénétrer la peau. Je le frappai avec des livres, avec des cannes et avec mon poing, tandis qu'il tournoyait autour ou au-dessus de moi et éventait mon visage de ses ailes musicales. Ses yeux, au lustre froid d'un diamant, m'épiaient constamment ; et au plus léger mouvement que je faisais, l'insecte s'élevait ou s'abaissait dans ses révolutions. Quand finalement, haletant, découragé par mon échec à le blesser ou le tuer, je fus sur le point de céder au désespoir, l'insecte, fatigué de même, s'installa sur le haut de ma bibliothèque. Cette vue me ranima, et je me saisis du projectile le plus proche ; il s'agissait du vase dans lequel j'avais trouvé l'insecte. Mon ennemi était en train de s'élever lorsque je lançai l'objet. Il y eut un son comme un bris de verre ; le mur fut éclaboussé de sang et du mélange contenu encore dans le vase ; alors tomba au sol, avec les morceaux, le scarabaeus de pierre, et l'insecte. Avec une exclamation de joie, je ramassai ceux-ci, et me rendis dans la chambre, où un feu brûlait dans l'âtre.

Si fort détestais-je l'insecte — qui, meurtri et saignant mon propre sang, enroula son antenne tremblante autour de mes doigts et s'efforça de les repousser de ses pattes puissantes — que sans un moment d'hésitation, je le jetai dans les flammes.

J'entendis une plainte, comme le cri d'une femme au supplice, et la porte du bureau se ferma dans un claquement sonore, tandis que l'insecte était rapidement consumé par le feu. Avec sa mort s'évanouirent les flammes. Une peur soudaine d'une chose terrible sur le point d'être vue, ou de se produire, me fit frissonner. Je regardai la pierre gravée au creux de ma paume, et rien d'autre. Je lus, comme autrefois : « D'ici trois mille ans, une vie nouvelle. » Un an ou plus avait passé depuis que j'avais pensé à la prophétie, qui me revenait maintenant à un moment où il fallait éviter toutes les autres ; car les réminiscences du tombeau égyptien auraient dû périr avec l'insecte dans le feu purificateur. La force anormale qui m'avait soutenu à travers le conflit avec mon ennemi m'avait quitté et me laissait affaibli par l'effort et l'agitation. Mes membres tremblaient, ma tête palpitait d'une douleur intense, et ma langue était desséchée. Je me levai pour quitter une pièce dont l'atmosphère était pleine des terreurs que je respirais, et dont chaque coin et recoin, la cloison éventrée, et les cendres mortes dans l'âtre, ne me rappelaient que trop vivement des scènes et des événements que je souhaitais avoir oubliés.

Oh mon Dieu ! Dans une chaise derrière moi était assise la momie du tombeau, vivante, me regardant de ses petits yeux rusés tandis qu'elle essayait de libérer une de ses mains du linceul pourrissant. Il s'agissait de la momie que j'avais découverte, pas de celle qui était tombée en poussière sous le souffle d'un vent pur du désert. Elle me fit signe de sa main dégagée de me rasseoir, et s'efforça de se mettre debout et de me barrer le passage, tandis qu'avec un cri d'horreur, je me ruai hors de la pièce. L'air frais et les foules de passants dans la rue me rendirent un esprit plus calme ; et, honteux de ma terreur, je retournai à la chambre afin que de me prouver la fausseté de l'illusion. J'ouvris la porte et regardai à l'intérieur. La momie avait tiré sa chaise près de l'âtre, et elle y rassemblait des cendres blanches — les restes de l'insecte calciné. L'ancienne terreur, qui attendait toujours son heure au fond de mon âme, se glissa dans mes raisonnements et troubla mon jugement. Avec un cri de désespoir, je fermai frénétiquement la porte, et m'enfuis de la maison pour errer dans les rues, jusqu'à bien longtemps après minuit.

Elle est toujours dans ma chambre, et j'essaie de la faire mourir de faim. Je ne puis vendre la maison. Un ou deux bons amis souhaitèrent en faire l'acquisition, mais quand je leur parlai de l'occupante du bureau et, pour prouver la vérité de mes affirmations, leur ordonnai de regarder à travers le trou de la serrure, ils me dévisagèrent avec des figures blanches et frappées de terreur et s'enfuirent sans demander leur reste. Les conséquences d'une telle révélation à un étranger seraient bien pires encore, et celle-ci donnerait lieu à la circulation de rumeurs préjudiciables à ma réputation. J'en ai donc conclu que la seule manière de me débarrasser de cet incube vivant est de la tuer par privation de nourriture. Je n'ai aucune pitié, pas de cœur. La possession d'une créature si terrible est pire que le meurtre commis de sang-froid.

J'ai condamné toutes les fenêtres, et renvoyé les domestiques, je vis seul désormais avec mon fardeau.

Ayant en partie surmonté ma peur, j'occupe une pièce à côté du bureau ; et dans le calme de la nuit, j'entends la femme se déplacer à travers la chambre d'un pas lent : de temps en temps, elle chante des mélodies étranges, anormales, et je suis contraint de quitter la maison pour quelques heures.

L'on dirait bien qu'elle ne voudrait jamais mourir, car cela fait neuf jours qu'elle a fait son apparition. L'autre jour, quand j'étais dans le salon à écouter un son inhabituel, grinçant provenant du bureau, tel que je n'en avais jamais entendu auparavant, du plâtre tomba du mur séparant les pièces, sur le sol. La Forme, la Mort dans la Vie, s'efforçait de se frayer un chemin à travers la paroi ! Je rassemblai avec empressement des matériaux de construction, et rendis le mur épais de trois pieds. Je travaillai nuit et jour — je le sécurisai.

Voici retentir ses gémissements d'agonie. Mais où. Oh ! Où ! vers quelle nouvelle vie s'en va cette âme égyptienne immortelle ? Et moi ? Dois-je être lié pour toute l'éternité par une terrible destinée mystérieuse, inconnue, tournoyant dans ce qu'Hermès Trismégiste de Thèbes appelle « les éléments inférieurs de DIEU[6] » ?

Et moi aussi, je suis mourant. Mais d'ici quelques heures, elle et moi saurons à nouveau avec limpidité et en vérité la signification des mots que Sothus écrivit sur la pierre peinte dans la vallée de Memphis, « où apparut, en à peine quelques lettres, tout le savoir de la vie, et de l'âme, et de l'au-delà, et du déluge éternel ».

Libre ! Ma volonté meut toujours la main morte qui rédige ces lignes, mais je flotte au loin au-dessus d'elle telle une étoile. Vers l'Éternité !

Titre original : « *The Mummy's Soul* »
Traduit par Tepthida Hay, avec la collaboration d'Amélie Filliâtre.

BIBLIOGRAPHIE FRANÇAISE D'AMELIA SHACKELFORD

— « Un visiteur céleste ? » (« Have we a celestial visitant? », *Lakeside Monthly* de juin 1872, USA), in *Wendigo* n° 6, 2021.
— « L'âme de la momie » (« The Mummy's Soul », *The Knickerbocker, New York Monthly Magazine*, de mai 1862, USA), in *Wendigo* n° 7, 2024.

---

[6] Citation tirée du *Pimandre* (ou *Poïmandrès*), premier traité appartenant au livre d'occultisme *Corpus Hermeticum* écrit supposément par Hermès Trismégiste durant l'Antiquité. « *The downward-borne elements of GOD* », traduction de Louis Ménard, *Poimandrès* (éd. Didier et Cie, 1866).

LES ÉPOUVANTES DE LA MER

par E. M. Laumann

E. M. Laumann (de son vrai nom Charles Ernest Laumann, 1862-1928) tire un premier ouvrage en 1894 d'une mission au Sénégal, à la côte occidentale d'Afrique*, suivi deux ans plus tard par un essai sur la machinerie au théâtre dans lequel il évoque son travail de décorateur, notamment au célèbre Chat Noir. On lui doit aussi un livre sur Napoléon.*

Plus tard, il devient journaliste au Globe-Trotter*, rédacteur au* Matin*, et auteur dramatique, surtout pour le Grand-Guignol, pour lequel il adaptera, entre autres, des récits de Kipling et Edgar Poe, sans compter ses propres pièces écrites seul ou en collaboration avec Paul Olivier ou Florent Duthuit.*

Pendant la Première Guerre mondiale, il livre romans et nouvelles à plusieurs quotidiens, dont L'Otage*, co-écrit avec Jean Bouvier, et se lance dans l'écriture de scénarios pour le cinéma (notamment avec le réalisateur Léonce Perret) et de novélisations de films, dont certaines seront rééditées dans les années 1920.*

Dès 1918, il écrit plusieurs nouvelles plus ou moins fantastiques dont les plus connues paraissent dans Lecture Pour Tous *et* Je Sais Tout*. Il publie aussi des romans co-signés avec Henri Lanos ou Raoul Bigot.*

Mais, et sans pour autant totalement abandonner le Fantastique ou l'Anticipation, il se consacre à partir de 1923 plutôt au genre populaire, en signant romans et novélisations sous son nom, en collaboration avec René Jeanne et Florent Duthuit où sous les pseudonymes d'Octave Dégrevès, Jean Mercœur et Maurice de Bièvre. Il restera l'un des piliers des éditions Tallandier jusqu'à sa mort. Oublié par la suite, il ne connaîtra que des rééditions de

certaines de ses nouvelles dans des éditions à petit tirage, avec une mention particulière pour le recueil Contes de terreur, *réuni en 1994 par Marc Madouraud pour Ides et Autres en Belgique.*
Dans le registre Fantastique/Horreur/Mystère, E. M. Laumann apparaît surtout inspiré par les jungles, les étendues glacées et la mer, qui est le cadre de la nouvelle d'horreur qui suit…

RDN

Jean Amirant, ancien gabier au commerce, bourra sa pipe et, les jambes pendantes du côté de la mer, regarda la fin du crépuscule qui s'achevait dans la pourpre et l'or d'un ciel splendide.

Je faisais comme lui, assis sur la jetée ; derrière nous, les petites maisons du bourg allumaient leurs fenêtres et leurs reflets dansaient dans l'eau déjà noire du port. Un pas résonna derrière nous, crût, passa, décrut, puis une porte de fer se ferma, c'était l'homme des Ponts-et-Chaussées qui venait allumer le fanal du feu fixe, planté sur le musoir et dont, tout à l'heure, la lueur verte allait faire danser des émeraudes à la crête des petites et paisibles vagues de la morte-eau.

Jean alluma sa pipe et je le sentis en humeur de causerie ; en effet, après une ou deux bouffées lancées dans l'air paisible du soir, il commença :

— Vous ne me croirez peut-être pas, Monsieur, dit-il, mais, de tous les périls de la mer, il n'en est qu'un dont j'aie gardé un souvenir qui m'effraie encore, parce que je l'ai subi seul, livré à moi-même, à ma terreur, impuissant à le conjurer pendant toute une journée atroce et une nuit.

« Cependant, continua-t-il, j'étais déjà vieux et j'en avais vu de toutes les couleurs ; des typhons dans les mers de Chine, des tempêtes furieuses dans l'extrême Nord, qui vous rasent un bateau, d'un souffle si puissant, que les mâts, les voiles, les cordages arrachés semblent s'envoler pour toujours dans les profondeurs d'un ciel d'encre. J'ai eu la faim au ventre, le scorbut aux lèvres, j'ai brûlé mes pieds sur les planches d'un pont carbonisé par le soleil, j'ai été à moitié gelé dans le détroit de Behring, eh bien ! sur ma parole, Monsieur, c'est encore en Manche, sur un sale caillou, que j'ai connu le frisson de la peur et que j'ai senti le passage de la mort dans mes cheveux.

« C'était moins d'un an avant ma mise à la retraite ; j'étais gardien d'un feu fixe, planté à deux milles de la côte, sur un tas de rochers de mauvaise réputation, entre Paimpol et les Grands Léjons. Mauvais parages où la moindre houle devient du gros temps, traîtres, sournois, pleins de courants dangereux et portant sur les roches… Si tous ceux qui ont trouvé la mort là reviennent la nuit pleurer, ne vous étonnez pas des plaintes que semble pousser le flot qui vient heurter la base des falaises.

« Nous étions deux pour assurer le service, chacun quinze jours sur l'îlot et quinze jours à terre. On arrivait là avec des vivres de conserve, du riz, des haricots, du singe, des biscuits et une tonne d'eau douce. On remisait ça dans un petit bâtiment où il y avait un bon buffet de chêne, une manière de fourneau à pétrole, une table et un escabeau. Pour le reste du temps qu'on ne passait pas là, on l'usait dans le « feu » à astiquer les organes du mécanisme et les cuivres, à tenir au net le livre de veille et à inspecter la mer, à dormir quelques heures sur un lit de sangle et puis, il faut bien l'avouer, à espérer la fin de la « pause » qui était longue, surtout les derniers jours.

« Le 15 novembre de cette année-là, le cotre des Ponts-et-Chaussées me débarqua, moi et tout mon barda, à l'île Harbourg — c'est comme ça qu'est signalé sur la carte au millimètre cet îlot de malheur, fait de blocs énormes jetés les uns sur les autres, travaillés, creusés par le flot. Plusieurs sont si parfaitement polis par ce travail constant de la mer qu'ils n'offrent aucune prise à l'étreinte du pied ou de la main… Les hommes de l'équipage emplirent les bacs de pétrole, on remisa les vivres dans la cambuse, puis le cotre s'en alla aux Grands Léjons, faire le même office, poussé par une brise aigre qui ne me disait rien de bon.

« On n'était pas très malheureux au fond, vous savez ; cette vie-là, pour si solitaire qu'elle soit, n'est pas ennuyeuse, la mer est tellement changeante, le flot si capricieux et le flot se charge, à lui seul, de changer le décor chaque minute. Il colore les horizons, fait bouger les ombres, allume des éclairs dans les flaques, jette sur toutes choses la féerie de sa lumière ou la mélancolie de ses grisailles. Aussi avec l'eau, la lumière, un peu de pêche, un carré de jardin où végétaient quelques salades, pas beaucoup de travail, la vie passait aisément. Je regrettais bien, parfois, de ne pas sentir sous mes pattes le pont mouvant d'un bateau, mais on ne voit pas tous les jours ses désirs satisfaits et il faut se faire une raison.

« Cependant, je n'avais pas tort de regretter le temps où je naviguais, vous le comprendrez tout à l'heure.

Il y eut un silence qu'il employa à ranimer sa pipe.

— La nuit même de mon débarquement, la brise aigre qui m'avait amené s'enfla en tempête et toutes les heures, je les passais à lancer des coups de sondes avec ma jumelle dans la poix de la nuit, mais bien inutilement, des embruns me sautaient au visage, les heures n'en finissaient plus ; le temps parfois s'allonge ou semble s'allonger hors des proportions qu'on lui connaît.

« Enfin, le jour me permit d'éteindre mon « feu » et de songer à moi ; j'éprouvais le besoin de boire une goutte chaude, le temps n'avait pas molli, au contraire, et j'étais glacé, je me mis donc à descendre l'échelle de fer de l'habitacle et je pris pied sur le sol. Tout d'abord rien ne me frappa, mais sans bien me rendre exactement du pourquoi, j'eus le sentiment qu'il y avait cependant quelque chose de changé autour de moi.

« Derrière les grosses roches, la mer sautait comme un chien, cela faisait de grandes formes vertes et blanches qui se levaient vers le ciel et s'effondraient tout à coup, avec le bruit formidable, quoique sourd, que vous connaissez.

« Je n'avais pas encore fait un seul pas, toujours en proie à ce sentiment que je ne m'expliquais pas quand, tout à coup, la raison de ce malaise me sauta aux yeux, oui, d'un seul coup, comme si quelqu'un avait dirigé mon regard vers, justement, ce que je devais découvrir.

« Le roc, ou plutôt la table rocheuse, qui séparait le « feu » proprement dit de la cambuse où se trouvaient les provisions, n'avait plus la même couleur. Il n'était plus gris, comme à l'ordinaire, mais presque rose et d'un jaune, un peu chaud ; de plus, il me semblait bouger.

« Allons, je suis fou, pensai-je, ou étourdi par le vent ! Mais le vent n'était pas capable de m'étourdir et je n'étais pas fou !

« Le rocher bougeait ! Le jour n'était pas encore au plein, je ne sais pourquoi j'attendis. Enfin, je vis. Ce n'était pas le rocher qui bougeait, bien sûr, mais un amoncellement, un nombre fabuleux de crabes…

« N'allez pas croire que c'étaient de petits crabes craintifs, que cherchent et prennent les enfants sur les grèves. Non. Oh ! Certes, non. C'étaient de monstrueuses bêtes, de l'espèce que nous appelons « Dormants ». Chacun était plus large qu'une assiette, robuste et fort, admirablement défendu par une carapace hérissée de pointes aiguës et armé de pinces extraordinairement agiles et avec lesquelles ils peuvent vous couper un doigt tout net, d'un seul coup.

« Cette multitude grouillait comme de la vermine sur quelque chose que je ne distinguais pas sous leur masse en mouvement. Ils grimpaient les uns sur les autres, s'agrippaient, se battaient et j'entendais fort bien le bruit de leurs pinces se fermant brusquement, comme celui aussi de leurs pattes égratignant la roche.

« J'en étais là de ma découverte et flairais quelque chose de pas joli à voir quand j'aurais chassé ces carnassiers, lorsqu'une longue lanière — cela m'apparut d'abord ainsi — sembla sortir du fouillis des crabes et s'éleva d'un geste brusque, en l'air, comme la tresse d'un fouet ; d'autres lanières semblables à la première s'élevèrent à leur tour et retombèrent.

« Les crabes se poussèrent en retraite précipitamment. Alors, seulement, je découvris que l'objet de ce rassemblement était un cadavre d'homme, à moitié rongé déjà, la face n'avait plus aucun vestige humain et, sur le corps, un énorme poulpe allongeait ses tentacules ventouses.

« Il était monstrueux, ce poulpe. Ses yeux glauques restaient immobiles, mais on les sentait épiant les adversaires, de même qu'on pouvait être certain que ses tentacules, inertes pour l'instant, pouvaient se détendre avec la promptitude de la foudre et s'abattre sur la proie ou l'ennemi. Rien, je vous assure, n'était plus inquiétant que cette force qui était endormie et qu'on savait veillant, prête à l'attaque.

« Les crabes, de leur marche oblique, mais pressée, revenaient un à un, mais rapides, chaque fois qu'ils approchaient trop près, les longs tentacules battaient l'air et la masse des bêtes, prises de panique, reculait encore.

« Ce combat devait durer depuis que le cadavre, jeté là par la tempête, les avait tous rassemblés autour de lui. Pour moi, je ne voyais plus rien que la sinistre épave que j'avais là, le cadavre d'un homme, que des bêtes immondes rongeaient. Parbleu, on sait ce qu'il advient de nous quand nous coulons par le fond, mais du moins on ne le voit pas et, moi, je le voyais !... Ça, vous pensez bien, monsieur Maurice, je ne pouvais le tolérer ; on a beau en avoir vu de dures, le cœur saute dans la poitrine devant une pareille chose… Et je vous assure, c'était monstrueux !... Vous auriez fait et pensé comme moi, n'importe qui l'aurait fait. Je résolus de chasser ces immondes bêtes et de tirer le corps jusque dans un endroit où je pourrais l'examiner de plus près et découvrir, peut-être, qui il était, d'où il venait et sur quel bateau il avait été enrôlé — ce bateau-là devait s'être perdu — et puis après, au nom du Dieu qui nous jugera, je le mettrais à l'abri de ces pirates de rochers.

« Il y avait aussi, reprit-il après un court silence d'hésitation, il y avait aussi, à mon désir, une autre raison : je ne pouvais plus voir cette misérable chose, sa vue m'excédait, me soulevait le cœur… D'ailleurs, à vrai dire, je ne réfléchis pas longtemps, je sentis comme un impérieux besoin qu'il fallait faire cela et je me mis en devoir de le faire. J'aurais pu hisser un cône au mât des signaux, mais je n'y pensais même pas.

« Je regardai autour de moi, cherchant une arme, mais rien ne pouvait me servir. Cela ne m'arrêta pas… Pourquoi me serais-je arrêté ? Pouvais-je prévoir ? Ramassant deux gros galets, je visais le poulpe et l'atteignis… La répugnante bête ! Je n'ai jamais pu toucher une pieuvre, vivante ou morte, sans une profonde répulsion. La bête, atteinte, brandit ses tentacules sous le choc, cherchant l'ennemi ; mon second galet l'atteignit encore, mais vous savez, c'est mou, flasque et difficile à tuer ; jusqu'alors, je ne m'étais pas avancé, mais le poulpe, repu probablement, avait déjà regagné son trou d'eau d'un vert sombre, dont la surface s'agita à peine, et je le vis fondre, disparaître, traînant ses tentacules derrière lui et ne laissant comme preuves de sa fuite que de petites bulles d'air qui venaient crever la surface.

« J'avais le champ libre, j'avançai, lâchant les pierres dont je m'étais armé de nouveau ; de crabes, il n'y avait plus trace ; tous avaient ou devaient avoir regagné leur repaire, je m'approchai du cadavre — mais mieux vaut ne pas parler de cela. J'allais me baisser et le prendre par les pieds pour le traîner dans un endroit plus commode, quand, tout à coup, je fus saisi du même sentiment de détresse et de suspicion qui m'avait arrêté au bas de l'échelle.

« Qu'avais-je à soupçonner, à craindre de nouveau ? Un retour de la pieuvre ? Non, il fallait que, vraiment, la bête eût faim pour être restée sur le cadavre quand la mer se retirait ; il est vrai qu'elle était à peine à vingt centimètres de son refuge, mais maintenant qu'elle était repue, il n'y avait aucune raison de craindre son retour. Alors ?

« Je jetais un regard autour de moi à la recherche des causes de ces troubles que je subissais, sans savoir pourquoi, quand je vis dans tous les trous de roches, à fleur d'eau, dans les encoignures pleines des yeux qui, tous, bien que paraissant sans regard, étaient braqués sur moi.

« C'étaient les crabes, les « Dormants », qui avaient fui devant les gestes du poulpe et les miens qui, maintenant, examinaient le nouveau danger qui se dressait entre eux et la proie convoitée !

« Les crabes, vous le savez, sont les hyènes de la mer. Tout leur est bon. Aucune charogne ne les répugne, au contraire, aucune prise ne leur est négligeable, pourvu qu'elle soit faible ou qu'ils soient en nombre, car ils sont lâches ; quand ils se sentent atteints, ils font le mort ; mais une seule chose, dans ces instants d'inertie volontaire, décèle la vie ; c'est la vivacité de leurs yeux. Eh bien, c'étaient des milliers et des milliers de ces yeux-là qui m'épiaient. Tout d'abord, après m'être rendu compte que j'obéissais à ce sentiment qui fait qu'on se retourne vers une personne qui vous regarde sans qu'on le sache, j'allais commencer ma funèbre besogne quand j'entendis le crissement de leurs pattes onglées sur le sol de granit.

« Alors, Monsieur, si invraisemblable que cela puisse vous paraître, je les vis tous sortir de leur repaire, un à un, mais tous et tous convergèrent vers moi, les pinces en avant. Voulaient-ils m'attaquer ou retourner au cadavre, je ne sais, mais je pensais que maintenant que le poulpe était parti, ils prenaient de l'audace, et ils savaient, ils devaient savoir, à n'en pas douter, qu'avec moi, ils seraient les plus forts.

« Ils arrivèrent avec une rapidité qui me déconcerta, je fus dans le seul instant assailli de toutes parts. En premier lieu, cela me fit rire. Quelle folie ! Mais je m'imaginais combien il me serait facile de mettre cette armée en déroute, à coups de talons. Vous allez rire, j'étais pieds nus. Quelle folie ! Quelle folie ! Tous, ils se jetèrent sur moi qui songeais à l'attaque. J'en écrasais un, deux, dix peut-être, à coups de pied et à coups de poings, mais bientôt, je compris que je ne pourrais aller longtemps de la sorte, leurs « piquants » m'entraient dans la chair. Alors, je me mis à crier. Pourquoi ? Pour appeler ! Qui ? Pour leur faire peur ! Quelle misère ! J'étais entouré, plus rien à faire que fuir. Oui, monsieur, fuir ! J'allais sauter sur une roche quand l'un d'eux parvint à me saisir par le petit doigt de pied droit. La pince entama la peau, coupa la chair jusqu'à l'os, en même temps, j'étais saisi au pied gauche. Je tombai, oui, moi, je tombai au milieu de cette vermine grouillante qui se mit à me grimper après. Hurlant de dégoût, de colère et aussi de terreur, j'en tuai. Combien ? Le saurai-je jamais ? J'arrivai à arracher ceux qui me tenaient aux pieds et par un sursaut d'énergie, je pus, d'un seul bond, grimper sur une roche ; elle était tellement lissée par la mer que je retombai, mais, d'un saut nouveau, j'en atteignis une autre et je restai là, sanglant, tremblant, à bout de respiration, à regarder couler mon sang. Mais il ne fallait pas songer à demeurer là davantage, car, si une partie des crabes était retournée à l'épave, l'autre partie m'en voulait particulièrement et se mettait à escalader la roche où je m'étais réfugié. Qu'auriez-vous fait, Monsieur ? Comme moi, allez, soyez-en certain, il n'y avait pas moyen de faire autrement. Je pris ma course bien que saignant abondamment et me jetai absolument contre l'échelle que je gravis jusqu'à la plate-forme du « feu ». Là, du moins, j'étais dans une sécurité absolue.

« Mais, si les crabes restaient, il me faudrait bien descendre, à moins de mourir de faim, et quel est l'homme qui se laisse mourir de faim, quand il a de quoi manger à quelques pas de lui ?

« Les crabes avaient regagné l'épave et la cachaient complètement.

« Le soir vint, j'étais toujours là-haut, la fièvre. Aux crabes étaient venus des renforts, des petits, des gros, des moyens, mais tous aussi terribles pour moi dans l'état où je me trouvais. J'avais la faim au ventre, le délire me prit, je les voyais grimpant jusqu'à moi et recommençant leurs attaques… C'était à devenir fou : d'ailleurs, je ne suis pas bien sûr de ne pas l'avoir été pendant un certain temps, car je me souvins par la suite avoir poussé des cris désespérés dans la nuit.

« La marée, petit à petit, souleva le cadavre et le poussa doucement juste devant la porte de la cambuse, l'eau gagna, le recouvrit et la nuit complète descendit sur la terre. J'allumai le feu et, tout en boitant sur mes pieds meurtris, j'accomplis ma veille.

« Dans la nuit, le vent souffla ; vers le petit matin, il tourna en tempête de suroît, ce que j'espérais se réalisa, la mer emporta le cadavre. Au jour, l'îlot était désert comme le plat de la main.

« Je pus me restaurer, soigner mes pieds et mettre des chaussures de mer que je ne quittai plus. Comme nous faisions un peu de jardinage, nous avions une bêche, je ne sortis plus sans elle… La fois suivante, je revins avec des casiers, des appâts, tous les jours, je tendais mes pièges, j'en ai tué des milliers… Il y en a encore des milliers et des milliers… »

Il se tut. La nuit était tout à fait venue et là-bas, à l'horizon, à deux milles dans l'Est, le feu de l'île Bréhat clignotait comme un œil ouvert dans l'immensité nocturne.

BIBLIOGRAPHIE D'E. M. LAUMANN
(FICTIONS UNIQUEMENT)

— « Aspects forains », *La Souveraineté Nationale*, 15 juillet 1897.
— « Spiritus », *La Revue*, en 2 épisodes, août et septembre 1897.
— « L'affaire X… », *Le Supplément* et *La Lanterne,* 23 avril 1901.
— « Boîte à musique », *Le Supplément* et *La* Lanterne, 13 août 1901.
— « L'adieu », *Le Français,* 4 octobre 1902.
— *Jacques, le résolu*, Paris : Hachette, coll. « Bibliothèque des écoles et des familles », 1906, en collaboration avec Pierre Lostin.
— *Blanchette, l'aventure d'une fourmi blanche*, Paris : Delagrave, 1912.
— *L'otage*, *Excelsior,* en 68 épisodes parus irrégulièrement du 31 décembre 1916 au 4 avril 1917, en collaboration avec Jean Bouvier.
— *L'enfant de Paris*, Paris : La Renaissance du Livre, coll. « Romans-Cinéma » 1917 en 5 fascicules, puis Tallandier, coll. « Romans populaires — Série Rouge » n° 603, 1927.
— *Le roman d'un mousse*, Paris : La Renaissance du Livre, coll. « Romans-Cinéma », 1917 en 4 fascicules, puis Tallandier, coll. « Romans populaires — Série Rouge » n° 577, 1927.
— « Les cloches du nord », *Excelsior,* 27 décembre 1917.
— « Le Griot », *Oui*, 29 avril 1918.
— « Hermance », *Oui*, 30 juin 1918.
— « Le visage dans la voile », *L'Avenir de Paris, 23 mars* 1919.
— « L'Arbre-charnier », *Lectures pour Tous,* septembre 1919, puis dans *Lisez-moi Aventures* n° 26 du 1er juin 1949 et dans *Planète à vendre* n° 1, 1990, en vol. in *Contes de Terreur*, 1994.
— *L'aéro-bagne 32,* pré-originale in *Lectures pour Tous*, en 3 épisodes, de juillet à septembre 1920, en vol. Paris : Hachette, coll. « Bibliothèque de la Jeunesse », 1923, roman en collaboration avec Henri Lanos, repris in *Lisez-moi Aventures*, en 4 épisodes du n° 10 au n° 13, 1948.
— « Le mystère de Mars », *Lectures pour Tous,* mars 1921, en vol. in *Contes de Terreur*, 1994.
— *Théodora*, version roman de film, Paris : Ferenczi, coll. « Les grands romans cinéma », 1922.
— *L'étrange matière*, *Lectures pour Tous,* en 3 épisodes de juin à août 1921, en vol. Paris : Hachette, coll. « Bibliothèque de la jeunesse », 1924, repris dans *Lisez-moi* Aventure, en 5 épisodes, du n° 40 au n° 44, du 1er janvier au 1er mars 1950, en collaboration avec Raoul Bigot.
— « Au cœur putride de la forêt », *Je Sais Tout* n° 191 de novembre 1921, en vol. in *Contes de Terreur*, 1994.
— *« La cage de verre », Je Sais Tout* n° 195 de mars 1922, en vol. in *Contes de Terreur*, 1994, en collaboration avec Raoul Bigot.

— *Le visage dans la glace, Lectures pour Tous,* juin et juillet 1922, en collaboration avec Raoul Bigot.
— « Dans le fond des mers », *Je Sais Tout* n° 198 de juin 1922, repris in *L'homme-peste et autres contes*, Cadillon : Le Visage Vert coll. « Fac-similé » n° 7, 1985 et 1986, en vol. in *Contes de Terreur*, 1994.
— « Des signes dans le ciel », *Je Sais Tout* n° 207 de mars 1923, en vol. in *Contes de Terreur*, 1994.
— « Le mystère de Mars », *L'Avenir de Paris*, 26 mars 1923 (différent de la nouvelle au titre identique de 1921).
— « Par le 85° Nord quart Nord », *Le Quotidien*, 6 mars 1923.
— « L'Alcyon », *Je Sais Tout* n° 210 de juin 1923, repris in *Le lac du squelette et autres contes fantastiques*, Cadillon : Le Visage Vert coll. « Fac-similé » n° 1, 1985 et 1986, in *Le Visage Vert* n° 13, mai 2003, en vol. in *Contes de Terreur*, 1994.
— *Fils de Cartouche !*, *Le Quotidien*, en 106 (!) épisodes, du 20 juin au 2 octobre 1923, en vol. Paris : Tallandier, coll. « Romans populaires — Série Rouge » n° 543, 1926.
— « Le remords tardif », *Le Journal Amusant*, 28 juillet 1923.
— « La case aux fétiches », *Le Journal Amusant*, 11 août 1923, repris in *Wendigo* n° 6, 2021.
— *L'Inde mystérieuse*, Paris : Ferenczi, coll. « Les romans d'aventure 2e série » n° 8, 1925.
— *Le tragique amour de Lucile de Launay*, Paris : Tallandier, coll. « Romans populaires — Série Rouge » n° 542, 1926.
— *La Closerie des Genêts*, version roman de film, Paris : Tallandier, coll. « Cinéma-Bibliothèque — Série Rouge » n° 100, 1925.
— *La douleur... et le pardon*, version roman de film, Paris : Tallandier, coll. « Cinéma-Bibliothèque — Série Rouge » n° 107, 1925.
— *Le secret d'une mère*, version roman de film, Paris : Tallandier, coll. « Cinéma-Bibliothèque — Série Rouge » n° 122, 1926.
— *Florine, la Fleur du Valois*, version roman de film, Paris : Tallandier, coll. « Cinéma-Bibliothèque » n° 142, 1927.
— *Le dernier des Capendu*, version roman de film, Paris : Tallandier, coll. « Cinéma-Bibliothèque » n° 146, 1927.
— *Les mystères d'Hollywood*, Paris : Tallandier, coll. « Les romans mystérieux » n° 26, 1928, en collaboration avec René Jeanne.
— « Les épouvantes de la mer », *L'Aventure* n° 2, 30 juin 1927, repris in *Lisez-moi Aventures* n° 52, août 1950, en vol. in *Contes de Terreur*, 1994 et in *Wendigo* 7, 2024.
— « Dans les brumes, sur les vastes mers », *L'Aventure* n° 5, 21 juillet 1927, en vol. in *Contes de Terreur*, 1994.

— « L'abîme », *L'Aventure* n° 24, 1er décembre 1927, en vol. in *Contes de Terreur*, 1994.
— *Des lettres, des larmes*, *Le Quotidien*, en 31 épisodes, du 26 février au 28 mars 1928, en vol. Paris : Tallandier, 1928.
— *Sous la banquise,* Paris : Tallandier, coll. « Le Livre National — Série bleue 1 — Bibliothèque des grandes aventure — Voyages excentriques » n° 197, 1928, réédité sous le n° 539 en 1935.
— *Si... le 9 Thermidor... Hypothèse historique romancée, L'Avenir*, en 58 épisodes du 31 janvier au 3 avril 1929, Paris : Tallandier, 1929, en collaboration avec René Jeanne.
— *La Rose de Ploumanach*, Paris : Tallandier, coll. « Le Livre National », 1929, sous le pseudonyme de Maurice de Bièvre.
— *Le cœur de Marie-Jeanne*, Paris : Tallandier, coll. « Le Livre National », 1929, sous le pseudonyme de Jean Mercoeur.
— *L'insaisissable bonheur,* Paris : Tallandier, coll. « Le Livre National », 1930.
— *L'éléphant rouge*, Paris : Tallandier, coll. « Le Livre National — Série bleue 1 — Bibliothèque des grandes aventures/Grandes aventures-Voyages excentriques » n° 351, 1931. En collaboration avec Florent Duthuit.
— *L'aventure amoureuse et tragique*, Paris : Tallandier, coll. « Le livre de poche » n° 440, 1936.
— *Contes de terreur,* recueil réuni par Marc Madouraud. Contient « L'Arbre-charnier », « Le mystère de Mars » (version 1921), « Au cœur putride de la forêt », « Dans la cage de verre », « Dans le fond des mers », « Des signes dans le ciel », « L'Alcyon », « Les épouvantes de la mer », « Dans les brumes, sur les vastes mers » et « L'abîme ». Bruxelles : Ides et Autres n° 44, 1994, Belgique.

"SUPER-FASCICULES"
présentés par Richard D. Nolane

Inédits anglo-saxons et raretés
6,00€ - 48 à 56 pages - Couv. couleurs

Disponibles uniquement sur les sites AMAZON ou via :
Page Facebook :
Olivier Raynaud Editeur

QUAND DANSENT LES DAYAKS

par James-Francis Dwyer

L'Australien James Francis Dwyer (1874-1952), véritable best-seller en Angleterre et aux États-Unis jusqu'à la Deuxième Guerre mondiale n'a jamais vraiment percé dans son pays natal, ni en France où il a pourtant vécu bien des années avant d'y mourir, à Pau...
Mais il a eu des débuts difficiles, qui paradoxalement lui ouvriront la voie vers la célébrité littéraire. En effet, alors qu'il travaillait comme assistant postal, il fut reconnu coupable de falsification de mandats postaux en vue d'éponger une dette et condamné à sept ans d'emprisonnement en 1899. Il rejoint ainsi le club des auteurs populaires ayant eu maille à partir avec la justice comme Richard Marsh, Frank Aubrey, Walter S. Masterman ou encore Julian Hawthorne, présent aussi dans ce numéro... Il bénéficiera d'une libération conditionnelle en 1902.
Ayant découvert la littérature à la bibliothèque de la prison, Dwyer commença à écrire derrière les barreaux et eut la possibilité de publier ses premiers textes dans The Bulletin *de Sydney. Après avoir purgé complètement sa peine, il émigra à Londres, puis l'année suivante, à New York, où il entama une brillante carrière d'auteur de nouvelles et de romans dans les meilleures revues américaines du moment comme* The Black Cat, Harper's Bazaar, Collier's, Blue Book *et* Argosy.
Le premier roman de Dwyer, The White Waterfall, *publié en 1912, était une histoire d'aventure se déroulant en Australie. En 1913,* The Spotted Panther, *se vit, lui, comparé à du H. Rider Haggard. Cette fois, la carrière de James Francis Dwyer était définitivement lancée. Il voyagea aux États-Unis et en Europe pour recueillir des informations et inspirations et retourna même en Australie en 1913.*

En 1915, Dwyer publia Breath of the Jungle, *son unique recueil de nouvelles et dont la plupart des histoires se déroulent aux Indes orientales, certaines d'entre elles relevant du fantastique.*

En décembre 1919, Dwyer divorça de sa première femme pour épouser son agent américain, Catherine Welch. En 1921, le couple créa l'entreprise Dwyer Travel Letters, qui offrait aux touristes américains des informations sur l'Europe. Dwyer et Welch s'installèrent bientôt en France, à Pau, tout en continuant à voyager régulièrement à travers l'Europe, l'Asie, le Proche-Orient et l'Afrique.

Après le désastre de la bataille de France en mai/juin 1940, Dwyer et sa femme, fervents anti-nazis, réussirent à se réfugier aux États-Unis via l'Espagne. Ils rentrèrent en septembre 1945 à Pau, où Dwyer termina tranquillement sa vie en ne publiant plus que sporadiquement. Ce fut dans son autobiographie, Leg-Irons on Wings, *publiée en 1949 en Australie, que Dwyer révéla son passé criminel, dissimulé jusque-là au public.*

Très populaire durant plus d'un quart de siècle en Amérique du Nord et dans le Royaume-Uni, Dwyer fut le premier auteur australien à devenir millionnaire en dollars.

L'œuvre imposante de Dwyer relève essentiellement du mystère, de l'aventure et du thriller. Mais un certain nombre de textes appartiennent au Fantastique (quelquefois à la SF), le plus souvent dans un cadre exotique. C'est le cas de « La caverne de l'Invisible » présentée dans le précédent Wendigo *, et qui renouvelle de manière originale le thème de la ghost story.*

Tout comme « Quand dansent les Dayaks », cette histoire appartient à la série ayant pour personnage central un naturaliste hollandais du nom de Jan Kromhout, publiée de 1932 à 1939 aux États-Unis, au Canada et en Angleterre, et qui oscille entre l'aventure et le fantastique au gré des nouvelles. Dwyer affectionna d'un bout à l'autre de sa carrière les personnages de naturalistes allemands puis hollandais, car ils lui procuraient un excellent biais scénaristique pour mettre en scène toutes sortes d'histoires dans le cadre somptueux de la Malaisie, de Singapour et des Indes néerlandaises.

RDN

Jan Kromhout, le grand naturaliste hollandais, me conta cette histoire un soir à Bandjermasin. Un cyclone était en train de se former non loin du détroit de Karimata. L'atmosphère ressemblait à du caoutchouc avec un assaisonnement de soufre. La bière giclait comme d'un puits de pétrole lorsqu'on la débouchait ; dans mes oreilles, je croyais entendre le tintement des glaçons sur la lointaine Broadway.

Kromhout avait trouvé un vieil exemplaire du *Strait Times*, dont la première page proposait une histoire passionnante, accompagnée d'une photo. Les deux concernaient un incendie sur le petit bateau à vapeur, le *Krung Kao*, entre Bangkok et Saïgon. Le feu avait été découvert après que le navire ait dépassé l'île de Poulo Condore en se dirigeant vers l'embouchure de la rivière Saïgon. Le capitaine, un métis malais, avait perdu la tête, mis à l'eau un canot, sauté dedans avec quatre membres de l'équipage puis s'était éloigné du vapeur. Le reste de l'équipage avait alors entrepris alors de suivre son exemple.

— Il y avait sept passagers sur le steamer. Trois femmes missionnaires, deux sœurs françaises de la Charité, et un Américain du nom de John Creston, accompagné de sa femme. Ce Creston dormait quand le feu a été découvert, mais à son arrivée sur le pont, le capitaine avait déjà décampé et l'équipage descendait en toute hâte dans un des canots restants. On aurait dit que les sept passagers avaient été laissés en offrande aux dieux de la mer de Chine…

Creston n'avait pas d'armes à feu, mais il s'était emparé d'un extincteur abandonné par un des soutiers qui s'était précipité sur le pont, et avec cet extincteur, il avait fait des merveilles. Il avait repoussé les marins chinois devenus fous loin des canots et les avait forcés à attaquer le feu. Ils l'avaient finalement vaincu, puis Creston avait pris le commandement du *Krang Keo* en piètre état, lequel avait fait route vers la côte pour s'échouer à l'embouchure du Mékong. La photo montrait un homme grand et bien bâti d'une trentaine d'années, avec une femme au visage doux à ses côtés.

— Je n'ai pas été surpris, déclara Jan Kromhout. Je connaissais Creston. Pendant une saison, j'ai fait du piégeage avec lui à la source de la rivière Kapuas. Il venait de Baltimore, et c'était le plus bel homme que j'aie jamais rencontré. *Ja*, il l'était vraiment.

Il m'a toujours fait penser à un tableau de Dirck Hals au Musée Ryks d'Amsterdam, le portrait d'un épéiste avec la grâce d'une panthère noire. Quand j'étais un petit garçon, j'allais fixer le tableau en priant pour que je grandisse comme le personnage. Vous pouvez constater que ce n'est pas le cas… Je ne priais sans doute pas assez fort pour maîtriser les contours de mon estomac !

Mais cet Américain, John Creston, lui, était l'épéiste de Dirck Hals, et même un peu plus que ça.

Ces types qui font les films en Amérique auraient été heureux de l'avoir sur les plateaux. Tu parles qu'ils l'auraient été ! Mais il est resté hors de leur vue. Il aimait la jungle et les choses de la jungle. Il connaissait tous les animaux sauvages de la région malaise. Tous les singes, des grands *mias* aux petits lémuriens, et il avait avec eux des manières d'agir qui me laissaient perplexe.

Il avait visité beaucoup d'endroits isolés, mais bizarrement, quand il parlait de ses voyages, il ne mentionnait jamais de femme. Jamais. Un jour, j'ai fini par aborder le sujet avec lui :

— C'est drôle que tu ne parles pas des filles. Tu n'aimes pas les filles ?

Il a rougi quand j'ai posé cette question.

— Mais si, a-t-il dit. Bien sûr que j'aime les filles !

— Alors pourquoi tu n'en parles jamais ?

Il ne m'a pas répondu. À le voir, on se disait que c'était le genre de type à avoir beaucoup de liaisons. Il avait vraiment l'air d'un homme autour duquel les femmes auraient facilement tourné…

Il y avait un jeune Hollandais qui vivait sur la Stadhouders-Kade quand j'étais petit. Il n'était pas aussi beau que Creston, mais il avait toujours des problèmes avec les femmes. Une nuit, un bourgmestre qui se rendait à La Haye s'est aperçu qu'il avait oublié des papiers et il est retourné les chercher. Le jeune Hollandais l'a entendu monter les escaliers et il a filé par la fenêtre, pensant qu'il y avait un balcon dehors. Sauf qu'il n'y avait pas de balcon… Il avait confondu la maison avec une autre maison qu'il avait visitée sur Kalver Straat. Il est tombé de trois étages et s'est tué.

Toutes les femmes en furent désolées, mais les vieux étaient contents. Quand ils l'ont enterré, ils ont mis une croix de fer sur sa tombe, et la rumeur a vite couru que les extrémités de cette croix attrapaient les jupons de toutes les femmes qui s'en approchaient…

*

Jan Kromhout s'arrêta un instant avant de reprendre :

— Mais revenons à Creston. Un jour, je lui ai demandé : « Si l'un de ces serpents vous injecte la dose de poison de trop, à qui devrai-je écrire ? »

— À personne, m'a-t-il répondu. Je n'avais qu'une seule amie au monde et elle n'est plus là.

C'était donc là son secret. Il vivait dans le souvenir d'une mère. Pour certains hommes, c'est une affaire difficile. *Ja*, une affaire très difficile. Les souvenirs de leur mère sont comme du verre épais dans les fenêtres de leur âme. Ils les empêchent de voir d'autres femmes. C'est triste.

Ce Creston avait une photo de sa mère dans un cadre pliant posé sur une caisse à côté de son lit, et il ne laissait pas le boy Dayak y toucher. Il ne laissait en fait personne y toucher. Une fois, je l'ai un peu poussée parce que je voulais m'asseoir sur cette boîte, et j'ai bien cru qu'il allait me frapper…

Kromhout fit une courte pause.

— Une nuit, la rivière Kapuas se mit à faire des siennes. Elle emporta quelques cases des Dayaks et, dans l'une d'elles, se trouvaient deux femmes. Une vieille femme et une femme qui allait avoir un bébé. Il faisait sombre. Impossible de les apercevoir. On pouvait seulement les entendre crier au milieu du ruisseau.

J'ai essayé d'arrêter Creston, mais il m'a repoussé. Ce journal dit qu'il ne connaît pas la peur. C'est bien la première vérité que j'ai lue dans un journal depuis longtemps… Il n'avait peur de rien ! Je n'aurais pas sauté dans cette rivière pour un million de dollars, parce que l'inondation avait fait descendre toutes sortes de serpents, d'araignées et de scorpions des collines, mais Creston, lui, a sauté.

Le *pawang* lui avait dit que l'une des femmes qui criaient dans l'obscurité de l'inondation allait avoir un bébé et rien ne pouvait plus l'arrêter.

Il a ramené ces deux femmes sur la rive, avec en prime une belle attaque de malaria. *Ja, ja*. Une mauvaise attaque. La fièvre, c'est bizarre. Parfois, elle frappe un petit homme faible et le quitte en un jour ou deux, si bien qu'on pourrait penser qu'elle a eu pitié de sa faiblesse, mais elle peut aussi tomber sur un homme grand et costaud et l'attaquer jusqu'à ce que mort s'ensuive. C'est-ce qu'elle a fait avec Creston.

Elle s'est jetée sur lui comme ces types qui font des combats où tous les coups sont permis, et elle lui en a asséné le maximum. Il était malade comme un chien. Il souffrait beaucoup et n'arrivait plus à fermer l'œil.

Les indigènes étaient touchés par la maladie de Creston. Ils l'aimaient. Ils apportaient toutes sortes de choses dans la case, des herbes, des racines et des potions qui, pensaient-ils, le feraient dormir. Le vieux *pawang* proposa, lui, un sachet de poudre secrète qui, disait-il, ramènerait un homme mort à la vie. Il voulait le donner à Creston, mais je ne l'ai pas laissé faire. C'était difficile d'arrêter ces indigènes quand ils avaient une idée en tête… !

Je devais surveiller Creston jour et nuit pour empêcher ces types de glisser quelque chose dans son verre. Ces poudres auraient pu lui faire du bien, je sais. À plusieurs reprises, quand la quinine a été épuisée, j'ai pensé que je devrais les essayer, mais je ne l'ai pas fait. Nous, les Hollandais, sommes des gens à tête carrée et nous ne croyons pas à la magie. Quand la température de Creston était la plus élevée, je me disais *Na hooge vloeden diepe ebben…* Après de grandes crues, les basses eaux.

Mais cette fièvre n'était pas décidée à refluer. Elle tenait Creston à la gorge et ne voulait pas le lâcher. C'était une sacrée fièvre ! J'avais peur. Les pluies de novembre arrivaient, et si Creston ne se débarrassait pas de la fièvre avant la saison humide, il ne redescendrait jamais vers la côte. Il n'avait que la peau et les os. Il ne pouvait pas manger et restait couché sans parler. On aurait dit qu'il avait abandonné le combat et qu'il lui tardait maintenant de partir pour de bon. Le boy à mon service a vu alors des signes. *Ja*, beaucoup de signes. Trois vautours volaient en cercle au-dessus de la case de Creston, les *wahwahs* hurlaient comme jamais, signe que la mort était proche.

Le vieux *pawang*, qui aimait Creston, est alors venu me parler. Ce vieil homme était très curieux. Il voulait savoir si Creston avait des femmes qui l'aimaient. J'ai répondu par la négative, ce qui a intrigué le *pawang*. Les hommes de cette tribu trouvaient des femmes pour s'occuper d'eux quand ils étaient très jeunes. C'étaient des malins. C'était très agréable d'avoir une femme résistante qui entretenait le feu, piégeait le gibier, cuisinait et prenait des coups sur la tête quand son maître se retrouvait coincé.

Le *pawang* est donc allé raconter à toute la tribu que Creston n'avait pas une seule femme dans le monde. Les indigènes furent assez surpris. Ils tinrent un *pow-wow* entre eux, et décidèrent de faire quelque chose pour aider cet Américain qui était si malade. Ils vinrent me voir pour m'expliquer qu'ils allaient organiser une cérémonie spéciale qui placerait Creston sous la protection de la Grande Mère sacrée des Dieux et des hommes.

Les Dayaks pensent que les hommes sont des bébés confiés aux soins de toutes les femmes. Un homme n'est pas, dans leur esprit, le souci particulier d'une femme. *Neen*. Il est le souci de toutes les femmes du monde. Là-bas, veille sur lui l'œil maternel de ce que les Romains appelaient la *Bona Dea*, la Grande Mère. Elle était Cybèle, Maia, Mater Phrygia, Rhéa. Cérès, et d'autres noms. Elle était la déesse qui avait les qualités de la maternité universelle. Belle croyance, n'est-ce pas ?

— Ça l'est, approuvai-je. Une croyance très agréable. En ce moment précis, si elle a de l'amour pour moi, la Grande Mère se doit de matérialiser sur cette table une douzaine de *lager* glacées. Je ne lui demande rien d'autre.

Jan Kromhout ignora ma remarque désinvolte. Il était trop occupé avec son histoire. Le Hollandais était un conteur dont les phrases lentes étaient animées d'une foi inébranlable. Il se hérissait de colère si le doute apparaissait sur le visage d'un auditeur.

— Les gens disent aujourd'hui que le monde est petit. Le monde a toujours été petit. À l'époque où Maïa était vénérée sur l'Aventin le premier jour de mai, et où Damia était vénérée à Tarenturn, et Ammas en Galatie — les trois étant la même déesse sous des noms différents — les nouvelles de ces événements étaient transmises par des caravanes jusqu'à des lieux assez éloignés. Elles l'ont été ainsi en Perse, en Inde, puis sur la route de la soie jusqu'en Chine. Et de la Chine, elles sont descendues jusqu'aux Malais. La langue humaine est le meilleur moyen de diffuser les nouvelles. C'était le cas à l'époque, et ça l'est encore aujourd'hui.

Ces caravaniers ont donc parlé de la Grande Mère des dieux et des hommes. Une déesse aussi belle que l'aube qui a engendré tous les hommes fous du monde. C'était une belle croyance. Elle était là quand ils étaient malades sur les routes des caravanes ou sur les sentiers de la jungle. Ils n'avaient qu'à souffler son nom et elle glissait un bras doux sous leur tête douloureuse et leur murmurait des choses agréables à l'oreille. C'était une croyance qui trouvait facilement des convertis.

Creston avançant à grands pas vers l'éternité, au point où il en était, j'ai pensé que cela ne ferait pas de mal de laisser ces indigènes organiser ce spectacle. J'ai posé quelques questions et ils m'ont expliqué ce qui allait se passer. Tout comme les femmes de la Rome antique prenaient en main les cérémonies à la déesse, les femmes de la tribu au pied des monts Kapuas le faisaient elles aussi. Aucun homme n'était autorisé à prendre part à cette activité. C'était une affaire purement féminine.

Creston était couché dans une petite case faite de bambou fendu et de chaume de palmier *nipa*. C'était à côté de la case dans laquelle je dormais. Il avait une petite fenêtre d'environ quinze centimètres de côté et une porte solide en bambou tressé. Personne ne pouvait y entrer, sauf par la petite ouverture. Avant le début de la cérémonie, j'ai mis une chaîne et un verrou à la porte. Je ne voulais pas qu'une de ces femmes vienne déranger ce pauvre diable si près de la mort.

Le *pawang* m'a demandé d'entrer dans ma propre case et de bien fermer la porte. Il m'a supplié de ne pas regarder par la petite ouverture de ma case et je lui ai promis de ne pas le faire. Je ne croyais pas à ce charabia, mais ces indigènes étaient obsédés par l'idée de faire quelque chose pour cet Américain, et il ne sembla pas juste de les en empêcher.

En Grèce, en Italie et en Phrygie, l'adoration de la déesse était une véritable affaire. Il se passait des choses bizarres. *Ja*. Il y avait un gars à Rome qui s'appelait Claudius et qui s'était déguisé en femme pour participer à l'un de ces spectacles. Il a eu de fameux ennuis quand on l'a découvert. Tiens, vous devriez lire l'histoire de ce type…

Mais je n'éprouvais pas la moindre curiosité pour ce genre d'activité. *Neen*. J'ai fermé la porte de Creston, puis je suis rentré chez moi, j'ai fermé ma porte et je me suis assis pour attendre. La nuit commençant à tomber, j'ai allumé une lampe et j'ai commencé à lire le livre de Furbringer sur le nerf spino-occipital des reptiles. C'est un bon livre et je voulais absolument éviter de penser à ce pauvre diable qui était en train de mourir.

Jusqu'à ce soir-là, j'avais toujours pensé que le silence, c'était juste une absence de son. Qu'il n'était rien en lui-même. Juste une sorte de vide causé par l'arrêt de toute activité bruyante. C'est l'opinion générale ; je pense que vous trouverez que ces dictionnaires stupides disent tous la même chose. Ils ont tort. Le silence est une chose active, au même titre que le son. *Ja*.

Je l'ai découvert ce soir-là. Il est venu se placer sur mon épaule et m'a dit de fermer ce livre sur le système nerveux des serpents. De le fermer et de le poser doucement, ce que j'ai fait. Puis il m'a dit d'ouvrir mes oreilles aussi grand que possible. Il n'y avait pas le moindre bruit dans toute cette jungle. Il n'y en avait pas un seul dans tout Bornéo. C'était un silence de tous les diables.

J'ai pensé que Creston devait être mort. Je me suis levé pour aller le rejoindre, puis je me suis rassis sur ma chaise. Ces femmes, dans le crépuscule dehors, avaient commencé à mettre Creston sous la protection de la Grande Mère des dieux et des hommes.

Ces femmes chantaient la berceuse du monde. La berceuse de toutes les femmes de tous les temps. Elles la chantaient dans le silence brûlant. Elle m'a envahi. Elle m'a étourdi. Elle m'a bloqué avec des pinces de fer dans cette chaise, avec seulement mes oreilles encore en train de fonctionner…

Les Dayaks ont une légende qui parle du premier bébé à être né dans la jungle. Il pleurait tellement qu'il dérangeait tous les animaux. Les animaux ne pouvaient pas dormir et ne pouvaient pas courir sur la pointe des pieds vers d'autres animaux qu'ils voulaient attraper. Ils étaient furieux contre ce bébé.

Un jour, ils ont formé un comité pour aller voir la mère du bébé et lui parler avec fermeté de l'enfant. Ce comité comprenait une grande femelle orang-outan que les indigènes appellent *mias*, un ours à miel, un gros cochon appelé *babiroussa*, un *seladang* et une petite panthère de Bornéo, un tigre nébuleux, un petit cerf-souris, un boa constricteur et nombre d'écureuils volants, de porc-épics, de civettes, de lézards et de grenouilles.

Ce fut la grande femelle *mias* qui tint le rôle de porte-parole. Elle demanda à la femme pourquoi le bébé pleurait, et la mère dayak lui répondit qu'elle ne pouvait pas faire taire l'enfant. Elle était désolée, mais elle avait fait tout ce qu'elle pouvait. Quand elle eut fini de parler, la grande *mias* s'est avancée et a pris le bébé qui pleurait dans les bras de la femme. Le singe se mit alors à chanter une berceuse, et en dix secondes l'enfant s'était endormi.

C'est cette berceuse, multipliée par un million de fois, que les femmes chantaient autour de la case de cet Américain. C'était un chant de protection. C'était un chant de force pour les hommes. Il évoquait des souvenirs de foyers, de chaleur, de larges poitrines plus douces que le duvet de l'oie sauvage, des souvenirs d'un sommeil plus profond que l'Auge de Tuscarora. C'était la mère de toutes les berceuses.

Les grandes choses du monde ont des racines qui remontent loin dans le passé. Des milliers d'années en arrière. Je parle des grandes choses de la vie. L'honneur, la fierté nationale, l'amour du pays et de la progéniture, la propreté et la vérité, tout cela est né chez les humains quand le monde était jeune.

Tout comme cette berceuse que les femmes dayaks ont chantée pour Creston, qui était aux portes de la mort. Les notes de base de cette berceuse ont été chantées à l'homme de Neandertal dans une grotte rocheuse en Allemagne lorsqu'il était bébé. Et je parie que sa mère trouvait qu'il avait une belle tête alors que nous pensons qu'il avait celle d'un singe. *Ja*, elle chantonnait au-dessus de lui et le trouvait joli. Et les bébés paléolithiques au crâne allongé entendirent ce doux chant qui devint de plus en plus doux pour les bébés néolithiques à tête ronde qui les suivirent.

Il s'est répandu dans le monde entier. De la Forêt-Noire aux collines de Khasi, de la vallée du Nil aux montagnes de Ricky. C'était le chant de la vie. C'était plus que les murmures de l'amour : il y avait en lui les notes de joie de la vie, de la procréation, de la reproduction.

Ces femmes tournaient autour de la case Creston en chantant. Marchant en rond et en rond dans la douceur du crépuscule. Et leurs pieds nus sur l'herbe produisaient une douce note de fond. Une note primitive. J'ai pensé alors à nos lointains ancêtres errants qui devaient être toujours en mouvement ; leurs femmes portaient leurs gros bébés sur leurs hanches et leur chantaient des chansons pendant qu'ils dévalaient les pentes sèches du Caucase vers la mer. Des berceuses et des pieds nus sur l'herbe. C'est dans notre sang. *Ja, ja, ja.*

Nous sommes un peu fous en ce moment en matière de musique. Certains fous qui font du jazz se moquent de nous. Ça va passer. Il y a des choses qui sont dans nos âmes et dont on ne peut se défaire, comme la berceuse des femmes. La *berceuse* des Français, le *weigenlied* des Allemands, le *lullen* des Hollandais, le *lulla* des Suédois, le *cradle-song* des Anglo-Saxons. Vous ne pouvez pas les transformer en un stupide jazz. J'en suis heureux. *Ja*, je suis content.

— Quand tout a été fini, reprit Kromhout, j'ai senti que mon âme avait été lavée dans une bonne huile chaude et séchée avec les serviettes molletonnées que ma mère utilisait quand j'étais un petit garçon. Je ne vois plus de ces serviettes aujourd'hui. Je ne pense pas qu'elles soient encore fabriquées. Il y a trop de haine dans le monde pour y produire des serviettes qui soient belles et douces. Nous sommes devenus aussi menteurs que les canons de l'enfer qui emplissent toutes nos pensées.

Pendant une minute, je fus si heureux que j'en oubliai Creston. Puis, quand j'ai été certain que les femmes s'étaient réparties dans la jungle, j'ai couru vers sa case. Le verrou et la chaîne étaient toujours tels que je les avais laissés. Ils n'avaient pas été touchés. J'ai inséré la clé dans la serrure, je l'ai tournée, puis j'ai enlevé la chaîne et je suis entré. Il n'y avait pas de lumière dans la case, la petite lampe s'étant éteinte pendant que les femmes chantaient. Je fis un pas vers la table sur laquelle se trouvait la lampe, avant de m'arrêter net. Et mon cœur s'emballa un peu.

Me prendriez-vous pour un fou si je vous disais que quelque chose s'est comme glissé près de moi en direction de la porte ? Quelque chose… Je ne sais pas quoi. Un spectre, un fantôme, je ne saurais dire. Ce n'était pas fait de chair et de sang, même si je sentais sa présence. Et puis il y avait un parfum. Un parfum des plus délicieux. Dans la jungle, il y a des parfums lourds et humides, mauvais pour le cerveau, mais celui-ci était sec, propre et agréable à respirer.

J'ai craqué une allumette et allumé la lampe. Creston était allongé sur le dos, les yeux fermés. J'ai regardé autour de moi, et j'ai vu que le cadre en cuir qui contenait la photo de sa mère avait été replié, et qu'il était maintenant couché sur la boîte au lieu d'être debout comme auparavant. Creston a ouvert les yeux et m'a regardé avec curiosité.

Ses lèvres ont bougé, et je me suis penché pour l'écouter.

— Que s'est-il passé ? a-t-il murmuré.

— C'étaient des femmes qui chantaient, dis-je.

— Mais qui est entré dans la case ? a-t-il demandé.

— Personne. J'ai verrouillé la porte et gardé la clé dans ma poche.

Il resta silencieux pendant une minute, puis a dit :

— Quelque chose — je ne sais pas quoi — est entré et m'a parlé.

— Parlé de quoi ?

— De la vie… murmura-t-il.

— Une bonne chose, lui dis-je. Il faut parler de la vie. C'est bon la vie.

À cet instant, il a regardé la photo sur la caisse. Il parut étonné de la voir renversée. Il la fixa pendant un long moment, mais sans poser de question. J'étais tout aussi intrigué que lui. Je pensais, et c'était idiot de ma part, que Creston n'avait en fait pas replié ce cadre et ne l'avait pas posé sur la boîte. Je pensais que c'était quelqu'un d'autre. Mais comment diable quelqu'un aurait-il pu pénétrer ici alors que j'avais conservé la clé ?

Simultanément, nos regards se tournèrent vers la petite fenêtre. Même un enfant n'aurait pas pu se glisser par cette ouverture. Puis Creston parla à nouveau.

— Oui, je vais guérir maintenant. Je vous suis très reconnaissant, Kromhout, de m'avoir soigné.

— Bien sûr que vous allez guérir ! rétorquai-je.

Il s'est alors endormi, et j'ai su qu'il avait réussi à maîtriser cette maudite fièvre. Le chant de ces femmes avait pénétré dans son cerveau, et la force était en train de revenir en lui.

Je me souviens du matin où le vieux *pawang* est venu demander des nouvelles de Creston. Il était impressionnant, ce vieil homme. Il connaissait beaucoup de choses. Il a regardé l'Américain malade depuis la porte de la maison et a reniflé l'air. Je n'ai pas parlé de l'odeur de parfum ni de la photographie repliée.

— Il va aller mieux maintenant, dit le *pawang*. Les dieux ont trouvé pour lui une femme qui l'aimera.

— Et où est-elle ? lui demandai-je.

Il fit un signe de la main en direction des kilomètres de jungle qui s'étendaient entre nous et la côte.

— Elle est quelque part. Quelque part, là-bas. Les dieux ont cherché une femme libre et ils en ont trouvé une.

Après m'avoir laissé quelques citrons verts, il s'est éloigné en boitillant à travers la clairière, se retournant tous les quelques mètres pour voir si je le regardais. *Ja*, il en savait beaucoup ce vieil homme. Ces citrons verts avaient des petites figures tracées par des ongles de femme sur leur peau. Je ne les ai pas donnés à Creston. Je les ai enterrés. Je ne sais pas pourquoi. Ces marques d'ongles sur leur peau les rendaient un peu trop étranges à mes yeux.

L'état de Creston s'améliora de jour en jour. Je n'ai jamais vu un homme se relever du bord de la tombe comme l'a fait cet Américain. À croire qu'il absorbait des forces par ses narines à chaque fois qu'il respirait ! En trois semaines, il fut assez remis pour voyager, pour descendre le Kapuas à la première marée haute. Au moment où nous montions dans le bateau, le vieux *pawang* me tendit quatre citrons verts. J'examinai les peaux. Elles portaient les mêmes marques d'ongles que j'avais vues auparavant.

— Donne-les-lui, dit le *pawang*. Ils lui porteront chance. Tu les as oubliés. Ces marques, ce sont des prières faites par les ongles des femmes qui ont chanté pour lui.

J'ai pris les citrons verts et les ai donnés à Creston. Je savais que c'étaient les mêmes que j'avais enterrés trois semaines auparavant, et pourtant, ils ne portaient pas la moindre trace de leur séjour sous terre. Ils avaient l'air frais et propres. Creston les a reniflés et a semblé satisfait. Le citron vert a une odeur agréable, et les indigènes pensent qu'elle porte bonheur.

Nous gagnâmes donc la côte. Creston décida de traverser le continent, puis se reposer un peu. Il pensait aller à Penang, puis à Taiping et à Maxwell's Hill, où il y a des bungalows à quinze cents mètres d'altitude. Il pensait qu'un mois ou deux au sommet d'une montagne le remettrait sur pied. Nous nous séparâmes à Pontianak. Il avait toujours avec lui ces quatre citrons verts avec les marques des ongles des femmes sur leur peau.

— Pourquoi les avoir gardés ? lui demandai-je.

— Je n'en sais rien, me répondit-il. On dit qu'ils portent chance.

Il a ri, nous avons pris un verre d'adieu et puis il est parti au loin…

On n'écrit pas beaucoup par ici… Les lettres entre les hommes ont quelque chose de gênant. La poste a été créée pour les amoureux. Une année passa et j'oubliai Creston. J'avais aussi oublié ces femmes qui avaient chanté autour de lui, à la source des eaux du Kapuas. D'autres problèmes avaient occupé mon esprit. J'avais envoyé des cargaisons d'animaux à New York et à Amsterdam, et c'est une activité qui vous fait oublier toutes les autres. *Ja*. Expédier des singes, ça vous fera oublier pas mal de choses. Vous en oubliez les rhumatismes, la goutte et les maux de dents. C'est comme ça avec les singes. Si j'étais médecin, je recommanderais le transport de singes pour lutter contre toutes les maladies.

J'ai rejoint Singapour depuis Bandjermasin avec une cargaison pour le grand zoo du Bronx à New York. Des petits singes et quelques serpents. Mais, le deuxième jour à Singapour, j'étais assis au bar de l'hôtel Raffles quand quelqu'un m'a donné une grande tape dans le dos. C'était John Creston. Il était excité. Très excité.

— Mais c'est cette Vieille Tête Carrée ! s'exclama-t-il.

J'eus un sursaut.

— Vous êtes justement l'homme que je voulais rencontrer… reprit-il. J'ai du travail pour vous. Du bon travail !

— Je ne cherche pas de travail ! Je me repose après avoir organisé un transport de singes jusqu'à New York.

— Là, c'est différent, dit-il. Je veux que vous m'envoyiez au Paradis. Je dois me marier la semaine prochaine et c'est vous, Kromhout, qui serez le témoin du mariage.

Puis il a acheté quelques boissons, et a insisté pour m'emmener à l'Hôtel Van Wijk sur Stamford Road, là où habitait la dame en question. Pendant tout le trajet, il n'a cessé de me parler d'elle. Il était très enthousiaste. Elle était française, divorcée, et il l'avait rencontrée dans un de ces bungalows de montagne où il n'y a pas grand-chose à faire, à part tomber amoureux.

Elle s'appelait Adèle, me dit-il. Je ne l'ai pas aimé dès le début, cette Adèle… Alors, pas du tout ! Elle était comme un petit oiseau dodu et c'était de ces femmes qui gloussent à tout ce qu'on leur dit avant même de savoir si c'est sérieux ou drôle. Tout était drôle pour elle. J'étais drôle, tout comme l'était aussi John Creston. Elle l'appelait « Jacky », et je voyais bien qu'il n'aimait pas trop ça. Ce n'était pas le genre d'homme qu'on surnomme Jacky.

N'importe quelle femme d'une intelligence ordinaire aurait vite compris ça. Surtout à propos de l'homme auquel elle était fiancée : mais je crains qu'Adèle n'avait bénéficié que d'une intelligence moins qu'ordinaire. Elle se contentait de ricaner et ne comprenait rien à rien, surtout pas qui était John Creston.

Plus je vis cette femme au cours des jours suivants, plus elle me déplut. Elle me rendait nerveux, et je pensais que c'était aussi le cas de Creston. *Ja*, j'en suis sûr. Ce grand costaud, qui avait le courage d'un tigre, devenait nerveux et anxieux sitôt que cette femme était devant lui. Elle disait des choses sur les hommes qui m'agaçaient. Elle les prenait tous pour des imbéciles. Encore une de ces femmes qui pensent que les hommes calmes, tels que Creston ne sont que des idiots…

L'avant-veille du mariage, Creston organisa un dîner. Il y avait beaucoup de monde, notamment des amis de cette Adèle. Parmi eux, un type qu'elle avait connu avant son divorce, un gros bonhomme, planteur à Kelantan. Il lui parlait familièrement et lui adressait de gros sourires chaque fois qu'il levait son verre.

Creston ne disait rien, mais remarquait pas mal de choses. Au bout d'une douzaine de whiskies, ce planteur de caoutchouc commença à devenir bruyant et tint des propos guère agréables à entendre. Creston se contint pendant un bout de temps, mais à la fin, il se leva, saisit le rustre par le bras, et l'entraîna vers la porte.

C'est ce que vous ou moi aurions fait dans la même situation, quand une fête est gâchée par un ivrogne bruyant comme ce planteur exaspérant. Creston avait été poli avec lui, mais l'homme s'est mis en colère. Il lui a expédié un coup de poing, un sacré coup ! Creston n'a pas eu le temps d'esquiver. Il chancela une seconde ; mais il se remit vite et, sautant sur l'imbécile, lui passa une prise de *jiu jitsu* qui le fit hurler. Puis il le poussa vers la porte.

En l'entendant crier, Adèle se précipita vers eux en invectivant Creston, l'accusant de brutaliser son ami. Elle était furieuse. Jamais je n'avais vu une femme aussi en colère. Creston en fut si surpris qu'il lâcha son adversaire. Ils se trouvaient près de la porte de la salle à manger. Il y avait là un vase en porcelaine, posé sur un socle. L'ivrogne le saisit et en asséna un coup terrible sur le crâne de Creston qui tomba raide sur le sol. Après quoi, le planteur s'enfuit.

Maintenant, laissez-moi vous raconter quelque chose… Quelque chose de stupéfiant.

J'ai aussitôt transporté Creston au vestiaire, aidé par d'autres personnes. Je ne sais pas qui étaient ces gens. Il y avait des invités de Creston et des clients de l'hôtel. Parmi ces derniers, il y avait une femme qui semblait savoir ce qu'elle faisait. Elle a regardé la tête de Creston, a demandé de l'eau et l'a baignée. Elle était une de ces femmes décontractées, mais qui savent faire pas mal de choses.

— Est-ce qu'il loge dans l'hôtel ? demanda-t-elle.

— *Ja*, répondis-je.

— Alors, vous devriez l'emmener dans sa chambre, dit-elle. Je vais vous aider. Il peut marcher.

C'est là que j'ai senti ce parfum. Le même que celui dans la case de Creston. J'en suis convaincu. Mais Creston, lui, n'avait rien remarqué. Ce coup sur la tête avait dû mettre son nez hors d'usage. Dans sa chambre, il s'est assis sur une grande chaise et a fixé cette femme. Puis il a oublié instantanément le coup sur la tête ; il a oublié cette jardinière en caoutchouc ; il a oublié Adèle.

Sur la cheminée, au-dessus de sa tête, il y avait cette photo de sa mère. Quand la femme l'aperçut, elle fit un bond en arrière et serra ses deux mains contre sa poitrine.

— Qu'avez-vous ? demanda Creston d'une voix anxieuse.

— Je… balbutia la femme. Je l'ai rencontrée dans un rêve ! Pas elle… mais cette photo d'elle !

Le mystère s'installa subitement dans cette pièce. Un beau et grand mystère. Ça m'a desséché d'un coup la gorge. Je ne pouvais plus articuler le moindre mot. Il y eut un grand silence, comme si le monde s'était soudainement éteint. Tous les petits bruits à l'extérieur de la chambre avaient disparu.

Cette femme nous raconta alors à voix basse une bien étrange histoire…

C'était une Américaine, venue pour entretenir la maison de son frère à Kuala Lumpur. Un an auparavant, elle était tombée malade, et au cours de cette maladie, elle avait fait un rêve. Un rêve singulier. Elle pensait qu'elle était entrée dans une case dans une jungle et qu'elle avait renversé une photographie. Celle d'une femme qui était à l'image de celle de la photo sur la cheminée. C'était tout. Mais ce rêve s'était accroché à elle. Elle ne pouvait pas l'oublier ! Et tandis qu'elle murmurait cette histoire, la pièce s'emplit de ce parfum délicieux que j'avais humé dans la case de Creston.

*

Jan Kromhout se tut. Il prit l'exemplaire du *Strait Times* et scruta la photo.

— Elle n'a pas vieilli d'un jour depuis le matin où je fus témoin à leur mariage, dit-il lentement. C'est une femme bien. Une de ces femmes maternelles qui savent que tous les hommes ne sont finalement que de grands enfants, confiés aux femmes du monde entier.

— Mais vous, que pensez-vous de cette histoire ? risquai-je, une fois que le gros Hollandais eut cessé de parler.

Kromhout repoussa le journal de côté et fronça les sourcils. Il me regarda un moment avec gravité, semblant accorder à sa réponse la plus grande des attentions.

— Ce que je pense ? C'est que cette satanée bière va bouillir si nous ne la buvons pas, dit-il doucement. Et quand on aura fini cette bouteille, j'irai me coucher !

Titre original : « *When the Dyaks Dance* »
Traduit par Richard D. Nolane

BIBLIOGRAPHIE FRANÇAISE DE JAMES FRANCIS DWYER

— « Le clou » *(« ? »)*, in *La Lecture,* en 3 épisodes, du 14 au 28 juillet 1918.
— « La robe de soie bleue » (« The Blue Silk Dress », *The Royal Magazine* de septembre 1917, UK), in *La Lecture*, en 3 épisodes, du 10 au 26 octobre 1919.
— *Sous le signe du Croissant Vert*, roman d'aventures et de mystère (*The Green Half-Moon*, pré-originale en 4 épisodes in *New Story Magazine* d'août, septembre, octobre et novembre 1915, USA, en volume Chicago : A. C. McClurg & Co., décembre 1915, USA), in *Le Gaulois,* en 43 épisodes, du 1er août 1927 au 20 octobre 1927.
— « Trop savoir… » (« Too Much Knowledge », *The Grand Magazine* de mai 1932, UK) série Jan Kormhout, in *Gringoire* du 13 novembre 1936.
— « Le vampire au nez bleu » (« The Blue Nosed Vampire », *Blue Book* de juillet 1935, USA), série Jan Kormhout, in *Gringoire* du 27 août 1937.
— « Kidnapping » (« ? »), in *Candide* du 28 avril 1938.
— « Idylle à Venise » (« Venetian Glory », in *Britannia & Eve* d'août 1932), in *Candide* du 23 juin 1938.
— « Le télégramme » (« ? »), in *Candide* du 8 septembre 1938.
— « Nuit australienne » (« ? »), in *Gringoire* du 13 octobre 1938.
— « Jambe d'Or » (« Leg of Gold », *Maclean's Magazine* du 15 mai 1938, Canada), histoire criminelle, in *Gringoire* du 12 janvier 1939.
— « Pour le dresser, il l'avait attaché sur la rive où venaient les caïmans… » (« À Jungle Graduate »), rattaché pour des raisons obscures à la série Jan Kromhout par la traductrice, in *Jeunesse Magazine* du 22 janvier 1939. Peut-être parce que le personnage principal originel était allemand ? Voir l'entrée « Le diplôme de la jungle ».
— « Le triangle » (« ? »), in *Candide* du 9 août 1939.
— « Le python » (« Snake in the marsh », *Pearson's Magazine* de février 1937, UK), série Jan Kromhout, in *Candide* du 8 novembre 1939.
— « Choisie par les Dieux » (« When the Dyaks Dance », *Argosy* du 29 juillet 1939, USA), série Jan Kromhout, fantastique, in 7 — *Jours* n° 8 du 24 novembre 1940 (traduction très tronquée), repris sous le titre de « Quand dansent les Dayaks », in *Wendigo* n° 7, 2024.
— « L'île du désir » (« ? »), insolite et romance, in 7 — *Jours* n° 22 du 2 mars 1941.
— « Tué par une âme » (« The Cave of the Invisible », *The Blue Book Magazine* d'avril 1939, USA), série Jan Kromhout, fantastique, in 7 — *Jours* n° 53 du 9 novembre 1941 (traduction très tronquée), repris sous

le titre de « L'antre de l'Invisible », in *Wendigo* n° 6, 2021.
— « On ne cloître pas les déesses » (« Batavian Goddess », *The Blue Book Magazine* de décembre 1938, USA), série Jan Kromhout, romance et crime, in 7 — *Jours* n° 62 du 11 janvier 1942.
— « Le diplôme de la jungle » (« À Jungle Graduate », *Harper's Weekly* du 10 septembre 1910, USA, repris en volume dans le recueil *Breath of the Jungle*, Chicago : A. C. McClurg & Co. Avril 1915, USA), horreur, in anthologie *Alfred Hitchcock présente : Histoires abominables*, Paris : Robert Laffont, 1961.
— « Le Manhattan Iceberg Syndicate » (« The Iceberg Syndicate », in *The Black Cat* septembre 1910, USA), in *Dimension Amérique* T1, anthologie réunie par Denis et Lydie Blaizot, Tarzana : Black Coat Press/Rivière Blanche (branche française), 2023.

VINTAGE FICTION

SF / FANTASTIQUE / MACABRE

Volumes brochés, couverture couleurs, format 12,5 cm/20,5 cm.

UN RAT DANS LE CRÂNE

ROG PHILLIPS

Quatre nouvelles de SF inédites en français, parues entre 1952 et 1959 aux USA

132 pages, prix 10,00 €

L'ŒIL DE BALAMOK

VICTOR ROUSSEAU

Roman d'aventures fantastiques (race perdue et terre creuse), paru en 1920 aux USA

172 pages, 12,00 €

UN PROFESSEUR D'ÉGYPTOLOGIE

GUY BOOTHBY

Neuf nouvelles fantastiques, parues entre 1904 et 1959 aux USA

183 pages, prix 12,00 €

DÉRAPAGES TEMPORELS

MURRAY LEINSTER & PHILIP M. FISHER, JR

Deux longues nouvelles de SF inédites en français sur le Temps, publiées en 1919 et 1922 aux USA

179 pages, 12,00 €

Disponibles chez L'Oeil du Sphinx et chez Amazon

LA CHAMBRE LAMBRISSÉE

par L. T. Meade & Clifford Halifax, M.D

Elizabeth Thomasina Meade est née en 1844 à Bandon, dans le comté de Cork, en Irlande. Fille d'un prêtre de l'Église d'Irlande, elle publia son premier roman, Scamp and I, *à l'âge de dix-sept ans et se lança dans une carrière d'écrivain stupéfiante par sa prolixité, bien propre à décourager les bibliographes. En 1874, elle s'établit à Londres où son succès en tant que romancière lui valut une certaine notoriété. Elle se maria en 1879, eut plusieurs enfants — elle écrivit un livre en collaboration avec le beau-père de sa fille, qui n'était autre que le directeur de la bibliothèque orientale du British Museum — et mourut en 1914.*

Le plus gros de sa production romanesque consiste en romans pour jeunes filles, dont le plus célèbre est A World of Girls: The Story of a School *(1886, traduit sous le titre* Un monde de petites filles *dans la revue* Mon Journal, *1910-1911), mais elle écrivit aussi des romans d'aventures, des œuvres à caractère religieux et, ce qui nous intéresse davantage, des nouvelles et des romans de mystère et de terreur.*

Si elle a produit en solo quelques ouvrages criminels, dont A Maid of Mystery *(1904), c'est en collaboration qu'elle a écrit les textes qui ont assuré sa réputation.*

Le premier de ses collaborateurs, le Dr Clifford Halifax (pseudonyme d'Edgar Beaumont, 1860-1921), commença par écrire avec elle un roman publié anonymement et intitulé This Troublesome World *(1893), puis, pour* The Strand Magazine, *une série regroupée sous le titre* Stories from the Diary of a Doctor *(deux volumes, 1894 et 1896 — le premier d'entre eux fit l'objet d'une traduction partielle due à H. J. Magog et intitulée* L'Œil dans les ténèbres, *Tallandier, 1911). Suivirent d'autres séries dans divers magazines jusqu'en 1897 ; par la suite, il semble qu'on perde toute trace de « Clifford Halifax »...*

Mais L. T. Meade se trouva un autre collaborateur, en la personne de Robert Eustace (alias Eustace Robert Barton, vers 1868-1943), également médecin, avec lequel elle se montra bien plus productive : tous deux rédigèrent au moins sept séries de nouvelles, dont The Brotherhood of the Seven Kings *(1898), traduit sous le titre* La Société des sept rois *(Félix Juven, 1910), sans compter quantité de récits isolés dont la liste totale reste à établir.*

Oubliée ou dépréciée jusqu'à une date récente — en présentant le recueil The Detections of Miss Cusack *(1998), son éditeur Douglas G. Greene affirme que le seul intérêt de ses romans pour jeunes filles est d'assurer l'isolation des combles —, L.T. Meade fait en ce moment l'objet d'une redécouverte par les critiques féministes. En France, notre ami Jean-Luc Buard a exploré la jungle des journaux et magazines du début du XXe siècle pour y dénicher la quasi-totalité de ses nouvelles de terreur et de mystère parues en français, auxquelles il a ajouté plusieurs inédits pour composer trois recueils parus en 2022 et 2023 aux éditions MiLiRéMi :* Le Secret de la clé anthropométrique, La Sorcière du Strand *et* L'Œil dans les ténèbres. *De notre côté, nous publierons bientôt une nouvelle traduction de* The Brotherhood of the Seven Kings.

Les récits de Meade et de ses collaborateurs présentent souvent des femmes maléfiques particulièrement douées pour imaginer des crimes ingénieux, auxquelles s'opposent des détectives amateurs doublés d'hommes de science. C'est le cas du texte que nous vous présentons ici, un épisode de la série « The Adventures of a Man of Science », parue dans The Strand Magazine *de juillet 1896 à février 1897 et reprise en volume cette même année sous le titre* A Race with the Sun.

JEAN-DANIEL BRÈQUE

Les Perowne de Queen's Marvel appartenaient à l'une des plus anciennes familles du Staffordshire. Leur demeure campagnarde était remarquable pour toutes les raisons qui font l'attrait des maisons de famille. Certaines des parties la composant étaient vieilles de plusieurs siècles. Parmi elles figuraient la salle des tapisseries, la salle des portraits, le vestibule décoré par une splendide armure et le grand escalier de marbre blanc ; tout aussi remarquables étaient les fenêtres gothiques et leurs vitraux, la chapelle Henry IV où l'on priait encore tous les matins et les pièces plus modernes pourvues de tout le confort souhaitable. La maison était sise sur une petite éminence et dominait une bonne partie de la contrée voisine. Des arpents et des arpents de vastes terrains entouraient l'antique demeure : il y avait là un jardin Reine Anne aux arbres taillés dans un style grotesque, un vieux paddock et un boulingrin, plus, naturellement, un jardin moderne aux pelouses doucement ondulées et agrémenté de courts de tennis.

Lors de la visite que je fis à Queen's Marvel, le roi Hiver était au sommet de son règne. On m'avait invité aux festivités de Noël et je me retrouvai, à mon arrivée, entouré de vieux amis et de vieilles connaissances.

Edward Perowne, le maître de maison, était un homme imposant âgé d'une soixantaine d'années. Il avait un visage bien fait, aux traits aquilins, un port majestueux et les manières courtoises d'une autre époque. Il descendit au vestibule pour accueillir les convives, accompagné de sa jolie bru et d'une jeune demoiselle qu'il présenta à l'assemblée comme étant sa petite-fille.

Le temps était idéal pour cette époque de l'année : il y avait de la fraîcheur dans l'air et un soleil radieux dans le ciel. On nous servit le thé, puis suivit une promenade dans le domaine. Il était relativement tard lorsque je gagnai les appartements qui m'avaient été alloués et je n'eus que le temps de m'habiller pour le dîner. Silva, mon domestique, avait préparé ma tenue de soirée et se tenait prêt à m'aider à la revêtir. Je lui dis que je n'aurais plus besoin de ses services et il se retira.

Pendant que je m'habillais, je remarquai pour la première fois la beauté de la chambre qui m'avait été réservée. Elle était pourvue de trois portes qui se trouvaient être entrouvertes — l'une donnait sur le palier, l'autre sur une salle de bain avec vestiaire et la dernière sur un petit salon superbement meublé. On y trouvait une table à écrire, un sofa et une grande bibliothèque remplie du sol au plafond par certains des meilleurs livres du moment. J'y entrai, mais constatant que je n'avais pas le temps d'examiner ces volumes en détail, retournai dans la chambre et fermai les trois portes. Ce faisant, je jetai alors autour de moi un regard perplexe. Je me trouvais dans une pièce fort spacieuse, de près de dix mètres de long ; mais ce qui attira surtout mon attention, ce fut une impression de vide qui me parut des plus étrange. En examinant les lieux de plus près, je constatai que le mobilier était fort réduit : le lit occupait une alcôve dans un coin éloigné ; dans le coin opposé, un grand feu flambait dans la cheminée ; il y avait une ou deux tables et quelques chaises éparses, et rien de plus — ni commode ni garde-robe.

Je me sentis irrité l'espace d'un instant ; puis j'examinai les murs avec plus d'attention — ils étaient tous décorés de lambris aux motifs blanc et bleu ciel. En m'en approchant, je découvris dans chacun d'eux ce qui ressemblait à un ressort caché. J'en touchai un : aussitôt, le panneau pivota sur ses gonds, me révélant une autre sorte de mobilier. Ce fut tout d'abord une garde-robe de belle taille, capable d'accueillir des robes de soirée. Le lambris suivant s'ouvrit sur une commode munie de tiroirs de toutes les tailles et de tous les types. Le troisième ressort me permit de découvrir une petite table ; le quatrième, une garde-robe d'un autre type. Bref, chacun des lambris décorant la chambre était une porte donnant sur un meuble différent, dont chacun pouvait être dissimulé à la vue quand on n'en avait pas l'utilité.

Mais le plus remarquable dans cette chambre, c'était que les trois portes dont j'ai déjà parlé étaient de la même conception et semblaient disparaître à la vue aussitôt fermées. L'effet obtenu était étrange, voire grotesque, et, dans certaines circonstances, aurait pu être jugé sinistre. Planté comme je l'étais au milieu de la chambre, j'aurais pu me croire enfermé dans une pièce sans issue. Cette plaisante illusion m'arracha un sourire et, comme le gong se mettait à sonner, je me préparai à sortir. Cela n'alla pas sans certaines difficultés. Si familière m'ait paru la pièce, je mis un moment à trouver la bonne porte. J'allai d'un lambris à l'autre, tous exactement semblable, cherchant vainement une poignée à actionner. On n'en voyait aucune, mais je finis par apercevoir un bouton sur un lambris à une extrémité de la pièce. Je le pressai et une porte s'ouvrit aussitôt. Je me retrouvai alors dans mon salon joliment meublé, qui bénéficiait comme ma chambre d'un brillant éclairage électrique. Je le traversai, puis descendis rejoindre les autres invités.

Nous étions entre trente-cinq et quarante à dîner, et je me retrouvai assis à côté de la jolie petite-fille de mon hôte. Proche de ses dix-sept ans, elle s'appelait Constance Perowne et elle était aussi gaie, aussi vive et aussi heureuse qu'on aurait pu le souhaiter. Elle se montra particulièrement volubile et entreprit aussitôt de me présenter les différents invités.

— Je passe toujours mes vacances à Queen's Marvel, commença-t-elle ; c'est un endroit unique au monde. Comme vous le savez, ajouta-t-elle en baissant la voix, mon père est décédé si bien que mère vit ici avec grand-père. C'est mère qui est assise en face de nous : n'est-elle pas belle ?

Je tournai la tête et croisai le regard plein de douceur d'une dame d'environ trente-cinq ans, qui ne ressemblait guère à ma si jolie voisine de table.

— Je vais vous dire qui sont tous les autres, reprit celle-ci. Veuillez m'écouter avec attention, car je vais commencer tout de suite. Je vais d'abord vous présenter ceux que je juge les plus intéressants. Vous voyez cette dame en bout de table ? Elle est presque aussi âgée que mère, elle est vêtue de velours noir et porte un diamant dans les cheveux. Elle s'appelle Louisa Enderby. C'est ma cousine, sa mère est la seule fille de grand-père. Grand-père s'est marié deux fois et la mère de Louisa Enderby est la fille de sa première épouse. Mon père était le seul enfant de ma chère mamie. Louisa a passé le plus clair de sa vie à l'étranger. Elle connaît l'Italie, l'Espagne, la Corse et l'Inde — elle est aussi allée à Ceylan et au Japon, et même en Chine, je crois bien. C'est une femme merveilleuse, et par ailleurs la plus étonnante mesmériste qu'on ait jamais vue.

Jetant un regard en direction de la dame en question, je découvris une femme massive aux épais sourcils noirs et aux yeux plutôt rapprochés, qui avait la désagréable habitude de vous fixer sous des arcades épaisses ; le teint rougeaud, les lèvres écarlates et charnues, le menton barré d'une fossette, son visage dégageait une impression d'obstination. Tout bien considéré, Mlle Enderby était une femme sans apprêts, mais lorsque son regard croisa le mien, j'éprouvai un curieux frisson, pas exactement de sympathie et encore moins d'admiration, mais en quelque sorte un mélange des deux. Il m'était impossible de l'expliquer. Je savais seulement que cette dame éveillait mon intérêt et que j'aurais aimé en savoir davantage sur elle.

Lorsque j'entrai dans le salon à l'issue du dîner, une jeune fille était assise dans un fauteuil et Mlle Enderby se tenait à côté d'elle. Surpris et même un peu agacé, je vis que sa victime n'était autre que Constance Perowne, si vive et si heureuse. Obéissant aux ordres de la mesmériste, elle la regardait fixement. Mlle Enderby semblait calme et décidée — une lueur d'excitation brillait dans ses yeux et deux taches rouges luisaient sur ses joues.

— Rappelez-vous, je n'ai nul désir de faire cette expérience, dit-elle en se tournant vers le reste d'entre nous, un curieux éclat dans ses étranges yeux ; mais j'ai cédé devant l'insistance de mes nombreux jeunes amis. Pendant que je fais les passes nécessaires, je vous demande à tous d'observer le silence le plus strict ; le moindre bruit est susceptible de distraire le sujet de mes expériences. À présent, Constance, vous devez concentrer toutes vos pensées sur moi ; ne les laissez pas s'orienter vers d'autres sujets ; regardez-moi droit dans les yeux — je vais maintenant faire des passes et vous ne tarderez pas à vous endormir.

— Oh ! mon Dieu, ça a l'air horrible. Comment pouvez-vous soumettre Connie à cela ? s'écria une jeune fille à quelques pas de là.

Constance s'esclaffa.

— Je tiens à faire cette expérience, dit-elle ; cela s'annonce comme tout à fait réjouissant. Maintenant, Louisa, allez-y — je dois fixer votre visage — eh bien, c'est ce que je fais.

Mlle Enderby se pencha vers elle et s'empara de ses deux mains ; puis elle entreprit de faire les passes habituelles, qui sont censées produire au bout d'un temps un sommeil hypnotique. Je vis bientôt que Mlle Perowne ne serait pas un sujet facile — elle s'agitait sur son siège, ses yeux vifs s'écartaient de ceux de la mesmériste —, mais les passes se poursuivirent en douceur et sans interruption, et peu à peu elles produisirent leurs effets. Les yeux de la jeune fille étaient maintenant rivés à ceux de l'hypnotiseuse, qui la fixait avec insistance et fermeté. Au bout d'un temps, Constance se plaignit d'une sensation de fourmillement… et peu après je remarquai que ses paupières se mettaient à frémir, puis à s'abaisser et enfin à se clore lentement ; elle poussa un profond soupir et Mlle Enderby, détournant les yeux, nous annonça que Constance était plongée dans un sommeil mesmérique. Les autres visiteurs se pressèrent autour d'elle et entreprirent de lui poser des questions par l'entremise de la mesmériste. La suite fut trop absurde pour que je m'y attarde. Constance répondit à toutes les questions, si stupides soient-elles.

Quelque peu surpris, Perowne s'approcha d'elle et l'observa ; il secoua sa tête chenue et se tourna vers moi.

— Quelles bêtises ! dit-il. Connie fait semblant de dormir — mais j'attendrai demain pour lui faire des remontrances. Suivez-moi dans mon bureau, voulez-vous, Gilchrist ? Je ne peux supporter plus longtemps de tels enfantillages.

Il salua de la tête deux ou trois de ses invités et quitta la pièce d'un pas vif.

Nous étions occupés à examiner de précieuses photographies lorsque, une demi-heure plus tard, l'une des jeunes invitées se précipita dans le bureau, le visage d'une pâleur sinistre.

— Est-ce que monsieur Gilchrist est ici ? s'écria-t-elle.

— Oui, répondis-je ; que se passe-t-il ?

— Venez avec moi au salon, s'il vous plaît – quelqu'un a dit que vous connaissiez le mesmérisme. Nous n'arrivons pas à réveiller Connie, et pourtant nous avons tous essayé ; mais elle est dans un tel état, elle ne cesse de pleurer et de gémir. J'ai l'impression que mademoiselle Enderby est vraiment terrifiée.

— Voilà ce qui arrive quand des profanes se mêlent de choses auxquelles ils ne connaissent rien, vitupérai-je tout en me levant.

— Mais que peut-il se passer ? dit M. Perowne. Vous ne parlez quand même pas sérieusement ?

— Hélas, si. Le mesmérisme est quelque chose de redoutable. Mademoiselle Enderby a sans doute un don, mais un don limité. Elle a plongé votre petite-fille dans un authentique sommeil mesmérique, mais à présent, constatant qu'elle n'arrive pas à la réveiller, elle s'est probablement laissé gagner par la nervosité et l'agitation. Et son état d'esprit se communique à la patiente par sympathie. Si vous le permettez, monsieur Perowne, je vais me rendre immédiatement au salon.

— Mais vous-même, vous comprenez ces choses-là ?

— Oui ; j'ai étudié le mesmérisme avec le plus grand soin.

— Et vous y croyez ?

— Certainement — mais ne me retardez pas davantage, je vous prie.

Je me précipitai vers le salon, suivi par M. Perowne et la jeune fille qui nous avait alertés. Constance gisait toujours sur la chaise où elle avait été mesmérisée. Son visage, de serein et même rayonnant lorsque je l'avais découvert, était devenu un masque de souffrance, et je craignais qu'elle ne soit prise de spasmes, voire de convulsions, si Mlle Enderby tentait à nouveau de la réveiller. La mesmériste, le visage cramoisi et la mine agitée, tenait la pauvre fille par ses deux mains, lui parlait à l'oreille et s'efforçait de l'amener à se lever.

— Laissez-la tranquille, dis-je, ne la touchez pas, s'il vous plaît. Vous pourrez refaire des passes une fois que vous serez calmée, mais cela ne sera possible que si vous reprenez votre sang-froid.

Mlle Enderby sursauta et me fixa avec attention… et son visage blêmit de son front à ses lèvres rouges. Je remarquai qu'elle s'était mise à trembler. Mais je n'avais pas le temps de m'occuper d'elle ; toutes mes sympathies allaient à Mlle Perowne.

— Il arrivera malheur à cette jeune fille si on persiste à l'agiter ou à l'affoler, déclarai-je ; les influences contraires ne peuvent que lui faire grand tort. Qu'elle dorme tout son soûl, même si c'est pendant deux heures ; cela ne lui fera pas le moindre mal.

Je m'étais exprimé avec autorité et, au bout d'un temps, je constatai que cela n'était pas sans effet sur l'assemblée. Tout doucement, je soulevai Mlle Perowne pour aller l'allonger sur un sofa, puis, m'asseyant près d'elle, je priai les convives de s'écarter de ce coin de la pièce.

Ce qu'ils firent ; alors le masque de souffrance s'effaça des traits de la jeune fille qui plongea dans un sommeil apaisé. Tout près de là, Mlle Enderby fixa sa victime pendant un temps, puis, brusquement, elle tourna les talons. L'instant d'après, je vis qu'elle avait quitté la pièce, mais comme elle n'était pas en état d'exécuter ses passes, et comme il était peu probable que Mlle Perowne dorme pendant plus de deux heures, je ne cherchai pas à m'opposer à son départ.

Mon pronostic se révéla exact : entre onze heures et minuit, Mlle Perowne s'éveilla le plus naturellement du monde, jeta un regard autour d'elle, sourit et me demanda où elle était.

Je la pris par la main et lui parlai avec douceur :

— Vous êtes au salon ; inutile d'avoir peur — vous avez été soumise à une expérience. Mademoiselle Enderby vous a endormie.

— J'ai donc enfin été mesmérisée ? demanda Constance en se levant d'un bond.

— Oui, mais ne pensez pas à cela. Allez vous coucher et rêvez de vos plaisirs de Noël.

— Louisa est ici ? demanda-t-elle en rougissant soudain.

— Non, vous la verrez demain matin.

— Allez tout de suite dans votre chambre, Constance, dit sa mère, qui s'avança pour la prendre par les mains. Allez-y, ma chérie ; vous avez l'air tout excitée.

— Mais, mère, il ne m'est rien arrivé. J'ai merveilleusement bien dormi et je ne suis nullement fatiguée.

— Très bien, mais allez quand même vous coucher. Bonne nuit, ma chère enfant.

La jolie jeune fille embrassa sa mère avec affection, me tendit l'une de ses mains et s'en fut. Je profitai de l'occasion pour faire savoir à Mme Perowne que sa fille était un sujet fort mal choisi pour des expériences aussi dangereuses.

Je montai à l'étage et, une nouvelle fois, parcourus du regard mes appartements. Selon toute apparence, je me trouvais dans une pièce dépourvue de toute sortie — tous les lambris se ressemblaient comme deux gouttes d'eau. Aucun signe extérieur de la grande garde-robe, ni de la volumineuse commode, ni du mobilier ordinaire d'une chambre. Toutes les tables avaient disparu, excepté la petite près du lit ; plusieurs chaises étaient désormais hors de vue ; c'était comme si les trois issues avaient cessé d'exister. Je ne pouvais m'empêcher d'être intrigué, sentiment qui aurait suscité quelque inconfort chez une personne plus nerveuse. Je restai assis quelque temps au coin du feu, pensant à Mlle Perowne et au remarquable visage de Mlle Enderby, puis, me sentant fatigué, je me déshabillai et je me couchai.

Je dus me réveiller en sursaut quelques heures plus tard, car le feu était éteint et la chambre plongée dans les ténèbres. Parfaitement lucide, je tendis l'oreille. Pas un bruit, pas même un murmure dans la chambre, mais une intense sensation d'inconfort imprégnait jusqu'au dernier atome de mon corps. Il m'était impossible d'expliquer ce sentiment, car je ne suis nullement enclin à la nervosité au sens où l'on entend ce terme. D'ailleurs, je ne saurais dire si j'étais vraiment nerveux à ce moment — disons que j'étais en proie à une grande agitation. Soudain, une impulsion irrésistible me poussa à me lever. Je ne pus faire autrement que d'y céder : je tendis la main, la passai le long du mur et allumai l'éclairage électrique. Dans la lueur qui se fit soudain, l'étrange vacuité de la pièce me frappa de nouveau avec une sensation d'oppression. Je restai immobile quelques instants, luttant contre l'envie que j'avais de me lever, laquelle devint bientôt irrésistible ; je quittai ma couche et enfilai ma robe de chambre. Cela fait, je fus pris d'une subite envie de rire de moi-même — ce que je désirais vraiment, c'était retourner dans mon lit, mais une autre volonté que la mienne, dont je n'avais jamais fait l'expérience, me poussa à marcher jusqu'à l'autre bout de la pièce. C'était dans cette direction, je le savais, que se trouvaient les trois portes si artistement dissimulées. La lumière me permettait de distinguer aisément les petits boutons qu'il suffisait de presser pour ouvrir les portes lambrissées. Je m'approchai de celle du centre, pressai le bouton — la porte s'ouvrit dans un silence total et je vis que je me trouvais sur le seuil du petit salon que j'ai déjà décrit. À ma grande surprise, la lumière était allumée et, debout devant la cheminée, je découvris la silhouette et le regard quelque peu arrogant de Mlle Enderby.

Que me voulait-elle ? Comment avait-elle pénétré en pleine nuit dans mon salon privé ? Ma surprise laissa vite place à l'indignation.

— Que faites-vous ici ? demandai-je.

— Je suis venue vous parler, monsieur Gilchrist, répondit-elle ; j'ai quelque chose à vous dire. Cela ne prendra pas beaucoup de temps.

— Veuillez vous asseoir ; mais permettez-moi de vous faire remarquer que cette visite est des plus extraordinaire.

— Pas plus que sa raison, répondit-elle calmement. Ce soir, il m'a suffi d'un coup d'œil pour comprendre que vous et moi étions *en rapport*[7], comme nous disons dans notre phraséologie. Vous êtes capable de m'influencer et moi de même. Nous sommes tous deux des hypnotiseurs, bien que pour le moment vous n'ayez pas

---

[7] En français dans le texte. *(N.d.T.)*

pleinement conscience de la magnitude de votre propre talent. Je suis impatiente de poursuivre une entreprise que vous êtes en mesure de contrer si vous en avez la volonté. Je souhaite que vous compreniez qu'en agissant de la sorte vous vous mettriez en péril.

— Que voulez-vous dire ?

— Ce soir, après que j'eus quitté le salon, vous avez usé de votre influence sur madame Perowne pour interdire à Constance de cultiver ma société. Or, j'ai l'intention de voir Constance le plus souvent possible — je souhaite la tenir en mon pouvoir — ce soir, c'était la première fois que je la mesmérisais ; j'ai bien l'intention de recommencer. S'il n'y avait eu cette soudaine défaillance de nerfs, à laquelle, hélas ! je suis sujette aux moments les plus critiques de ma vie, vous ne seriez pas réapparu sur scène. Me voilà donc obligée de vous révéler ce que j'aurais préféré vous dissimuler. Je suis hypnotiseuse jusqu'à un certain point — au-delà de ce point, mes pouvoirs me désertent. Quant à vous, vous êtes d'un niveau nettement supérieur — en vérité, sans même le savoir, vous êtes un « clairvoyant ». Vous pouvez m'aider si vous le souhaitez. Je veux que vous me promettiez de ne pas vous opposer à moi — c'est pour cette raison que je suis venu vous rendre visite cette nuit.

Ayant achevé son étrange discours, elle se redressa de toute sa taille et me regarda fixement. J'étais moi aussi debout et je lui rendis son regard. Son visage était lumineux, ses yeux extraordinaires — c'était une femme quelconque, mais elle avait sans aucun doute le don d'exercer sur autrui une fascination presque indicible.

— Me le promettez-vous ? dit-elle comme je restais silencieux.

— Je ne comprends pas ce que vous dites ; mais autant vous déclarer tout de suite que je désapprouve formellement l'influence que vous exercez sur mademoiselle Perowne. Je ne pense pas qu'il soit juste que de jeunes filles en pleine santé soient soumises à une transe hypnotique. J'userai de toute l'influence que j'ai sur vous si telle est votre intention — il n'est que juste que vous en soyez avisée.

— Vous agissez ainsi à vos risques et périls ; mais vous avez encore le temps de changer d'avis. Je vous rendrai à nouveau visite demain soir ; attendez-vous à me revoir.

Elle glissa vers la porte, l'ouvrit et sortit. Je retournai me coucher.

Le lendemain matin, au petit déjeuner, je remarquai que tous les autres invités étaient présents à l'exception de Mlle Enderby. Je me demandai alors si elle n'avait pas honte de m'avoir rendu une visite nocturne et cherchait, de ce fait, à m'éviter. J'étais assis à côté de la grand-mère de Mlle Perowne et je me tournai vers elle.

— Mademoiselle Enderby est absente, ce me semble, lui demandai-je ; j'espère qu'il n'y a rien de grave ?

— Mademoiselle Enderby ? répondit la vieille dame. Oh ! elle ne passe jamais la nuit ici. Sa mère et elle occupent un cottage au sud du parc. Louisa a pris congé hier soir presque aussitôt après que Constance eut été rétablie — elle a quitté la maison bien avant onze heures.

Mais alors, comment y est-elle revenue ? me demandai-je. *Comment a-t-elle fait pour s'introduire dans mon salon ?*

Absorbé par mes pensées, je répondis à peine à Mme Perowne, que ma distraction ne manqua sans doute pas d'intriguer. Peu après le petit déjeuner, on avait prévu une longue excursion à cheval. Je me retrouvai aux côtés de Mlle Perowne, dont la monture était un rien fougueuse et dont les habits faisaient resplendir la beauté. Elle avait les yeux vifs, le teint clair ; on ne voyait plus aucun signe sur son visage rayonnant de l'émotion qui l'avait saisie la veille. Elle affirma retirer du plaisir à se trouver ainsi en ma compagnie et me divertit fort avec sa conversation de jeune fille.

— Savez-vous que mère m'a obligée ce matin à lui faire une promesse des plus solennelle ? dit-elle.

— À quel propos ? demandai-je.

— Désormais, je ne dois plus me laisser mesmériser par Louisa.

— Je suis ravi que vous ayez fait cette promesse à madame Perowne ; et si nous parlions d'autre chose à présent ?

— Volontiers. Quelle belle journée ! Galopons à travers champs.

J'acquiesçai ; elle cravacha son cheval, et les autres cavaliers se retrouvèrent bientôt loin derrière nous. Quand vint le moment de faire halte sur le bord de la route pour reprendre notre souffle, Constance écarta de son front ses cheveux en bataille.

— Je ne peux m'empêcher de regretter d'avoir fait cette promesse à mère, dit-elle en haletant quelque peu. Cela faisait longtemps que je souhaitais me faire mesmériser ou hypnotiser par

Louisa. Mère dit que Louisa a toujours été une enfant un peu bizarre, qui ne ressemblait en rien à nous autres, et on l'a envoyée à l'étranger pour faire son éducation alors qu'elle était toute jeune. Elle est revenue peu avant d'avoir atteint l'âge de raison, avant que… que la vie de grand-père soit brisée par cette tragédie.

— Que voulez-vous dire ? demandai-je en me tournant vers le ravissant visage de la demoiselle.

— C'est à propos de mon père, monsieur Gilchrist. C'était le seul fils de mon grand-père. Il s'est marié très jeune, il avait à peine vingt et un ans, et il est mort… (sa voix devint tremblante)… quelques mois avant ma naissance. Mère parle de lui de temps en temps, mais pas très souvent. Je vous montrerai sa photographie un de ces jours si vous venez dans mon salon privé. J'adore cette photographie… et j'ai parfois l'impression qu'il est tout près de moi. Cher père, tout le monde l'aimait tant, et il a trouvé la mort dans des circonstances particulièrement tragiques. Il s'est noyé alors qu'il pêchait à quelque trois kilomètres de Queen's Marvel. Il est tombé l'étang de Lock-Overpool. Mère a failli en perdre la raison ; quant à grand-père, il s'est cloîtré et n'a voulu voir personne pendant des années — ce n'est que récemment qu'il a fini par s'en remettre. Il n'avait pas d'autres enfants, voyez-vous, à l'exception de tante Kate, et, pour une raison que j'ignore, elle n'a jamais été sa préférée.

— Qui hérite de Queen's Marvel, dans ce cas ?

Constance braqua ses doux yeux sur moi.

— C'est moi, dans un futur lointain, j'espère. C'est un fabuleux héritage pour quelqu'un de modeste comme moi, et je préférerais de loin en être dispensée, mais grand-père dit que je dois prendre mes responsabilités ; et il compte bien m'éduquer pour cela — il veut faire de moi une femme d'affaires qui sait tout de ses biens ; mais, monsieur Gilchrist, nous perdons notre temps en bavardages ; il vaudrait mieux prendre le chemin du retour à présent.

De nouveaux invités étaient arrivés durant notre absence, et la soirée se révéla des plus gaie et des plus distrayante. Mlle Enderby, de nouveau vêtue de velours noir, avec son diamant piqué dans les cheveux, apparut comme la reine de la fête, en dépit de sa physionomie si étrange et si quelconque à la fois. Elle avait une voix plutôt grave, capable d'émettre des notes pénétrantes — quand elle prenait la parole, les gens se tournaient vers elle ou dressaient l'oreille. Elle ne semblait pas d'humeur à distraire la société, et pourtant elle y parvenait sans effort : les histoires qu'elle racontait étaient gaies, prenantes et pertinentes ; elle relançait la conversation quand celle-ci se languissait, et se montrait à la hauteur quand les propos échangés se faisaient vifs et spirituels.

Elle nous joua de la musique dans le grand salon — je lui demandai si elle chantait, mais elle dit qu'elle était bien incapable. Néanmoins, sa musique, tout comme elle, était convaincante et saisissante — elle semblait pénétrer en vous pour imprégner vos pensées, stimuler votre esprit, accroître votre intelligence ; l'artiste improvisait souvent, et bientôt nombre d'invités se massèrent autour du piano à queue pour l'écouter. Elle passait de la gravité à la gaieté, du solennel au trivial, d'une mélodie profonde et passionnée à une autre légère et aérienne. Soudain, elle s'interrompit en plein milieu d'une sonate, tourna ses yeux glauques vers moi, se fendit d'un vague sourire et se leva.

— Continuez, continuez, dirent les invités.

— Non, il suffit ; je ne suis pas d'humeur, répondit-elle.

Elle s'éloigna en semblant glisser sur le sol et je la vis quitter la pièce.

L'heure était plus ou moins venue pour nous de nous retirer dans nos appartements. Je gagnai les miens, attisai les braises dans la cheminée, me jetai dans un fauteuil et réfléchis au sujet de Louisa Enderby. C'était une femme quelconque, l'affaire était entendue — elle n'était pas vraiment jeune, mais même la plus avenante des jeunes filles n'avait pas ce pouvoir d'attiser votre imagination, de vous toucher… le cœur, ou bien quelque force plus intangible, plus bouleversante ? Je me remémorai à nouveau sa visite de la veille — une visite aussi étrange qu'incompréhensible. L'attitude qu'elle avait eue aujourd'hui était tout aussi déconcertante : durant toute la soirée, pas une fois elle ne m'avait accordé la moindre attention, mais elle n'avait pas le moins du monde tenté de m'éviter.

Lorsqu'elle avait interrompu ce concert qui me hantait encore, elle m'avait certes accordé un regard, un regard qui avait fait battre mon pouls, mais qui était en lui-même troublant et intrigant. Soudain, je quittai mon siège d'un bond ; je décidai de ne plus penser à Mlle Enderby. J'étais fatigué ; j'allais me coucher et dormir tout mon soûl. À peine avais-je posé la tête sur l'oreiller que le sommeil me gagna — un sommeil sain et sans rêves ; mais une nouvelle fois, comme la nuit précédente, je me réveillai au sein des ténèbres et de la solitude, l'oreille tendue. Dès que je fus arraché au sommeil, j'oubliai où je me trouvais ; l'existence même de Mlle Enderby fut effacée de mon esprit ; puis les souvenirs déferlèrent sur moi. Je me rappelai ce qui s'était passé la nuit précédente ; une sensation non pas de nervosité, mais d'horreur aussi bizarre que réelle s'empara de moi. Je me rappelai la promesse qu'elle m'avait faite de revenir me voir. La tiendrait-elle ? Non ; c'était ridicule, impossible ! Elle ne dormait pas dans la demeure. Si elle avait réussi par quelque stratagème à regagner Queen's Marvel la nuit précédente, elle ne pourrait sûrement pas accomplir à nouveau cet exploit sans être découverte.

Je résolus à nouveau de la chasser de mon esprit et, reposant la tête sur l'oreiller, essayai de retrouver le sommeil. Cela me fut impossible. La même étrange sensation d'agitation qui s'était emparée de moi la nuit précédente se manifestait à nouveau. J'avais presque l'impression de lutter contre un intrus qui voulait m'arracher à mon oreiller. Incapable de résister au désir étrange et tout-puissant de me relever, je me redressai sur mon séant, tâtonnai le mur jusqu'à toucher le commutateur électrique, l'actionnai et emplis à nouveau la chambre de lumière. Comme la nuit précédente, la pièce me semblait bizarre et déserte. Sa vacuité éveilla en moi une sensation désagréable. J'aurais presque souhaité avoir logé dans une chambre ordinaire. Je commençais à me rappeler de vieilles histoires qui m'avaient terrifié durant mon enfance — des histoires de chambres pourvues de murs qui s'effondrent, de pièges de toute sorte, tous conçus pour le malheur de l'innocent voyageur.

Il y avait notamment l'histoire de cet hôtel, quelque part en France, où le baldaquin du lit s'effondrait sur le dormeur pour le broyer. Non sans effort, je m'ébrouai pour chasser ce sinistre souvenir. Je ne logeais pas dans un hôtel. Bien au contraire, je me trouvais dans l'aile la plus moderne d'une riante demeure anglaise. Nulle part dans le royaume on n'aurait trouvé logis plus hospitalier. Étrange que je sois ainsi en proie, non à une crise de nerfs, mais à une horreur que j'étais bien incapable de comprendre comme d'expliquer. Je me tournai à nouveau vers les trois portes ; elles étaient invisibles. Il me paraissait fort possible que ces portes, qu'on ne pouvait ouvrir qu'en actionnant un ressort, pouvaient bien être verrouillées de la même façon et que le misérable occupant de cette chambre soit incapable d'y trouver une quelconque issue. Naturellement, j'aurais ri de ces frayeurs une fois venue la lumière du jour, mais elles faisaient sur moi une impression des plus désagréable et ce fut le cœur battant que je me redressai.

Ridicule, me dis-je en moi-même. *Il n'est pas question qu'on m'oblige à quitter mon lit cette nuit.*

J'étais sur le point d'éteindre la lumière électrique lorsque, une nouvelle fois et avec plus de force encore, le désir de me lever s'empara de moi. Je ne pus lui résister. Il m'était impossible de rester couché, comme si j'avais été un enfant tentant d'ignorer l'ordre d'un parent sévère. Je me levai comme je l'avais fait la nuit précédente et enfilai la robe de chambre posée près de moi. Cela fait, je partis d'un rire quelque peu forcé.

— C'est trop absurde, murmurai-je. Je vais retourner me coucher et, demain matin, je prendrai une bonne dose de quinine — je couve sûrement quelque chose.

Je m'approchai du lit, mais un pouvoir irrésistible m'empêcha de l'atteindre, et une étrange sensation m'envahit alors. Je n'éprouvais plus le moindre désir de résister à l'influence qui, de toute évidence, me dictait toutes mes actions. Je traversai la pièce d'un pas vif, pressai le bouton de la porte centrale, l'ouvris comme je l'avais fait la nuit précédente, me retrouvai sur le seuil du petit salon et découvris à nouveau le regard fixe et décidé de Louisa Enderby. Comme la nuit précédente, elle se tenait debout devant la cheminée ; elle portait sa robe de velours noir et le diamant brillait dans ses cheveux. Lorsqu'elle me vit, l'ombre d'un sourire para un instant son visage puis s'évanouit. Je remarquai qu'elle avait les traits tirés, comme en proie à une souffrance mentale — une curieuse lueur éclairait ses étranges yeux glauques.

— Eh bien ! m'écriai-je, voilà qui est fort extraordinaire. Auriez-vous la bonté de m'expliquer comment vous êtes entrée dans cette maison ?

— Cela ne vous regarde pas, monsieur Gilchrist, répliqua-t-elle. J'ai dit que je reviendrais vous voir — j'ai tenu parole. Nous autres, hypnotiseurs, honorons nos promesses. Voulez-vous vous asseoir ? J'ai quelque chose à vous dire.

Je me retrouvai contraint d'obéir.

— Comme vous le percevez, poursuivit-elle avec un sourire malicieux, mais des plus déplaisant, vous êtes en mon pouvoir, et ce en dépit de votre volonté. Je suis venue ici, peu importe comment. Qu'il vous suffise de savoir que je suis entrée dans la maison. Vous dormiez paisiblement lorsque ma présence toute proche s'est manifestée à vous. Vous vous êtes réveillé ; vous vous sentiez agité et mal à l'aise. Je vous ai ordonné de venir à moi. Vous avez résisté à ma volonté. Au bout du compte, j'ai triomphé, comme je le prévoyais. Vous êtes ici — je vous demande à présent de m'écouter sans piper mot.

— Dites ce que vous avez à dire, et faites vite.

— La nuit dernière, je vous ai averti qu'il ne vous servirait à rien d'interférer avec mes projets. Contre ma volonté, vous avez usé de votre influence sur Constance pour la dresser contre moi. Pourquoi ?

— Parce que je considère l'influence hypnotique comme néfaste pour une jeune fille saine.

— Certes. Alors, nonobstant vos talents de mesmériste, vous ne savez rien du pouvoir curatif du don qui vous est échu.

— La question n'est pas là, répondis-je avec quelque impatience. Mademoiselle Perowne est en parfaite santé. Il m'incombe en conséquence de la garder telle quelle.

Mlle Enderby continua de me regarder fixement. La mine hagarde qu'elle affichait s'accentua.

— Vous avez sans nul doute conscience de la valeur de la jeune vie que vous cherchez à protéger, dit-elle.

— J'ai peine à vous comprendre, répondis-je.

— Ridicule ! vous comprenez sûrement ce que je veux dire. En tant que fille unique de son père, Constance sera l'héritière de Queen's Marvel.

J'acquiesçai sans répondre.

— Quant à moi, poursuivit-elle, en tant qu'enfant unique de ma mère, je n'aurai droit à rien hormis une misérable pitance, et je ne pourrai même pas y toucher tant que ma mère vivra.

Je ne répondis rien — elle continua à me fixer du regard.

— Afin de vous influencer, reprit-elle, je vois que je dois vous raconter mon histoire. Je serai brève. Mon père est mort quand j'avais quatre ans — il est mort dans un asile d'aliénés, où je finirai sûrement par le suivre, mais pas tout de suite si j'ai mon mot à dire. Après cela, j'ai vécu un temps dans sa maison avec ma mère, mais quand j'ai eu sept ans on m'a envoyée en France pour faire mon éducation. Jamais je n'ai ressemblé aux autres enfants — on me trouvait bizarre et susceptible à des sautes d'humeur —, et je me suis rebellée contre le destin qui m'avait imposé mon existence. J'ai reçu une éducation des plus extraordinaire — la pire qui soit pour une nature comme la mienne. Celle qui m'avait prise sous son aile avait embrassé dès son jeune âge l'étrange science que nous appelons mesmérisme. Elle a eu tôt fait de découvrir que j'étais un médium, que j'étais douée de fabuleux pouvoirs occultes — elle m'a éduquée, m'a encouragée à les développer — et, après avoir subi ses manipulations pendant un an ou deux, j'étais devenue une clairvoyante des plus capable. Alors que j'étais encore jeune, elle m'a emmenée aux Indes, et nous avons toutes deux étudié le mesmérisme chez les hindous. Peu après avoir fêté mon dix-huitième anniversaire, je suis revenue en Angleterre ; mon amie était morte — ma mère tenait à ce que je vienne vivre avec elle, et je l'ai rejointe dans la maison qu'elle habite à présent. Mon oncle, le demi-frère de ma mère, l'héritier de ce vaste domaine, venait de se marier. Je l'ai détesté du simple fait qu'il était vivant ; sans lui, j'aurais été l'héritière de Queen's Marvel. Ce domaine excitait ma convoitise comme rien d'autre au monde, une passion que les gens bien nés comme vous sont à peine capables de comprendre. Mais j'ai refoulé mes désirs et me suis efforcée d'entrer dans les bonnes grâces de la famille. Je n'ai jamais été belle, mais j'avais le pouvoir de fasciner mes semblables. Et je fascinais notamment mon oncle ; il était jeune, à peine quelques années de plus que moi ; il était beau, doué de tous les attributs qui rendent la vie agréable à vivre. Il possédait toutes les qualités qui me manquaient : un tempérament égal, un esprit empreint de douceur et de générosité. Tout autant que sa richesse fabuleuse, ses dons me poussaient à le haïr de tout mon cœur.

» Peut-être avez-vous déjà ouï dire que mon oncle Gerald est mort lors d'une partie de pêche — on l'a retrouvé noyé à Lock-Overpool, un étang que notre rivière traverse à trois kilomètres d'ici. Sa canne à pêche flottait sur les eaux, il avait reçu un coup à la tête, et on a supposé qu'il était tombé dans un des coins les plus profonds de l'étang ; et comme il était chaussé de cuissardes, il a bien entendu coulé à pic. Tel était le récit que tous acceptaient dans le comté, et le coroner a délivré un verdict de noyade accidentelle. Je puis vous dire aujourd'hui comment il a trouvé la mort.

Je m'étais assis, comme elle l'avait souhaité. Je me levai. L'éclat dans ses yeux, l'étrange terreur sur son visage étaient saisissants. Soudain, elle se pencha légèrement en avant, devint rigide l'espace d'un instant, comme si elle avoir une crise de catalepsie… puis, au prix d'un grand effort, elle se redressa.

— Pourquoi cherchez-vous à m'arracher mon âme ? demanda-t-elle.

— Je ne vous demande pas de confidences, répondis-je — mais alors même que je prononçais ces mots, je braquai mon regard sur elle. Mais poursuivez, je vous prie. Je sais que vous allez m'en faire.

— Oui, fit-elle en haletant. Je ne peux pas m'en empêcher. Pour la toute première fois, la vérité franchit le seuil de mes lèvres.

Elle était à présent d'une immobilité absolue, ses yeux étaient fermement fixés sur moi comme si elle venait d'entrer en transe, et elle déclara dans un débit précipité :

— L'oncle que je détestais, qui se dressait tel un obstacle entre cette demeure et moi, *n'a pas trouvé la mort dans un accident* ! J'aimais bien l'accompagner lors de ses expéditions de pêche. Personne ne l'a su, mais je suis allée avec lui ce jour-là. Il avançait en cuissardes dans les eaux profondes de la rivière et je le regardais assise sur la berge. Il n'était pas très loin de l'étang. Lock-Overpool me faisait horreur depuis toujours ; ses profondeurs, ses ténèbres — il s'étendait en partie dans une grotte — m'avaient toujours fascinée. Je me surpris à contempler ses profondeurs obscures… et, à ce moment-là, le démon qui semblait être entré en moi dès ma naissance me posséda une nouvelle fois.

— Oncle Gerard, m'écriai-je, voulez-vous me rendre un service ?

— Quoi donc ? demanda-t-il.

— Cette fougère qui pousse sur le rocher au-dessus de Lock-Overpool me fait grandement envie ; voulez-vous aller la cueillir pour moi ?

— Avec plaisir.

Cet homme m'admirait et avait le pouvoir d'éveiller le peu de bon que j'avais en moi. Il revint sur la berge et, sans ôter ses cuissardes, avança prudemment sur le rebord du rocher qui surplombait les eaux… il avait posé sa gaffe sur le sol… il me tournait le dos… je le suivis à pas de loup… le frappai à la nuque avec l'instrument métallique… il tomba, comme frappé par une balle, rebondit sur un rocher et coula à pic jusqu'au fond du lac. Vu qu'il portait des cuissardes, il n'avait aucune chance de remonter à la surface. Je me repentis aussitôt après avoir accompli mon acte ; je jetai sa canne à pêche dans l'eau et rentrai en courant, folle d'effroi et de terreur. Personne ne m'avait vue quitter la maison, personne ne m'avait vue revenir ; pas l'ombre d'un soupçon ne pesa sur mon nom ; mais à partir de ce moment, ma vie est devenue un tourment. Maintenant, vous savez tout. Si j'ai commis ce crime, c'est parce que je convoitais le domaine, mais au bout du compte c'est le Destin qui l'a emporté, car la veuve de mon oncle était sur le point de mettre un enfant au monde et je n'en savais rien. Constance est née trois mois après la mort de mon oncle ; c'est la descendante en ligne directe et elle héritera le plus gros du patrimoine. Un jour, elle se mariera et son époux prendra le nom de Perowne. Et aujourd'hui, monsieur Gilchrist, je suis décidée à mettre Constance sous mon influence ; je ne souhaite pas commettre un second crime, mais Constance Perowne doit devenir mon outil. Si vous osez me défier, vous en souffrirez.

Elle cessa soudain de parler, laissa pendre ses bras le long de son corps et tourna son regard vers l'autre bout de la pièce.

— Je veux que vous partiez d'ici, dit-elle au bout d'une longue pause. (Sa voix s'était altérée, pour devenir faible et presque inaudible.) Vous me troublez ; je suis *en rapport* avec vous, vous êtes en sympathie avec moi ; vous pouvez même lire dans mes pensées. Si je suis venue cette nuit, c'est parce que je n'ai pas pu m'en empêcher ; si je vous ai tout raconté, c'est parce que je n'ai pas pu m'en empêcher. Allez-vous partir ? allez-vous me laisser en paix ?

Soudain, elle tomba à genoux ; elle s'approcha de moi puis s'effondra à mes pieds.

— Relevez-vous, ordonnai-je ; vous ne savez pas ce que vous dites — la porte est là ; partez maintenant.

— Pas avant que vous m'ayez fait cette promesse.

— Je ne promettrai rien.

— Alors vous êtes en péril. Permettez-moi au moins de vous conseiller de dormir dans une autre chambre. Adieu.

Elle franchit le seuil d'un pas lent, referma la porte derrière elle et disparut.

Je ne me recouchai pas cette nuit-là. Anéanti par les émotions que le terrible récit de Mlle Enderby avait suscitées, je passai mon temps à faire les cent pas dans ma chambre. Lorsque l'aube commença à poindre, je m'habillai et sortis. On était la veille de Noël.

Contre ma volonté, mes pieds s'égarèrent en direction du cottage de Mlle Enderby. Je ne souhaitais pas aller la voir, et pourtant je m'y sentais contraint. Soudain, je la vis tourner à un coin et venir à ma rencontre — elle était vêtue d'une élégante tenue et semblait calme et reposée. Elle s'approcha et me souhaita une bonne journée d'une voix enjouée.

Je lui jetai un regard dur ; elle ne broncha pas ; son visage était aussi indifférent que la nuit précédente.

— Vous êtes bien matinal, remarqua-t-elle. À cette époque de l'année, il n'y a rien de tentant au-dehors avant l'heure du petit déjeuner.

— Je suis venu vous voir, répondis-je.

— Vraiment ! répondit-elle en arquant les sourcils pour feindre l'étonnement ; alors peut-être allez-vous faire demi-tour, car je vais prendre mon petit déjeuner à Queen's Marvel.

J'étais irrité de la voir ainsi impassible. Alors que nous prenions la direction de la maison, je décidai de la mettre à l'épreuve.

— Vous vous demandez pourquoi je suis debout si tôt, commençai-je. Je vais vous le dire. J'ai eu une nuit agitée ; après une telle nuit, on se sent mieux en faisant une promenade.

— Navrée d'apprendre que vous avez mal dormi, répondit-elle — et je remarquai, ou crus remarquer, une petite lueur dans ses yeux —, mais j'oubliais ; votre agitation s'explique aisément : vous dormez dans la chambre lambrissée.

— Oui ; ces appartements sont fort luxueux.

— En effet, dit-elle, et l'ombre d'un sourire plana sur ses lèvres.

— La chambre lambrissée est pourvue de tout le confort, poursuivis-je, et le moindre de ses charmes n'est pas le salon privé, avec les commodes et les bibelots qui s'y trouvent. Un lieu bien choisi pour un rendez-vous.

— Un lieu idéal. Monsieur Gilchrist, nous devons nous hâter de crainte d'être en retard pour le petit déjeuner.

— Nous avons tout notre temps, répondis-je — et je fis halte pour l'obliger à me regarder en face. Je voudrais vous poser une question, mademoiselle Enderby. Pourquoi m'avez-vous rendu visite par deux fois, au cœur de la nuit, dans le petit salon attenant à la chambre lambrissée ?

— Mais jamais je n'ai fait une telle chose ! Que voulez-vous donc dire ?

— Soit vous êtes folle, soit vous jouez la comédie. Vous savez parfaitement que vous êtes venue me voir cette nuit, et aussi la précédente, dans ce petit salon.

— Non ; c'est vous qui êtes fou. Je ne dors même pas dans la demeure — mais soudain elle blêmit, se mit à panteler et, perdant tout self-control, m'agrippa les deux mains. Expliquez-vous.

— C'est ce que je vais faire. La nuit même qui suivit mon arrivée, vous m'avez obligé à me lever ; vous m'avez obligé à aller au salon ; c'est là que vous m'attendiez ; et vous êtes revenue la nuit dernière, et vous m'avez dit à cette occasion…

— Mon Dieu ! qu'ai-je pu dire ? demanda-t-elle dans un murmure qui ressemblait à un sifflement, qu'ai-je pu dire ?

— Vous m'avez livré le secret de Lock-Overpool.

Quand je prononçai ces mots, elle poussa un cri d'animal traqué — elle se détourna de moi et se couvrit le visage des deux mains.

— C'est ce que je redoutais, hoqueta-t-elle au bout d'un temps. Quelque chose m'a dit que vous exerciez sur moi un horrible pouvoir. Monsieur Gilchrist, pourquoi me mesmérisez-vous ? Pourquoi me forcez-vous à venir à vous ? Pourquoi déterrez-vous ce… oh ! je ne dois pas en dire davantage ; vous m'avez terrifiée. Je voudrais que vous quittiez Queen's Marvel. Que puis-je faire pour que vous partiez ?

— Rien pour le moment, répondis-je sèchement. Vous m'avez confié un secret des plus atroce. Je ne suis pas encore prêt à dire ce que je vais en faire.

Elle se ressaisit au prix d'un terrible effort, la peur déserta ses yeux — à nouveau elle se tenait calme et impassible, à nouveau elle me faisait face.

— Vous avez fait un cauchemar, dit-elle. Un cauchemar, rien de plus.

À ce moment-là, la voix joviale de M. Perowne vint nous interrompre.

— Ah ! vous voilà ! s'écria-t-il.

Mlle Enderby et moi avons couru à sa rencontre. Elle semblait parfaitement posée — un sourire ornait ses lèvres et ses propos étaient fort plaisants.

— Je viens prendre le petit déjeuner avec vous, grand-père, dit-elle.

Il lui adressa un signe de tête amical puis se tourna vers moi, et notre trio gagna la demeure.

De cet instant, Mlle Enderby se mit à m'éviter. Pour ce que je pouvais en dire, pas une fois son regard ne croisa le mien. Cette nuit-là, je n'éprouvai aucune agitation, aucun désir mystérieux après m'être endormi dans la chambre lambrissée. Rien ne vint me forcer à quitter mon lit. Mlle Enderby ne vint pas me déranger durant les heures dévolues au sommeil. Mais le récit qu'elle m'avait fait n'en cessa pas moins de me préoccuper.

Je ne savais comment je devais y réagir : soit ce récit était vrai, et Mlle Enderby était une meurtrière, et donc potentiellement dangereuse ; soit elle était folle. Je résolus d'en apprendre davantage sur les circonstances de la mort du père de Constance Perowne. Que les étranges aveux de Mlle Enderby soient fondés ou non, ils portaient sur un drame oublié de tous depuis dix-huit ans, et je décidai de ne pas gâcher les festivités de Noël en entamant tout de suite mon enquête. Quant au mystère de ses visites nocturnes, il me dépassait totalement : soit elle était venue à moi dans un état de clairvoyance, soit j'avais totalement rêvé cet incident — je n'accordais aucun crédit à cette seconde hypothèse, la première me semblant la plus probable. La science si mal comprise du mesmérisme explique des événements encore plus mystérieux que les visitations que je venais de vivre. Il était possible que Mlle Enderby, qui connaissait la demeure comme sa poche, se soit procuré la clef d'une porte dérobée et ait trouvé sans difficulté le chemin de mon salon.

Durant la semaine qui séparait Noël du Nouvel An, Mlle Enderby ne cessa de se montrer dans la vieille demeure. Comme à l'ordinaire, elle était omniprésente — elle conseillait Constance, aidait son grand-père, divertissait les invités à leur immense satisfaction. Toutefois, à mesure que passaient les jours, je remarquai un subtil changement chez Constance : elle semblait mal en point ; l'éclat vif et rieur de ses yeux s'était terni ; je la surpris une ou deux fois à soupirer quand je me trouvais à proximité.

Le soir de la Saint-Sylvestre était prévu un grand bal auquel tout le comté était invité. La veille de ce jour, Constance se trouvait près de moi ; je lui posai une main sur le bras.

— Il y a quelque chose qui vous attriste, dis-je.

Nous étions seuls. Elle tourna vers moi son doux visage juvénile, me regarda en face et éclata en sanglots.

— Non, non, fit-elle. N'essayez pas de m'arracher le secret qui est le mien.

— Je n'en ai nulle envie, répondis-je d'une voix douce ; mais on dirait que vous avez des ennuis. Puis-je vous aider de quelque façon que ce soit ?

— Je ne le crois pas ; si je suis malheureuse, c'est parce que j'ai désobéi à mère.

— Comment cela ?

— Louisa m'a de nouveau mesmérisée. Elle me pose des questions sur vous et… mais la voilà — je vous en prie, ne lui dites pas que je me suis confiée à vous.

Elle s'en fut d'un pas léger et je me tournai dans une autre direction.

On dîna tôt le lendemain, et je montai ensuite dans ma chambre pour prendre un peu de repos avant les festivités de la nuit. J'étais assis au coin du feu, occupé à lire la dernière livraison du *Nineteenth Century*, lorsqu'on toqua doucement à la porte de mes appartements.

Avant que j'aie eu le temps de dire « Entrez », la porte s'ouvrit sur la silhouette adorable et éthérée de Constance Perowne. Elle s'était changée après le dîner pour mettre sa robe de soirée ; un bracelet de perles couronnait sa tête ; elle tenait d'une main un grand éventail de plumes blanches et de l'autre ses gants. Tandis qu'elle restait plantée sur le seuil, je remarquai qu'elle dépliait lentement son éventail.

Elle me jeta un regard distrait — l'expression de ses yeux était plutôt bizarre. Un coup d'œil me suffit pour comprendre ce qui s'était passé : la jeune fille était dans un état de transe ou de sommeil mesmérique. J'allai vers elle et lui demandai :

— Que se passe-t-il ? Que voulez-vous ?

— Il y a un coffret de vieil argent dans un coffre-fort derrière l'un des lambris, répondit-elle. Je suis venue le chercher.

Elle évitait de me regarder en face, comme si elle répondait à ma question sans me voir. J'examinai ses yeux : ils étaient ternes et ne semblaient rien voir — mais je savais qu'elle était douée de l'intense vision intérieure du clairvoyant. Je ne répondis rien et elle entra dans la pièce.

Pendant que j'avais exploré cette chambre des plus curieuse, j'avais examiné avec soin ce que dissimulait chaque lambris à l'exception de l'un d'entre eux — selon toute apparence, il n'était pas équipé d'un ressort et, bien que j'aie parcouru le mur à tâtons, je n'étais jamais parvenu à déclencher son ouverture. C'est vers ce lambris que Constance Perowne se dirigea. Sans la moindre hésitation, elle effleura une liane de lierre peinte sur le bois… et le lambris pivota sur ses gonds pour révéler un coffre-fort étroit et tout en longueur bâti du fer le plus solide. Il faisait entre un mètre et un mètre vingt de profondeur. Dès qu'il s'ouvrit, Constance y entra, jeta gants et éventail sur le sol et, levant les bras, s'efforça de soulever un lourd coffret de fer posé sur une étagère.

— Il est trop lourd, haleta-t-elle ; je ne peux pas l'attraper.

— Laissez-moi vous aider, dis-je.

Comme si elle était dans son état normal, elle sortit du coffre et j'y entrai. Elle se tenait sur le seuil — je tendis les bras pour prendre le coffret et, soudain, me retrouvai dans des ténèbres absolues. Le lambris faisant porte s'était refermé ; j'étais enfermé dans une tombe. Je poussai un cri, mais nul ne pouvait l'entendre. Le piège où j'étais tombé était non seulement étroit et enténébré, mais, j'en étais certain, presque totalement insonorisé. C'était un coffre de fer massif, sans nul doute hermétiquement scellé. Je restai immobile quelques instants pour évaluer l'horrible situation qui était la mienne. Je ne tardai pas à deviner ce qui s'était passé. C'était Mlle Enderby qui avait agencé cette catastrophe ; elle avait fait de Constance son outil et l'avait envoyée dans mes appartements pour me piéger dans cette prison de fer. Des gouttes de sueur perlèrent à mon front. Je savais que mes heures étaient comptées si je ne trouvais pas un moyen de sortir de ce piège ; mes heures ? Non, c'était une question de minutes. Bientôt j'aurais absorbé tout l'air contenu dans ce piège exigu et ne manquerais pas de périr d'asphyxie. L'espace d'un instant, je succombai au désespoir… puis je résolus de lutter pour survivre. Un rapide calcul, et j'estimai qu'il y avait assez d'air dans ma geôle pour que je survive dix minutes ou un quart d'heure. Je plongeai une main dans ma poche, en retirai une boîte d'argent contenant des allumettes et en craquai une — l'espace confiné de mon tombeau commençait déjà à m'oppresser — un bourdonnement résonna à mes oreilles — mon cœur battait à tout rompre — je pantelais comme en proie à la suffocation. Je n'osais pas craquer une autre allumette, car sa flamme entamerait le peu d'air dont je disposais ; mais un bref regard circulaire sur ma prison me permit d'apercevoir au-dessus de ma tête, derrière le coffret de fer, ce qui ressemblait à un verrou. Je tapotai le mur à cet endroit : il sonnait creux. Déjà pris de vertige, mais investi d'une force herculéenne, j'entrepris de déplacer le lourd coffret de fer, puis je me jetai de toutes mes forces sur le mur là où il sonnait creux. J'étais déjà près de sombrer dans l'inconscience, mais, animé de la force que confère la démence, je me jetai à nouveau sur la cloison de fer. Miracle ! elle céda ! — je sentis un souffle d'air frais et, en moins d'une minute, j'avais repris mes esprits. Craquant une nouvelle allumette, je vis que j'étais en haut d'un escalier plutôt raide, qui semblait descendre vers des profondeurs abyssales. Je m'y engageai avec précaution, craquant une nouvelle allumette de temps en temps pour guider mes pas. Progressant toujours avec circonspection, j'arrivai au pied de l'escalier puis m'engageai dans un passage étroit et tortueux qui m'amena devant une porte envahie de toiles d'araignée et pourvue d'un verrou rouillé. De toute évidence, cela faisait des lustres que personne ne l'avait ouverte. M'emparant d'une barre de fer qui traînait sur le sol, je réussis à forcer le verrou ; aussitôt une bouffée d'air frais baigna mon visage et je me retrouvai en plein air, non loin des quartiers des domestiques de la demeure. En hâte, je gagnai ma chambre en empruntant l'escalier de service. J'entrai, refermai la porte, me jetai dans un fauteuil et réfléchis quelque temps à la situation qui était la mienne. Que Mlle Enderby soit démente ou saine d'esprit, mon devoir était désormais d'informer sa famille de l'horrible tentative dont je venais d'être la victime — il était dangereux de laisser une telle femme libre de nuire. Nul doute qu'elle me croyait mort à présent, et tel aurait été mon sort si je n'avais pas découvert la porte secrète au fond du coffre-fort.

Après m'être reposé pendant une heure environ, je changeai de tenue et descendis dans la salle de bal. J'entendis les joyeuses mélodies qui en montaient et gagnai mon but par une porte dérobée. La première personne que je vis était Constance Perowne : elle avait les joues empourprées, elle était radieuse dans sa robe blanche, l'éclat de la jeunesse et du bonheur faisait luire ses yeux noisette. Elle sourit en me voyant ; comme je l'ai confirmé par la suite, elle était totalement inconsciente de l'acte horrible qu'elle venait de commettre. Je ne lui fis aucune remarque, mais entrai plus avant dans la salle. Je me dirigeai vers une fenêtre ouverte et, me dissimulant à demi derrière un rideau, entrepris de parcourir la foule du regard. Je pouvais désormais observer Mlle Enderby sans être observé en retour. Comme à son habitude, elle était vêtue de velours noir, mais sa robe était légère et permettait d'admirer sa gorge d'albâtre et ses bras tout en finesse. Son diamant brillait toujours dans ses boucles noires ; ses étranges yeux glauques étaient pétillants ; je crus voir ses lèvres esquisser un sourire fourbe. Probablement se sentait-elle en sécurité — désormais, imaginait-elle, seuls les morts avaient connaissance de son secret. Elle dansait avec un fort bel homme, qui commençait sans nul doute à succomber à la fascination qu'elle exerçait. Elle devisait avec lui, exhibant la blancheur de ses dents et l'étrange éclat mesmérique de ses yeux. Il l'écoutait d'un air amusé et riait de temps en temps. Peu à peu, ils s'approchèrent de ma position — je reculai d'un pas. Tous deux firent halte près de moi, et j'entendis Mlle Enderby pousser un soupir. Puis je remarquai que, nonobstant son allégresse de façade, elle semblait en proie à la terreur. Vu de près, son visage était hagard.

Je ne pus résister à la tentation de tendre une main pour la poser sur son épaule. À ce moment-là, elle parlait à son cavalier et ils étaient sur le point d'entamer une nouvelle valse. Quand elle sentit ma main, elle se retourna lentement et me regarda. Comme son regard croisait le mien, son visage devint livide de terreur, ses traits s'altérèrent… et elle s'effondra lentement au contact de ma main ferme, sans cesser de me fixer avec une expression terrible et indescriptible. Elle me prenait pour un fantôme, cela ne faisait aucun doute — il lui était impossible de croire que j'avais pu m'échapper de la tombe qu'elle m'avait ménagée. Poussant un cri, elle s'effondra à mes pieds, en proie à une crise irrépressible. Quelques invités se précipitèrent vers elle pour l'évacuer de la salle de bal. Lorsqu'elle finit par reprendre conscience, elle était prise de démence. On appela un médecin, qui lui prescrivit un calme absolu, et personne ne comprit la nature de la crise qui l'avait terrassée.

Moins d'une semaine plus tard, Mlle Enderby quitta ce monde sans jamais avoir recouvré une once de raison. Le choc qu'elle avait éprouvé en me découvrant, persuadée qu'elle était de m'avoir éliminé, avait très certainement eu raison de son cerveau déjà bien affecté. À présent qu'elle était morte, je n'avais nul besoin de révéler au monde son terrible secret.

Quant à Constance, c'est mon amie très chère et elle le sera toujours, et j'espère que jusqu'à son dernier jour jamais elle ne saura qu'elle aura été à deux doigts de m'ôter la vie.

Titre original : « *The Panelled Bedroom* »
Traduit par Jean-Daniel Brèque

BIBLIOGRAPHIE FRANÇAISE DE L.T. MEADE

Note : Cette bibliographie doit beaucoup à celles établies par Jean-Luc Buard pour *Le Secret de la clé anthropométrique*, *La Sorcière du Strand* et *L'Œil dans les ténèbresi* (seconde édition). Qu'il en soit ici remercié. Les mentions [SCA], [SDS] et [ODT] signalent les textes réédités dans l'un de ces trois volumes.

— *Les Passereaux de maman Corneille, l'histoire de deux petits garçons* (titre original inconnu), traduite par Marie Tabarié, Paris : Paul Monnerat, 1885.
— *Un petit orchestre ambulant* (titre original inconnu), traduit par M.L.R., Toulouse : Société des livres religieux, 1886.
— *Un petit conquérant et une grande victoire* (titre original inconnu), traduction anonyme, Toulouse : Société des livres religieux, 1896.
— « Le Laboratoire bleu », en coll. avec Robert Eustace (« The Blue Laboratory », *Cassell's Family Magazine*, mai 1897.). Première version, traduite par C. Paulon (alias Paul Combes), in *La Science illustrée*, du 30 juillet au 20 août 1898 (texte attribué au traducteur seul) [SCA]. Seconde version, traduite par J. Wilhelm, in *Le Monde moderne*, septembre 1905 [SCA].
— « La Sorcière du Strand », en coll. avec Robert Eustace (« The Sorceress of the Strand, I: Madame Sara », *The Strand Magazine*, octobre 1902), traduit par Marthe Duvivier, in *L'Écho de Paris*, du 16 au 21 décembre 1902 [SCA, SDS].
— *Le Secret du docteur* (*The Medicine Lady*, Londres : Cassell & Co., 1892), traduit par Armor, in *La Croix*, du 7 mai au 23 août 1903 ; en vol. : Paris : Librairie Blériot, Henri Gautier successeur, 1905.
— « Les Yeux de terreur » ("Eyes of Terror", in *The Strand Magazine*, décembre 1903), traduit par Paul de Garros, in *Journal des débats*, du 4 au 8 février 1905 [SCA]. Réédition numérique : Blagnac : e-Baskerville, 2015 (traduction révisée par Jean-Daniel Brèque).
— « Souvenirs d'un médecin : La Mort encapuchonnée », en coll. avec Clifford Halifax, M.D. (« Stories from the Diary of a Doctor: Second Series, IV: The Hooded Death », in *The Strand Magazine*, avril 1895), traduit par H.-J. Magog, in *Le Journal*, les 5 et 6 décembre 1906 [SCA].
— « Dilemme de médecin », en coll. avec Clifford Halifax, M.D. (« Stories from the Diary of a Doctor: Second Series, VII: A Doctor's Dilemma », in *The Strand Magazine*, juillet 1895), traduit par H.-J. Magog, in *Le Journal*, les 5 et 6 décembre 1906 [SCA].
— « Le Secret de la clé anthropométrique », en coll. avec Robert Eustace ("Stories of the Gold Star Line, II: The Cypher with the Human Key', in *The Windsor Magazine*, janvier 1899), traduit par Marthe Bourre, in *Le Monde moderne et la Femme d'aujourd'hui*, novembre 1907 [SCA].

— « Ma première cliente », en coll. avec Clifford Halifax, M.D. (« Stories from the Diary of a Doctor, I: My First Patient », in *The Strand Magazine*, juillet 1893), traduction anonyme, in *Roman et vie*, 20 novembre 1908 [SCA, ODT].
— « Un homme peut-il disparaître ? » ("The Man Who Disappeared", in *The Strand Magazine*, décembre 1901), traduit par J. Wilhelm, in *Lectures pour tous*, mars 1909 [SCA].
— « Les Sacs de farine », en coll. avec Clifford Halifax, M.D. ("Stories from the Diary of a Doctor, IX: An Oak Coffin", in *The Strand Magazine*, mars 1894), traduit par H.-J. Magog, in *Le Journal*, du 21 au 25 août 1909 [SCA, ODT].
— *La Société des sept rois*, en coll. avec Robert Eustace (*The Brotherhood of the Seven Kings*, Londres : Ward, Lock & Co., 1899; préoriginale in *The Strand Magazine*, janvier à octobre 1898). Première version (traduction incomplète : neuf épisodes sur dix), traduite par Mme Cordts-Capsius, Paris : Juven, 1910 ; seconde version (complète), sous le titre *La Fraternité des Sept Rois*, traduite par Jean-Daniel Brèque, RDN Books/L'Œil du sphinx, Paris : 2024 et Rivière Blanche, Coll. « Noire » n° 178, Black Coat Press, Encino, Californie, USA : 2024.
Sommaire :

« Au bord du cratère » ("The Brotherhood of the Seven Kings, I: At the Edge of the Crater", in *The Strand Magazine*, janvier 1898) ; réédité in [SDS].
« Le Favori du Derby » ("The Brotherhood of the Seven Kings, II: The Winges Assassin", in *The Strand Magazine*, février 1898).
« Le Talisman de Pitsey Hall » ("The Brotherhood of the Seven Kings, IV: The Luck of Pitsey Hall", in *The Strand Magazine*, avril 1898).
« Vingt degrés Réaumur » ("The Brotherhood of the Seven Kings, V: Twenty Degrees", in *The Strand Magazine*, mai 1898).
« Les Tâches révélatrices » ("The Brotherhood of the Seven Kings, VI: The Star-Shaped Marks", in *The Strand Magazine*, juin 1898).
« Le Collier de fer » ("The Brotherhood of the Seven Kings, VII: The Iron Circlet", in *The Strand Magazine*, juillet 1898).
« Le Mystère du coffre-fort » ("The Brotherhood of the Seven Kings, VIII: The Mystery of the Strong-Room", in *The Strand Magazine*, août 1898).
« Miss Beringer » ("The Brotherhood of the Seven Kings, IX: The Bloodhound", in *The Strand Magazine*, septembre 1898).
« Le Dénouement inattendu » (« The Brotherhood of the Seven Kings, X: The Doom », in *The Strand Magazine*, octobre 1898)

— *Vers l'abîme* (titre original inconnu), traduit par Armor, in *L'Écho de Paris*, du 3 au 28 septembre 1910.
— *Un monde de petites filles* (*A World of Girls. The Story of a School*, Londres : Cassell & Co., 1886), traduit par J. Fix-Masseau, in *Mon Journal*, 1910-1911.
— *L'Œil dans les ténèbres* (première édition), en coll. avec Clifford Halifax,

M.D. (*Stories from the Diary of a Doctor: First Series*, George Newnes, Ltd., 1893; préoriginale in *The Strand Magazine*, juillet 1893 à juin 1894), traduit par H.-J. Magog, Paris : Jules Tallandier, 1911 (traduction incomplète : huit épisodes sur douze).
Sommaire :

« L'Œil dans les ténèbres » ("Stories from the Diary of a Doctor, VII: The Horror at Studley Grange", in *The Strand Magazine*, janvier 1894) ; réédition in *Le Manoir hanté de Crec'h ar Vran et autres histoires fantastiques*, François Ducos éd., Dinan : Terre de brume, 2008 [ODT].

« Une consultation dangereuse » (« Stories from the Diary of a Doctor, III: Very Far West », in *The Strand Magazine*, septembre 1893). Réédition in *Mon copain du dimanche*, du 17 septembre au 8 octobre 1911 [ODT].

« Le Certificat de décès » (« Stories from the Diary of a Doctor, V: A Death Certificate », in *The Strand Magazine*, novembre 1893) [ODT].

« Dix années oubliées » ("Stories from the Diary of a Doctor, VIII: Ten Year Oblivion", in *The Strand Magazine*, février 1894) [ODT].

« L'Hypnotisée » ("Stories from the Diary of a Doctor, II: My Hypnotic Patient", in *The Strand Magazine*, août 1893) [ODT].

« Sans témoins » ("Stories from the Diary of a Doctor, X: Without Witnesses", in *The Strand Magazine*, avril 1894) [ODT].

« Pris au piège » ("Stories from the Diary of a Doctor, XI: Trapped", in *The Strand Magazine*, mai 1894). Réédition in *Mon copain du dimanche*, du 22 octobre au 3 décembre 1911. [ODT]

« L'Héritier de Charterpool » ("Stories from the Diary of a Doctor, IV: The Heir of Charterpool", in *The Strand Magazine*, octobre 1893) [ODT].

— *La Justicière* (*The Soul of Margaret Rand*, Londres : Ward, Lock & Co., 1911), traduit par Lucie & Eve Paul-Margueritte, in *L'Écho de Paris*, du 23 décembre 1911 au 29 janvier 1912.

— « Une affaire de faux », en coll. avec Clifford Halifax, M.D. (« Stories from the Diary of a Doctor: Second Series, VIII: On a Charge of Forgery', », in *The Strand Magazine*, avril 1895), traduit par H.-J. Magog, in *Le Journal*, du 20 au 26 novembre 1911 [SCA].

— *Robina Starling* (*The Little School-Mothers*, Londres : Cassell & Co., 1907), traduction anonyme, Casterman, 1914.

— *Le Secret des quatre* (*Cosey Corner ; or, How They Kept a Farm*, préoriginale in *Little Folks*, 1901; en volume : Edimbourg : W. & R. Chambers, 1901), traduit par Hélène Jean Badin, in *Lisette*, du 8 janvier au 30 avril 1922.

— « Le Gardien de la porte », en coll. avec Robert Eustace ("A Master of Mysteries, II: The Warder of the Door', in *Cassell's Magazine*, juillet 1897), traduit par Clémence Rochat, in *Les Proies de la vampire et autres histoires fantastiques*, François Ducos éd., Dinan : Terre de brume, 2009.

— *Le Secret de la clé anthropométrique et autres nouvelles étranges et mystérieuses*, recueil composé, préfacé et annoté par Jean-Luc Buard, Paris : MiLiRéMi, 2022.
Sommaire :
« La Sorcière du Strand », en coll. avec Robert Eustace (*cf. supra*).
« Les Yeux de terreur » (*cf. supra*).
« Le Laboratoire bleu » [deux versions], en coll. avec Robert Eustace (*cf. supra*).
« Ma première cliente », en coll. avec Clifford Halifax, M.D. (*cf. supra*).
« La Mort encapuchonnée », en coll. avec Clifford Halifax, M.D. (*cf. supra*).
« Dilemme de médecin », en coll. avec Clifford Halifax, M.D. (*cf. supra*).
« Le Secret de la clé anthropométrique », en coll. avec Robert Eustace (*cf. supra*).
« Un homme peut-il disparaître ? », en coll. avec Robert Eustace (*cf. supra*).
« Les Sacs de farine », en coll. avec Clifford Halifax, M.D. (*cf. supra*).
« Une affaire de faux », en coll. avec Clifford Halifax, M.D. (*cf. supra*).
— *La Sorcière du Strand et autres histoires de terreur et de mystère*, en coll. avec Robert Eustace, recueil composé, préfacé et annoté par Jean-Luc Buard, Paris : MiLiRéMi, 2022.
Sommaire :
« La Sorcière du Strand » (*cf. supra*).
« La Croix pourpre » (« The Sorceress of the Strand, II: The Blood-Red Cross », *The Strand Magazine*, novembre 1902), traduit par Robert Clifford.
« Le Visage de l'abbé » (« The Sorceress of the Strand, III: The Face of the Abbot », *The Strand Magazine*, décembre 1902), traduit par Robert Clifford.
« La ville en parle » (« The Sorceress of the Strand, IV: The Talk of the Town', *The Strand Magazine*, janvier 1903), traduit par Robert Clifford.
« La Pierre de sang » [" The Sorceress of the Strand, V: « The Bloodstone », *The Strand Magazine*, février 1903], traduit par Robert Clifford.
« La Mâchoire du loup » [« The Sorceress of the Strand, VI: The Teeth of the Wolf », *The Strand Magazine*, mars 1903], traduit par Robert Clifford.
« La Main morte » [« The Oracle of Maddox Street, I: The Dead Hand », *Pearson's Magazine*, février 1902], traduit par Robert Clifford.
"Les Empreintes digitales » ("The Oracle of Maddox Street, II: Finger Tips", *Pearson's Magazine*, août 1902), traduit par Robert Clifford.
"Un galop d'essai » ("The Oracle of Maddox Street, III: Sir Penn Caryll's Engagement », *Pearson's Magazine*, décembre 1902), traduit par Robert Clifford.

« Une horrible frayeur » (« À Horrible Fright », *The Strand Magazine*, octobre 1894), traduit par Robert Clifford.

« Silencieuse » (« Silenced », *The Strand Magazine*, décembre 1897), traduit par Robert Clifford.

« La Femme à la capuche » (« The Woman with the Hood », *The Weekly Scotsman*, décembre 1897), traduit par Robert Clifford.

« Suivie » (« Followed », *The Strand Magazine*, décembre 1900), traduit par Robert Clifford.

— *L'Œil dans les ténèbres et autres histoires extraites des mémoires d'un médecin*, en coll. avec Clifford Halifax, M.D., recueil composé, préfacé et annoté par Jean-Luc Buard, Paris : MiLiRéMi, 2023.

Sommaire :

« Ma première cliente » (*cf. supra*).

« L'Hypnotisée » (*cf. supra*).

« Une consultation dangereuse » (*cf supra*).

« L'Héritier de Charterpool » (*cf. supra*).

« Le Certificat de décès » (*cf supra*).

« La Mauvaise Prescription » (« Stories from the Diary of a Doctor: First Series, VI: The Wrong Prescription », *The Strand Magazine*, décembre 1893), traduit par Robert Clifford.

« L'Œil dans les ténèbres » (*cf. supra*).

« Dix années oubliées » (*cf. supra*).

« Les Sacs de farine » (*cf. supra*).

« Sans témoins » (*cf. supra*).

« Pris au piège » (*cf. supra*).

« Les Diamants Ponsonby » (« Stories from the Diary of a Doctor: First Series, XII: The Ponsonby Diamonds », *The Strand Magazine*, juin 1894), traduit par Robert Clifford.

— « La Chambre lambrissée », en coll. avec Clifford Halifax, M.D. ("The Adventures of a Man of Science, VI: The Panelled Bedroom', *The Strand Magazine*, décembre 1896), traduit par Jean-Daniel Brèque, in *Wendigo* n° 7, 2024.

D'après "The Grain Ship", Le cargo de l'horreur,
in *Harper's Magazine*, mars 1909, USA.

LE CARGO DE L'HORREUR

par Morgan Robertson

Le nom de Morgan Robertson restera pour toujours associé à la tragédie du Titanic *en avril 1912, non pas en temps qu'une de ses victimes célèbres, mais comme celui de l'homme qui avait écrit quatorze ans auparavant un court roman d'aventures maritimes intitulé* Futility *(1898) où il décrivait un naufrage identique dont était victime un immense et révolutionnaire paquebot anglais, techniquement très proche du* Titanic *et qui s'appelait... le* Titan*! Pour en savoir plus, lire l'article d'Yves Lignon dans notre premier numéro.*

Né en 1861, cet auteur américain fut d'abord officier de marine marchande, tout comme l'avait été son père. Fatigué et ulcéré par les brutalités et la mauvaise ambiance sur les bateaux, il quitta la marine en 1886, après neuf ans de service. Un trajet qui sera un peu plus tard celui de William Hope Hodgson...

De retour dans sa ville natale d'Oswego, dans l'État de New York, Morgan Robertson y ouvre un magasin d'horlogerie. En 1888, il part s'installer à New York, travaillant cette fois dans la confection de bijoux en diamant. Il en profita pour reprendre des cours du soir pour améliorer ses connaissances générales et se maria en 1894. Ce n'est aussi cette année-là que Morgan Robertson publia ses deux premiers textes, deux poèmes. Sa première nouvelle « Extracts from Noah's Log », (donc déjà en quelque sorte une histoire de marine... et qui titillait sur le mode humoristique la conduite de Noé sur son Arche) sortit dans les pages de The Truth Seeker *du 18 mai 1895. Mais ce fut l'année suivante qu'il vendit « The Survival of the Fittest » à* McClure's Magazine, *entrant ainsi dans le monde de la « grande édition » populaire.*

Fin 1896, Morgan Robertson était devenu un auteur à plein temps, ayant vendu déjà une vingtaine d'histoires et plusieurs articles, déjà souvent inspirés par sa connaissance de la mer et de la vie des marins. Très vite, il commença à faire partie des milieux littéraires en vue de New York, à défaut de devenir riche, et à figurer au sommaire des meilleurs magazines et journaux de l'époque. C'est ainsi qu'il devint l'ami d'auteurs vedettes tels que Both Tarkington, Robert W. Chambers, Irvin S. Cobb, Joseph Conrad, John Kendrick Bangs ou Arthur T. Vance, mais aussi de grands rédacteurs en chef comme Robert H. « Bob » Davis.

Ses premiers livres, le recueil Spun Yarn *et le court roman* Futility *, furent publiés en 1898. Dix autres allaient suivre jusqu'à sa mort en 1915, dont seulement deux romans,* Masters of Men *(1901) et* Sinful Peck *(1903). Car Morgan Robertson était avant tout un auteur de nouvelles. Il en écrivit environ 120 au cours de sa carrière, dont ses neuf recueils publiés offrent un excellent aperçu. Vers 1910 sa santé et sa carrière commencèrent à décliner et il fallut l'intervention de ses fidèles amis comme Irving S. Cobb pour que sa femme Alice et lui ne soient pas expulsés de leur appartement new-yorkais en 1913.*

On aurait pu croire que l'affaire du Titanic *fasse celle de Morgan Robertson en propulsant* Futility *sur la liste des best-sellers, mais ce ne fut pas vraiment le cas même si la réimpression en 1914 du court roman sous le titre de* The Wreck of the Titan, *obtint bien plus qu'un succès d'estime et permit au couple de revivre décemment. Ce fut le dernier livre publié du vivant de Morgan Robertson qui fut retrouvé mort dans une chambre de l'hôtel Alamac à Atlantic City, près de New York, le 24 mars 1915. Terrassé sans doute par une crise cardiaque, on le découvrit sans vie, debout, appuyé contre une commode au-dessus de laquelle s'ouvrait une fenêtre donnant sur l'océan que l'ancien marin semblait fixer pour la dernière fois...*

Sans sa « prémonition » du destin du Titanic, *Morgan Robertson ferait partie de la cohorte d'écrivains injustement oubliés. Ce fut pourtant un brillant auteur d'histoires de la mer, des histoires souvent prenantes et maîtrisant parfaitement à la fois le folklore et le côté vécu de l'aventure maritime.*

Cette puissance d'évocation fait que nombre de ses histoires relèvent plus ou moins de l'horreur non fantastique, comme « Le cargo de l'horreur » (1909) présentée ici après, dans notre premier numéro « L'horreur des profondeurs » (1913) une nouvelle, elle, au carrefour de l'horreur, de la SF et de la cryptozoologie.
Morgan Robertson écrivit également des nouvelles appartenant à l'anticipation scientifique ou à la « proto-SF », elles aussi marquées par la thématique de la mer, comme « Beyond the Spectrum » (1909), une « future war story » entre le Japon et les Etats-Unis tournant autour d'une arme mystérieuse et d'une attaque japonaise ayant plus que quelques similitudes avec celle organisée sur Pearl Harbor et d'autres endroits stratégiques en décembre 1941... Enfin, juste avant sa mort, il vit deux de ses histoires adaptées au cinéma muet par la société Vitagraph Company of America.
Mais Morgan Robertson était de ces écrivains qui dépassaient les frontières de la vie ordinaire. C'était un inventeur (bien que jamais reconnue officiellement, sa contribution à l'élaboration du périscope pour les sous-marins semble indéniable) et il apparaît qu'il n'était pas étranger à tout ce qui touchait la métapsychique, le nom d'alors pour la parapsychologie. Certains de ses proches amis ont témoigné qu'il était apparemment convaincu qu'il écrivait sous les conseils d'un « secrétaire invisible », d'une entité désincarnée, histoire qui m'a inspiré, entre autres, pour le scénario de Titanic *, album BD dessiné par Patrick A. Dumas (Soleil, 2009) et dont Morgan Robertson est un des deux héros. Bref, un auteur comme on les aime ici, avec leur part de mystère.*
Pour en savoir plus sur Morgan Robertson, deux livres sont incontournables. Le premier est Morgan Robertson : the man *(1915) un recueil de contributions sur lui réunies juste après sa mort par ses proches amis du milieu littéraire, disponible en téléchargement gratuit sur le net, et le second, presque introuvable, car édité à compte d'auteur aux Etats-Unis, est* The Titan and the Titanic: the life, works and incredible foresight of Morgan Robertson *par John Vess (Pleasant Valley Publishers, Chapmansboro, Tennessee, USA, 1990).*

RDN

Je ne pus m'empêcher d'écouter les échanges à la table adjacente à la mienne, car l'orchestre s'était fait silencieux et la conversation qui s'y tenait allait bon train. C'est alors qu'un propos, se référant à un sujet maritime, m'interpella, et mon attention redoubla. Depuis toujours, j'ai été passionné par ce qui avait trait au domaine de la mer.

Un bref coup d'œil sur le côté me révéla qui était l'orateur : un vieil homme aux cheveux blancs et à la peau tannée par le soleil, en tenue de soirée impeccable. Avec lui, à la table du restaurant, se trouvaient plusieurs hommes vêtus de façon identique, de toute évidence de bonne condition sociale, et dans leurs commentaires et leurs interventions, ces hommes s'adressaient à la personne aux cheveux blancs en lui donnant le titre de Commodore. Un officier de la marine, ai-je alors pensé, et sur le point de prendre sa retraite. Ce que confirmait son discours.

— Oh que oui !, disait-il en tapotant légèrement la table. Un grand cargo en bon état, sans autre problème que ce que l'on pourrait attribuer à de la négligence — comme des voiles décollées ou des cordages détachés de leurs fixations — sans le moindre signe d'incendie, de voie d'eau ou de quoi que ce soit susceptible d'avoir provoqué la désertion de l'équipage ; et avec de la nourriture en abondance dans les magasins et de l'eau en grande quantité dans les citernes. Et pourtant, il était bien là, sous ses huniers et les voiles hautes, à voguer sur la mer de Gascogne, désert, exception faite du pont qui était presque totalement recouvert de rats morts.

— Qu'est-ce qui les a tués, Commodore, demanda l'un d'eux. Et qu'est-il advenu à l'équipage ?

— Nul ne le sait. Cela aurait pu être un gaz toxique provenant de la cargaison, mais si tel était le cas, cela ne nous a pas affectés après avoir abordé le navire. Le journal de bord avait disparu, nous n'avions donc aucune information. De plus, toutes les chaloupes étaient immobilisées par leurs cales ou dans leurs bossoirs. C'était comme si une force mystérieuse était tombée du ciel et avait décimé l'équipage, en plus d'exterminer les rats présents à bord. C'était un navire céréalier de « Frisco », et les cargos transportant des céréales grouillent généralement de rats.

J'étais sous-lieutenant lorsque je l'ai ramené à Queenstown. Ce navire avait été déclaré perdu dans le cadre d'une enquête de l'Amirauté, et il fut plus tard restitué à ses propriétaires légitimes.

Mais à ce jour, personne n'a encore jamais raconté l'histoire de son voyage. Elle est vieille de plus de trente ans, mais elle reste un des mystères encore inexpliqués de la marine.

Le groupe de convives quitta la table un peu plus tard, laissant l'ancien marin que j'étais dans un état d'esprit qui n'avait rien à voir avec l'histoire que le Commodore avait racontée. Un phénomène étrange s'était déclenché chez moi — quelque chose d'indéfini, de subtil et furtif, comme un sentiment de *déjà-vu* qui s'impose à votre esprit lorsqu'une image du passé vous saisit alors que vous savez pertinemment n'en avoir jamais été le témoin. Rien qui ne me concerne moi-même ou le déroulé de mes aventures passées... Je n'avais jamais entendu parler d'un navire abandonné avec tous les chaloupes intactes. C'était quelque chose que je devais avoir entendu à un moment et en un endroit qui ne concernait pas la mer et ses mystères. Cela me perturba et cette nuit-là, j'eus beaucoup de mal à m'endormir en y repensant.

Mais je finis enfin par trouver le sommeil, et je me réveillai le matin suivant avec un souvenir vieux de vingt-cinq ans.

Entre cette soirée dans ce restaurant mondain et les plaines arides de l'Arizona, beaucoup de temps avait coulé et de grands espaces avaient été parcourus par moi, ceci pour en arriver, au fil d'années de travail, de difficultés et de changements de cap, à la condition d'un marin échoué à terre et condamné à se frayer un chemin à cheval et à pied, à travers tout le pays, du Golfe du Mexique au Pacifique. Mais tout m'était revenu dans mon sommeil. À mon réveil, tout en tirant sur ma première pipe, calé dans mon lit, j'ai revécu ma rencontre avec ce vagabond à moitié déséquilibré à qui j'avais offert l'hospitalité dans ma cabane, et qui avait subitement retrouvé ses esprits sous mes yeux...

J'étais alors palefrenier pour un éleveur de bétail, et comme nous étions avant l'apparition des clôtures en fil de fer, mon travail consistait à parcourir quotidiennement les limites de la propriété et à séparer le bétail de l'élevage de celui de son voisin, une exploitation concurrente. C'est vers la fin de la journée, alors que j'étais presque de retour à mon campement, que je l'ai aperçu sur la route, avec ce balancement particulier et caractéristique des épaules et des bras qui trahit toujours un marin de haute mer ; je n'ai donc pas hésité à le saluer à la manière des matelots.

— Eh bien, l'ami, comment vas-tu ? demandai-je, en me penchant sur la selle.

— Dis, mon gars, répondit-il d'une voix à la fois douce et plaintive, tu peux m'dire où trouver de quoi manger par ici, pour un type comme moi ?

— Eh bien, ai-je répondu, oui et non... Tu ne serais pas un matelot, par hasard ?

Seule son allure évidente de marin m'avait interpellé. Son visage, bien que barbu et bronzé, aux traits marqués, était pâle, mais rusé. Il était grand et paraissait robuste — le genre d'homme qui vous impressionne à première vue comme quelqu'un d'habitué à de brusques efforts physiques aussi bien que mentaux. Il grimaça pourtant sous mon regard, même lorsque j'ajoutai :

— Allez, je vais te donner à manger.

Je venais de remarquer une ancre de marine bleue tatouée sur son poignet.

— Viens, l'ami, déclarai-je sur un ton aimable. Tu voyages pour rester en vie, hein ? Promis, je ne te poserai aucune question stupide et ne te demanderai rien de personnel. Mon campement est juste derrière cette colline.

Il marcha à côté de mon cheval, et nous atteignîmes bientôt le camp, une maison en rondins d'une seule pièce, avec un foyer et une cheminée en pisé, une table grossière, et quelques caisses en guise de sièges. Il y avait également un plancher en bois, une nouveauté et un luxe dans le pays à cette époque. Sous ce plancher se trouvait une famille de gros rats que je n'avais pas réussi à éradiquer, et j'avais trouvé plus facile et moins cher de les nourrir que de les voir ronger les réserves de nourriture en mon absence. Ils étaient donc devenus assez apprivoisés et tout en restant à bonne distance, ils me rendaient visite le soir. Je n'avais pas peur d'eux et j'appréciais même parfois leur présence.

Une fois mon cheval attaché, j'ai préparé notre souper, que mon invité ingurgita avec voracité. Après le dîner, je bourrai ma pipe et lui en offris une, qu'il refusa ; il ne fumait pas. J'essayai de discuter avec lui et je le trouvai alors plutôt faible d'esprit. Il ne savait rien des actualités courantes, rien de la mer ou des marins, et il avait même oublié quand cette ancre avait été tatouée sur son poignet. Il pensait qu'elle avait toujours été là. C'était un manœuvre, une sorte de cantonnier, et il ne demandait pas autre chose que de dénicher ce genre de boulot.

Je fus très déçu, car j'espérais un peu plus de convivialité et de camaraderie entre hommes de mer ; je finis ma pipe à la lumière du foyer et commençai à préparer mon lit, lorsqu'un rat en surgit tout à coup, et traversa le plancher pour finir par se placer entre le vagabond et le feu ; puis il se faufila dans un trou du plancher et disparut. Mais ces allées et venues eurent un effet très étrange sur le voyageur… Il s'étouffa, bafouilla, se leva et tituba, pour finir par s'effondrer de tout son long, tête la première, sur le sol.

— Eh-là ! demandais-je, anxieux, quelque chose ne va pas ?

Il se remit sur pied, regarda frénétiquement autour de lui, et demanda, d'une voix grave et cassée qui n'avait plus du tout le même timbre :

— Que s'est-il passé ? J'ai été capturé ? Quel est ce bateau ?

— Nous ne sommes pas du tout sur un bateau. C'est un campement de ranchers !

— Une cabane en rondins, hein ? Il fixait les murs. Je n'en ai jamais vu. J'ai dû perdre les pédales pendant un moment. J'ai été capturé, pour sûr. Mon compagnon a-t-il été retrouvé ? Il était vraiment dans un sale état.

— Écoute, mon vieux, dis-je avec douceur, ou tu es en train de perdre la boule, ou tu l'avais-tu déjà perdue avant…

— Je sais pas. Je suppose que je n'avais plus toute ma tête. Je ne me souviens pas de grand-chose entre ma chute par-dessus bord et jusqu'à maintenant. Quel jour on est ?

— Mardi, répondis-je.

— Mardi ? C'est arrivé un dimanche. T'as participé à mon enlèvement ? Qui a fait ça ?

— Mais non ! Je t'ai trouvé sur la route, complètement hébété. Et tu ne savais plus rien des bateaux ni des marins, même si j'avais bien repéré que t'en étais un à cause de ta démarche.

— C'est vrai, ça. On peut toujours en reconnaître un. T'es marin, je le vois bien, et en plus américain. Mais qu'est-ce que tu fais ici ? On devrait être sur la côte du Portugal, ou celle de l'Espagne.

— Non, on est dans un campement de cow-boys sur la chaîne Crossbar, en plein milieu de l'Arizona.

— L'Arizona ??? À dix mille kilomètres d'ici ! Ça fait combien de temps que je suis dans le cirage ?

— Je ne sais pas. Je ne te connais que depuis le coucher du soleil. Et tu viens juste de te cogner un bon coup le front par terre !

— On est quel jour du mois ?

— Le troisième jour de décembre.

— Enfer et damnation ! Il y a donc six mois… C'est arrivé en juin. Sûr, six mois cela suffit pour parcourir cette distance, mais pourquoi je ne me souviens pas comment je suis arrivé jusqu'ici ? C'est sûrement quelqu'un qui a dû m'y amener.

— Pas forcément. Tu marchais, en faisant gaffe à toi, mais tu étais affamé. Je t'ai amené ici pour te donner à manger et que tu puisses dormir.

— Sympa de ta part….

Il porta inconsciemment sa main à son visage.

— Ma barbe a poussé, on dirait. Voyons de quoi j'ai l'air avec.

Il marcha jusqu'au miroir accroché mur, y jeta un coup d'œil et recula brusquement.

— Mais, ce n'est pas moi ! s'exclama-t-il soudain en regardant autour de lui, les yeux dilatés. C'est quelqu'un d'autre… !

— Regarde encore… lui suggérai-je.

Ce qu'il fit aussitôt, tournant la tête de droite et de gauche, puis il se retourna vers moi.

— Ce doit être moi… déclara-t-il à voix basse, car l'image dans le miroir suit mes mouvements. Mais j'ai changé de visage. Je suis devenu un autre et je ne me reconnais plus moi-même !

— Regarde cette ancre sur ton poignet, lui dis-je alors.

Il baissa son regard.

— Effectivement… Cette partie-là de moi est restée comme avant. J'ai été tatoué lors de mon premier voyage.

Il inspecta ses bras et ses jambes.

J'ai changé… murmura-t-il.

Puis il se frotta les genoux, et promena ses mains sur son corps.

— En quelle année tu disais avoir sauté par-dessus bord ? lui demandai-je.

— C'était en mille huit cent soixante-quinze.

— On est en mille huit cent quatre-vingt-quatre. Mon vieux, tu as perdu la tête pendant neuf ans…

— Neuf ans ? T'es sûr ? Comment tu peux me le prouver ? Par tous les Saints, camarade, réfléchis à ça ! Neuf ans de ma vie envolés… Tu sais pas ce que ça représente pour moi !

Je lui montrais alors un journal fatigué et décoloré.

— Ce journal a environ six mois, lui dis-je, mais c'est un journal de mille huit cent quatre-vingt-quatre.

— En effet, répondit-il avec mélancolie ainsi qu'une certaine fébrilité. T'aurais pas une pipe ? J'ai envie de fumer pour réfléchir à tout ça. Neuf ans, et dix mille kilomètres d'errance ! Où étais-je tout ce temps, je me le demande. Qu'ai-je donc fait pour que mon visage change comme ça, alors que je vivais très bien avec lui ? C'est comme une petite mort, si tu veux mon avis.

Je lui fournis une pipe et du tabac, qu'il fuma vigoureusement, en tremblant d'émotion, tout en reprenant lentement ses esprits. Enfin, il se calma, mais l'envie de fumer l'avait quitté. Il posa la pipe en déclarant que cela le rendait malade. Je ne connaissais rien à la psychologie à l'époque, mais je pense maintenant que, dans sa deuxième personnalité, il avait cessé de fumer.

Je ne l'ai pas interrogé, sachant que je ne pouvais pas l'aider à résoudre son problème, et qu'il devait le faire par lui-même. Il n'a pas fermé l'œil de toute la nuit et m'a tenu éveillé la plupart du temps avec ses soubresauts.

Une fois, je le vis même debout, examinant son visage dans le verre à la lueur d'une allumette ; mais au matin, après avoir réussi à sommeiller un peu plus d'une heure, je le trouvai dehors, regardant le lever du soleil tout en fumant.

— Je m'habitue à mon nouveau visage, me dit-il, et je réapprends à fumer. Il le faut. Rien de mieux qu'une cigarette pour aider un homme à certains moments. Toi, qu'est-ce que tu fais ici ?

— Je cours après les vaches en leur asticotant les côtes…

— C'est difficile à apprendre ?

— Facile pour un marin. Je suis juste en attente de la prochaine paie, ensuite j'irai à « Frisco pour embarquer sur un bateau.

— Et quelqu'un prendra ta place, je suppose. Je travaillerai bien ici pour pouvoir manger, si tu me mettais au parfum pour que je puisse avoir le poste. J'en ai marre de partir en mer…

— Sûr. Il faut juste que j'en informe le patron. D'ailleurs, j'ai même une autre selle de disponible.

Je lui enseignai donc en quelques jours toutes les astuces de cow-boy, et je le trouvai plutôt bon élève… Mais il était souvent abattu et déprimé, et semblait accablé par une terrible expérience ou un souvenir dont il essayait de se débarrasser. Ce n'est que le soir précédant mon départ, alors que je lui avais obtenu le boulot et que nous étions assis à fumer devant le feu de racines de mesquite, qu'il se décida à me mettre dans la confidence. Mon rat familier avait de nouveau montré son nez, et mon gars s'était levé d'un bond, avait reculé puis s'était rassis en tremblant de tous ses membres.

— Hé, c'est grâce à ce rat qui tu es revenu à toi, le premier soir, me risquai-je à lui dire. Les rats ont sûrement quelque chose à voir avec ta vie antérieure, j'en suis certain.

— C'est vrai qu'ils y sont pour quelque chose, répondit-il avec soupir accablé. Je savais pas que t'avais un troupeau de rats ici, par contre.

— Il y en a tout un tas sous le plancher. Mais ils sont inoffensifs. Je trouve même leur compagnie agréable.

— Seigneur, ce n'est pas mon cas ! Je me suis retrouvé en compagnie de milliers de rats lors de ma dernière traversée… T'aimerais connaître les détails de mon histoire ? Ça te fera dresser les cheveux sur la tête.

Je ne demandais pas mieux, et il m'a alors tout raconté, après s'être aussi souvenu qu'il s'appelait Draper. Sa forte personnalité ne l'a jamais lâché du début à la fin de son histoire, si bien que l'effet sur moi a été non seulement de me faire dresser les cheveux sur la tête, mais aussi, parfois, de sembler stopper les battements de mon cœur…

Je le quittai le lendemain matin, et je ne l'ai plus jamais revu ni entendu depuis ; mais il y a de fortes raisons de croire qu'il n'a jamais repris la mer, ni raconté cette histoire dans les milieux maritimes.

Je n'ai pas revu ce vieux Commodore depuis cette soirée au restaurant, je ne me souviens pas du nom du navire, et je n'ai pas pu retrouver les données complètes sur les événements maritimes de l'année mille huit cent soixante-quinze. Je livre donc cette histoire au monde dans cette version, en espérant qu'elle atteindra les bonnes personnes et qu'elle expliquera enfin à ceux que cela intéresse le mystère de ce cargo céréalier retrouvé en bon état, mais abandonné par tous, à l'exception des rats morts.

*

— J'ai embarqué sur ce bateau à Frisco, raconta Draper. C'était un gros cargo à voile qui chargeait du blé à Oakland, et comme le capitaine m'avait offert la place de second adjoint, je suis allé y faire des repérages et je l'ai inspecté. Il me semblait tout à fait en bon état, pour autant qu'on puisse être capable de se faire une opinion sur un navire amarré dans un port — presque neuf, et bien équipé côté agrès et voiles, que les gréeurs avaient détachées et repliées. La livraison de grains était presque achevée, et il n'y avait pas grand-chose de plus à faire pour ce qui était du travail restant. Pourtant, je n'arrivais pas à me décider. Quelque chose m'empêchait de me réjouir de cette opportunité. Et puis, étant allé à Oakland rendre visite à des amis, sur le chemin du retour, longtemps après la tombée de la nuit, je suis alors revenu sur le quai pour l'observer une nouvelle fois. Et j'ai vu ce qu'il fallait pour me rassurer et me décider.

Tu sais aussi bien que moi que les rats abandonnent un navire partant en mer, et leur jugement est toujours juste, bien que personne ne sache pourquoi. Et j'avais compris que si des rats s'engouffraient dans un navire en partance, celui-ci aurait un voyage sûr. Eh bien, c'était ce qui était en train de se passer ! Des rats des quais, de trente bons centimètres de long — des centaines d'entre eux — remontaient le long des chaînes d'amarrage et du câble partant du quai, ainsi que sur les cordages, les garde-fous et la passerelle, tandis que d'autres passaient par-dessus le bastingage, ou encore par les chaumards. L'homme de veille était absent, ou probablement endormi ; donc, tous les rats montés à bord se sont retrouvés dans la soute…

J'ai donc signé le lendemain matin.

Rien de particulier ne se passa à bord du navire, si ce n'est les problèmes habituels liés à l'intégration d'un nouvel équipage, et ce jusqu'à ce que nous nous retrouvions à une distance d'environ soixante-dix kilomètres au sud, lorsque le capitaine remonta un piège à rats dans lequel se trouvait un énorme rat en excellente forme.

C'était un petit homme au caractère paisible, et un combat de rats et de chiens marquait les limites de son tempérament sportif. Et c'est ça qu'il avait en tête. Il avait un petit terrier noir et feu, à peu près de la taille du rat, et il y eut un combat animé sur le pont pendant un certain temps, jusqu'à ce que le rat s'échappe. Il combattit le chien avec acharnement, mais il finit par saisir sa chance et il s'échappa vers le compartiment avant. Je pense qu'il avait retrouvé là le trou par lequel il était passé.

Mais le chien l'avait apparemment mordu une fois, car le rat laissa une trace de sang derrière lui. Quant au chien, au bord d'une crise de rage et de frustration, il mordit le capitaine que celui-ci le souleva. Juste une petite blessure au pouce, mais les dents du chien étaient pointues et du sang avait jailli. Le capitaine lui colla une bonne raclée, et le travail reprit.

Ce chien était un petit compagnon plein d'entrain. Il avait l'habitude de se tenir sur l'épaule du capitaine quand on était en train de naviguer, de manœuvrer le navire ou de manipuler les voiles ; il aboyait, glapissait et grognait après nous, semblant nous donner des ordres à chaque opération comme s'il en connaissait tous les détails. Cela maintenait les hommes de bonne humeur, et nous aimions tous cette petite bête. Mais du moment où il a été mordu par le rat, il commença à se plaindre. Il finit par tomber malade, se traînant sur le pont l'air abattu, refusant toute espèce d'attention, et incapable de rester plus d'une minute au même endroit.

Nous en avions un peu contre le capitaine, qui semblait maintenant honteux et anxieux de se refaire ami-ami avec le chien depuis que la petite morsure dans son pouce avait guéri. Ça a duré comme ça quelques jours, puis on a enfin ouvert les yeux sur ce qui avait vraiment frappé ce chien. Un matin, il se mit à courir comme un dératé tout autour des ponts, la langue pendante, l'écume coulant de sa gueule, le tout en poussant des gémissements et des jappements d'agonie.

— Bon Dieu ! s'exclama le capitaine, ça y est, je commence à comprendre… Il a été mordu à « Frisco ». Ce qui l'a rendu fou, et il m'a mordu à son tour. Que personne ne s'approche de lui ! Et ne le laissez pas venir vers vous !

Je ne remercierai jamais assez le capitaine pour ça. Mordu et condamné lui-même, il avait tout de suite pensé aux autres.

On a réussi à repousser la petite bête jusqu'à ce qu'elle s'écroule, épuisée, et soit secouée de spasmes. On l'a ensuite ramassée avec deux pelles et jetée par-dessus bord. Mais, le capitaine ayant été mordu par ell, ça ne s'est pas arrêté là. Il consulta plusieurs livres de médecine qu'il avait dans sa cabine, mais sans y trouver de réponses. Je l'entendis dire au second qu'il n'y avait rien dans l'armoire à pharmacie pour faire face à une telle urgence.

— En fait, déclara-t-il, avec une certaine inquiétude, même sur la terre ferme, et avec les meilleurs soins médicaux, il n'y a plus d'espoir pour un homme mordu par un chien enragé. La période d'incubation est de dix jours à un an. Je commanderai ce bateau jusqu'à ce que je perde la tête, M. Barnes ; ensuite, pour votre sécurité, vous devrez me tuer. De toute façon, je suis condamné !

On tenta de le rassurer, mais sa décision était prise et rien ne pouvait le faire changer d'avis. On ne pouvait pas dire à l'époque s'il était atteint d'hydrophobie, mais on savait qu'à y réfléchir de plus près, on en pressentait les symptômes. À la lumière des événements qui suivirent, il n'y eut plus aucun doute. Le capitaine tomba malade après le passage du Cap Horn, devenant agité, nerveux, et irritable, et, comme le chien, ne pouvant plus rester longtemps en place ; mais il ne voulait pas admettre que la maladie s'était développée chez lui. Jusqu'à ce que la petite blessure de son pouce s'enflamme et devienne douloureuse, et qu'il ait du mal à boire. Puis il finit par abandonner le combat, mais il fait preuve de courage et de caractère.

— Par principe, je ne suis pas partisan du suicide, nous a-t-il confié à M. Barnes, ainsi qu'à moi-même. Je ne dois donc pas me supprimer. Mais je ne suis pas contre le fait de tuer une bête sauvage qui menacerait la vie d'êtres humains. Je vais devenir cette bête sauvage. Alors, abattez-moi avant que je ne vous blesse…

Mais on ne l'a pas fait. On avait les mêmes scrupules à éliminer un homme malade que lui-même à se suicider. On l'a attaché quand il est devenu violent, et après trois jours d'une effroyable agonie physique et mentale, il est passé de vie à trépas. Nous l'avons inhumé selon les coutumes habituelles, et M. Barnes prit le commandement.

Lui et moi, on a eu ensuite une conversation. Nous étions déjà bien engagés sur le Rio de la Plata, et il voulait se rendre à Montevideo et y contacter les propriétaires pour demander quels étaient leurs ordres. Comme c'était quelqu'un de compétent en matière de navigation, je lui ai suggéré de plutôt poursuivre notre route. Et c'est peut-être là que je me suis trompé.

Il suivit mon conseil, et on était entré dans la zone de calme équiatoriale, quand un homme se présenta à quatre heures de la deuxième veille — minuit, pour ainsi dire — et jura qu'un gros rat l'avait mordu pendant qu'il dormait. Nous lui avons ri au nez, même si son poignet était marqué par quatre petits trous sanglants.

Mais, trois semaines plus tard, cet homme divaguait sur le pont, en proie à des convulsions régulières, la bouche écumante, présentant tous les symptômes qui avaient précédé le décès du capitaine. Il est mort dans la même agonie horrible, et on a alors réalisé qu'en plus du capitaine, le rat mordu par le chien avait été infecté par le virus, et que ce rat avait eu la possibilité de contaminer d'autres rats !

On a donc procédé aux funérailles de l'homme, mais à partir de ce moment-là, on a dormi avec nos bottes, des moufles et la tête recouverte, même sous la chaleur des tropiques. Ça n'a servi à rien. Des rats enragés apparurent bientôt sur le pont, rendus dingues par la douleur, l'écume à la bouche, sans la moindre crainte d'une présence humaine ; au tout début, quelques-uns dès la tombée de la nuit, mais plus tard de plus en plus nombreux, de jour comme de nuit. On les a éliminés comme on le pouvait, mais leur nombre ne cessait d'augmenter. Ils finirent par envahir la cabine et les gaillards d'avant, et on en a même retrouvé dans les rouleaux de corde, en haut des mâts, sur les barres traversières et les mâts doublant. Ils escaladaient partout, dans tous les sens, sur une voile, le long d'une simple corde ou d'une bastaque. Le second et moi, avec le steward, on pouvait fermer les portes de nos chambres et maintenir les rats à l'extérieur jusqu'à ce qu'ils commencent à les ronger. Mais les pauvres bougres qui se trouvaient à l'avant n'avaient pas ce genre de privilège. Les gaillards d'avant, la cuisine et l'atelier de menuiserie étaient des espaces grands ouverts. Les uns après les autres, les hommes se retrouvèrent mordus, qu'ils soient éveillés ou endormis, sur le pont ou dans les cales, debout dans la nuit, ou quand ils attrapaient de la main un hauban ou un pataras ; il leur arrivait alors de toucher quelque chose de souple et velu, puis de sentir la morsure des dents en entendant un couinement qui annonçait leur mort prochaine.

Deux semaines après la mort du premier marin, sept autres étaient tombés malades, et tous présentaient les mêmes symptômes : agitation, volubilité, ainsi qu'une nette tendance à minimiser le danger et à en nier la gravité. Mais le véritable symptôme, qu'ils étaient forcés de reconnaître, était leur incapacité à ingurgiter de l'eau. C'était épouvantable de voir ces pauvres malheureux, titubant les yeux grands ouverts, avec une peur terrible de mourir, s'approcher du tonneau pour boire, pour ensuite tomber en convulsions à la simple vision du liquide. On les a ficelés avec des angles dès que c'est devenu nécessaire, et ils ont fini par mourir, un par un, car c'était impossible de les sauver.

Nous avions continué avec un équipage de vingt matelots, un charpentier, un maître-voilier, un intendant et un cuistot, en plus du second et de moi-même. Huit d'entre eux étaient maintenant morts, et à cause de la fatigue des autres, due au travail supplémentaire et au manque de sommeil, il devenait compliqué de faire fonctionner le navire. Les hommes dans la mâture se déplaçaient lentement, craignant à tout moment la morsure de petites dents acérées. Les voiles d'avant, les cacatois et les voiles d'étai se dérobaient avant que les hommes puissent se hisser pour les enrouler. Le matériel qui s'était dégradé restait sans maintenance, car un équipage en proie à la panique ne peut être contraint ni intimidé. N'importe lequel des hommes aurait préféré se faire assommer par le second ou moi-même, plutôt que d'aller dans la mâture la nuit.

On est sortis de la zone de calme dans les temps, mais à ce moment-là, six autres membres de l'équipage, y compris le cuisinier, avaient été infectés, et les choses se présentaient mal. J'ai alors fortement suggéré au second de faire escale à St-Louis du Sénégal, ou dans un autre port de la côte africaine, d'y débarquer l'équipage et d'attendre jusqu'à ce que le dernier rat ait été mordu par un de ses congénères et qu'il soit mort ; mais il refusa de le faire.

Débarquer les hommes, déclara-t-il, signifiait les perdre, et il faudrait attendre qu'un autre équipage soit envoyé par l'armateur. Ce serait une pure perte de temps, d'argent et de perspectives pour lui. Je ne pouvais que me résigner, même si le dernier point ne concernait que lui. Je n'étais pas navigateur, et je ne prétendais à être nommé un jour à un poste de commandement.

On a donc tenu bon, esquivant les hommes fous lorsque la maladie détraquait leur cerveau, les assommant et les ligotant quand cela devenait nécessaire, pour les regarder mourir sur place comme autant de chiens enragés. Et pendant tout ce temps, le nombre de rats qui cherchaient la lumière et l'air sur le pont ne cessa d'augmenter. On portait maintenant des cabillots glissés dans nos bottes, prêts à écraser avec un rat trop proche ; mais pour ce qui était de les tuer tous de cette façon, c'était peine perdue. Ils étaient trop nombreux, et se déplaçaient trop vite.

Avant que les six hommes soient morts, d'autres avaient été mordus, et un d'eux avait même goûté des dents d'un compagnon malade… Le terrible combat se poursuivit ; on n'avait plus maintenant que sept simples matelot, et le charpentier et le maître voilier durent abandonner leur travail pour monter la garde, tandis que l'intendant cessa d'en être un pour faire la cuisine pour ceux qui étaient encore à bord du navire.

Le timonier m'avait entendu me disputer avec le second au sujet de la nécessité de rallier un port et, misant sur mon soutien, il avait convaincu les autres membres de l'équipage d'abonder dans mon sens. Pouvez-vous imaginer ce que ressent un officier confronté à une mutinerie ? Peu importe la nature de la contestation, il doit mettre un terme à la mutinerie ! Donc, quand les hommes se sont rapprochés, ils me retrouvèrent aux côtés du second, tous deux fermement résolus à en découdre avec eux. Mais c'était du bluff, et on les a fait reculer face aux canons de nos fusils en leur promettant de les libérer de tout travail, sauf, évidemment, de la gestion des voiles, s'ils acceptaient de mener le navire jusqu'à Queenstown.

Ils acceptèrent, car ils ne pouvaient pas faire autrement, et la mutinerie fut circonscrite. Mais ma conscience me tracassa plus tard, car si je les avais rejoints, des vies auraient pu être sauvées. Même si le second était un grand et courageux Irlando-Américain, largement plus massif que moi, il n'aurait pas pu tenir avec l'équipage derrière moi. Mais, tu vois, ça aurait été une mutinerie, et mutinerie s'écrit avec un grand « M » pour un homme qui sait ce qu'est la loi.

Avant que nous n'ayons atteint le golfe de Gascogne, tous les hommes, y compris le charpentier, le maître-voilier et l'intendant, avaient été mordus, par un rat fou ou par un type enragé, et étaient plus ou moins en route vers les convulsions et une mort prochaine.

Les ponts, les bastingages et les gréements, les hauts des mâts, les croisillons et les vergues grouillaient de rats qui se déplaçaient au hasard, se mordaient les uns les autres et continuaient à laisser échapper de l'écume de leur petite gueule en couinant de douleur. On n'avait désormais plus l'intention de nous occuper du navire. Le second et moi, on se relayait à la barre en gardant l'œil sur une voile qui pourrait surgir.

Car, chose curieuse à propos de ce périple, c'est qu'à partir du moment où nous avons passé les Farallones, au large de « Frisco », nous n'avons croisé aucun navire au cours de ces quatre longs mois de navigation. Une fois de temps en temps, la fumée d'un bateau à vapeur apparaissait à l'horizon, ou encore une tache qui pouvait être une voile pendant une heure ou deux, mais rien ne sembla vouloir se rapprocher de nous.

Le second et moi, on a commencé à nous quereller. On était équipés de pistolets pour parer à une éventuelle attaque d'un matelot enragé, mais il y avait de bonnes chances qu'on finisse par les utiliser l'un contre l'autre. Je reprochais au second de ne pas avoir fait escale à Saint-Louis, et lui, en retour, me rendait responsable de lui avoir conseillé de ne pas faire escale à Montevideo.

Ce n'était pas une argumentation équilibrée, car le premier matelot n'avait pas encore été mordu au moment de ma recommandation. Mais il en résulta une mauvaise atmosphère entre nous deux. On avait pourtant réussi à garder notre calme et repoussé les hommes enragés jusqu'à ce qu'ils succombent l'un après l'autre ;

à chaque fois, la roue bloquée et le navire naviguant tout seul, poussé par le vent, on avait jeté les corps par-dessus bord. Plus de service funèbre désormais ; on était devenus des sauvages.

— Et voilà… déclara le second, alors que le dernier corps partait en flottant à l'arrière du bateau, c'est terminé. Prenez la barre. Je vais me coucher.

— Faites attention, rétorquai-je sur un ton peu rassurant, que ce ne soit pas là votre dernier sommeil.

— Que voulez-vous dire ? demanda-t-il, en me regardant de travers. Vous frapperiez un homme endormi ?

— Pas du tout ! Mais les rats, eux, mordent les hommes endormis, répondis-je. Et comprenez-moi bien, M. Barnes, je préfère vous voir en vie plutôt que mort, afin d'assurer ma propre sauvegarde. Avec nous deux vivants, et dont l'un est éveillé, on peut repérer et faire signe à un navire qui passe. Si un est mort et que l'autre dort, alors on rate le navire… Je vais faire le guet.

— Ah, c'est tout ? Eh bien, si vous en avez fini, allez donc faire le guet !

Il était toujours aussi désagréable. Il descendit se coucher, et je tins le gouvernail, tout en scrutant attentivement les alentours, car je savais que, dans le golfe, il y avait de grandes chances que quelque chose se manifeste. Mais rien n'apparut, et avant qu'une heure ne se soit écoulée, M. Barnes était debout, suçant son poignet, tout en me regardant bizarrement.

— Mon Dieu, Draper… Je suis foutu ! J'ai éliminé le rat, mais c'est lui qui me tuera.

— Eh bien, M. Barnes, dis-je alors qu'il s'approchait de moi, J'en suis désolé pour vous ; mais on fait quoi ?— Ce que je choisirai si j'étais à votre place ?— Une balle dans la tête ?

— Non, non !

Il suçait furieusement son poignet, où étaient apparus quatre petits points rouges.

— Eh bien, je vais vous dire, Barnes, continuai-je. Vous avez manifesté de l'agressivité envers moi, et ça risque de remonter quand vous serez en plein délire. Je ne vais pas vous tirer dessus, sauf si vous me menacez ; ensuite, à moins que je ne sois moi-même trop atteint pour le faire, oui, je vous abattrai. Pas en légitime défense, mais par miséricorde.

— Alors, et vous ? répliqua-t-il. Vous... vous... vous allez vivre et prendre le commandement du navire ?

— Non, ai-je répondu vivement. Je suis incapable de le commander. Je n'ai pas de brevet. Je veux juste vivre, c'est tout.

Il me quitta sans dire un mot et s'éloigna. Des rats grimpèrent le long de ses vêtements, cherchant à atteindre sa gorge, mais il les repoussa d'un revers de la main et se dirigea vers l'avant de la cabine, avant de revenir tout à coup vers moi.

— Draper, déclara-t-il alors d'une voix cassée, Je vais mourir. Je le sais. Je le sais mieux que chacun des hommes du bord. Et ça représente bien plus pour moi que pour eux.

— Non, vous avez tort. La vie était aussi agréable pour eux que pour vous ou que pour le capitaine.

— Mais j'ai un brevet de Capitaine ! Tout ce que je voulais, c'était d'avoir ma chance, et je croyais la tenir enfin. Draper, si j'avais conduit ce cargo à bon port, je serais devenu un héros et j'aurais enfin décroché mon commandement.

— Une façon simpliste de voir les choses, vous ne trouvez pas ? répliquai-je, tout en manœuvrant la barre et en chassant les rats qui grouillaient à mes pieds. Un héros avec un bilan de vingt-quatre morts... Vers le Rio de la Plata, je n'avais pas encore réalisé l'horreur de notre situation. Mais au large de Saint-Louis, j'en ai pris conscience et je vous ai prévenu. Vous avez refusé d'en tenir compte, pour devenir un héros. Eh bien, voyez-vous, je suis désolé pour vous, mais sans plus.

Soudain, un énorme rat surgit de la timonerie, remonta sur mon uniforme. Il réussit à atteindre ma poitrine avant que je ne l'assomme avec mon poing.

— Vous voyez, Barnes, le rat ne savait pas ce qu'il faisait, et je ne l'ai pas tué. Mais vous, si. Donc, autant vous dire que je n'hésiterai pas à vous tirer une balle dans la tête si vous vous approchez trop près de moi. Ce ne sera pas un meurtre ni un homicide involontaire. Seulement un geste de pitié ; mais pour le moment, je ne le fais pas. Vous me comprenez ?

— Oh, mon Dieu ! s'écria-t-il, en partant en courant.

Il se dirigea vers le fronton de la dunette du navire, puis revint subitement vers moi.

— Vous avez votre arme sur vous, Draper ? Tuez-moi maintenant, liquidez-moi, et finissons-en. Je suis foutu et condamné. Je n'ai plus rien à espérer.

Je refusais ; et pourtant, si j'avais anticipé l'agonie mentale que cet homme allait subir pendant les quelques jours qui suivirent, pour atteindre son sommet avec les premiers symptômes physiques d'agitation, de fièvre et de soif, j'aurais accédé à sa requête. Il savait qu'il était condamné. Il devint fou bien avant l'arrivée des symptômes physiques, même si la maladie progressait rapidement en lui. Le troisième jour, il se mit à divaguer au sujet d'une femme aux yeux noirs qui tenait une confiserie à Boston, et qui avait promis de l'épouser lorsqu'il décrocherait un commandement.

Je sortis un flacon de bromure de l'armoire à pharmacie, et incitai Barnes à en absorber une forte dose. Il en but l'équivalent d'une demi-tasse à thé, et s'endormit en moins d'une heure. Puis, chaussé de bottes et de mitaines, avec un sac à linge de marin sur la tête, je grimpai dans la mâture et m'attachai dans les barres du mât d'artimon, où je dormis environ six heures, ce dont j'avais grand besoin. Barnes était encore plus mal en point lorsque je redescendis ; trois autres rats l'avaient mordu, déclara-t-il, et il me supplia de l'abattre. Il ne lui était jamais venu à l'esprit de le faire lui-même, et je n'avais aucune envie de le lui suggérer.

— Draper, dit-il à la fin, je vais mourir, et je le sais. Maintenant, si vous en réchappez, vous arriverez à Boston un jour ou l'autre. Voulez-vous prendre le tramway sur Boston Road, et au numéro 24 de Middlesex Place, entrer et dire deux mots à cette femme ? Elle se nomme Kate. Dites-lui que nous étions compagnons de bord, et que je vous ai demandé de passer la voir. Dites-lui qu'elle a toujours été dans mes pensées et que je ne voulais pas mourir pour venir la rejoindre. Dites-le-lui, vous voulez bien, Draper ?

— Barnes, je vous le promets, lui dis-je. Je chercherai cette femme ou je lui écrirai dès que je serai à terre. Je lui raconterai tout. Maintenant, allez vous allonger !

Mais il était incapable de se reposer, et alors que j'avais dû retourner dormir dans les haubans, je m'aperçus, à mon réveil, que Barnes m'y avait suivi et qu'il avait réussi, d'une manière ou d'une autre, à s'emparer de l'arme que je gardais dans ma poche. J'ai su qu'il l'avait prise à la façon démente dont il ricanait lorsque je redescendis de mon perchoir.

Je me précipitai dans la cabine pour y récupérer un pistolet ou un fusil, mais il m'avait devancé. Lorsque je suis remonté, il se tenait près de la barre — la barre, comme tout le reste, était maintenant dans un état lamentable — et il y avait une lueur démente dans ses yeux qui ne présageait rien de bon pour moi.

— T'allais me tuer, hein ? éructa-t-il. Eh bien, fais une croix là-dessus ! Et puis t'iras pas voir non plus cette femme sur Boston Road ! Je te tiens, espèce de chien. Tu retireras aucun mérite des conseils que tu m'avais donné et que j'avais consignés dans le journal.

Il fila alors dans la cabine et en revint avec le journal de bord du navire, dont il avait la charge, ainsi que le journal officiel du capitaine. Je ne sais pas ce qui y était consigné, mais il les jeta par-dessus bord.

— Adieu ton brillant palmarès ! s'exclama-t-il.

Il fonça vers moi en courant, les yeux enflammés, mais je ne bougeai pas. Il n'utilisa pas son arme, mais il leva ses poings, et je lui ai fait face. J'étais habitué à cette technique de combat. Cependant, je suis rapidement tombé sous ses plaquages et ses coups de poing. Je me rendis vite compte que j'étais face à un homme plus grand, plus lourd, plus fort que moi, et que je ne pouvais pas espérer avoir le dessus. Je ne suis pas un gamin, comme tu peux le voir, mais Barnes était un géant, et un combattant habile.

Je m'éloignai et me tins à l'écart de lui. Je voulus trouver une ruse, mais le dément m'en empêcha ; toute son intelligence s'était évanouie. Il me regardait comme un chat qui guette une souris, sinon j'aurais pu lui asséner un coup d'anspect sur la tête et mettre fin à ses ennuis, ainsi qu'à la plupart de mes problèmes. Ça aurait été un jeu d'enfant, mais l'occasion ne se présenta pas. Il me suivait partout, prêt à bondir sur moi au premier geste de ma part.

J'ai passé la nuit à lui échapper, alors qu'il me suivait constamment du regard sur le pont, et à faire tomber les rats qui grimpaient sur mes jambes. Je ne me risquai pas à me réfugier dans le gréement, car sans mon sac, j'aurais été bien plus en danger que sur le pont, et à cet endroit, il aurait pu me sauter dessus. Mais le jour suivant, il eut sa première convulsion, qui le transforma en épave. Alors qu'il était étendu sur le pont, haletant et étouffant, avec des rats tout aussi mal en point qui rampaient sur lui et le mordaient là où ils sentaient la chair, je réussis à me procurer un peu de nourriture dans la réserve de l'intendant. Ce qui me revigora et me redonna des forces. Je sortis, résolu à le ligoter, mais j'arrivai trop tard. Il était déjà sur pied, sa faiblesse passée et plus fou que jamais, et, bien que très diminué, il était encore en mesure de me maîtriser.

Le navire tanguait dangereusement dans les creux de la mer de Gascogne, ce qui — et peu importe le vent dominant — se traduisait par des remous violents et sans répit provoqués par des forces contraires. Les voiles supérieures s'étaient détachées, ou bien pendaient dans les cordages. Certaines des entretoises étaient à la dérive et les vergues n'étaient plus fixées. Le navire, avec l'aide des voiles d'avant, conservait toute sa portance et traçait sa route, dirigé par un équipage de rats enragés, un second déséquilibré et un officier exténué. Je savais que j'étais à moitié fou, car j'avais une idée fixe et insistante qui ne voulait pas s'effacer de mon esprit : celle d'une maîtresse d'école qui m'avait fouetté durant mon enfance. Je le méritais, mais… Seigneur, comme je la haïssais à présent !

Je craignais le second. Il me lorgnait sans cesse sur le pont, me lançait des regards assassins tout en se parlant à lui-même. Je le redoutais plus que les rats, car, eux, je parvenais au moins à les écarter. Je ne pouvais pas me soustraire à sa vue à lui, mais je me suis débrouillé pour saisir une bouée de sauvetage accrochée au bastingage, en passant devant elle. J'ai glissé ma tête dedans, et il n'a pas semblé s'apercevoir de la manœuvre. J'étais résolu, en dernier recours, à sauter à la mer avec cette faible protection contre la noyade, la faim ou la soif, plutôt que de prendre le risque d'une autre attaque de ce dément, ou d'une morsure de rat. Ces derniers se comptaient maintenant par milliers. Le pont en était recouvert par endroits, et ici et là, les cordages étaient devenus aussi épais qu'un tuyau de poêle.

Tout resta tranquille pendant ce dernier jour à bord. Le second se mit à me suivre partout, tout en parlant aux rats ainsi qu'à lui-même, y compris quand ils le mordaient, et moi, je me contentai de me mettre systématiquement à l'écart et de me débarrasser des rats qui grimpaient sur mes jambes. J'étais mort de fatigue à force d'être debout depuis si longtemps, et dans un mélange de pur désespoir et d'amour de la vie, j'espérai qu'une autre convulsion du second me donnerait un peu de répit. En attendant que cet instant arrive, je me tins hors de sa portée, en ayant un fort pressentiment qu'il était loin de remettre ça, côté convulsions…

À un moment donné, il me rattrapa sur le pont du gaillard avant et se précipita vers moi, à moitié dingue par son infection, mais rendu carrément dément du fait de son état mental. Il n'y avait pas d'autre issue pour moi que de tenter de m'en tirer par les haubans, ce que j'ai fait, tandis qu'il me poursuivait. Je suis passé par le beaupré, puis par les ralingues de foc et à la fin, je me suis lancé dans l'espoir d'atteindre la martingale de grand foc et de me glisser le long de celle-ci jusqu'aux cordages inférieurs.

Je réussis à y parvenir, mais le second dégringola vers moi, culbutant et s'agrippant comme il pouvait, et il me bloqua juste sur l'arrière de la civadière. Son visage était déformé par la rage, rugissant et grognant comme un chien, et poussant de temps en temps un horrible couinement de rat. Mais il ne me mordit pas ; il m'enserra juste entre ses deux bras, et dans le mouvement, il perdit pied sur le cordage et tomba, m'entraînant avec lui dans sa chute. On a heurté ensemble la surface de l'eau, et là l'étau de ses bras s'est immédiatement relâché, car il se retrouvait face à quelque chose de bien trop insoutenable pour lui — le bruit, la vue et le contact avec l'eau froide. Une fois remontés à la surface, on s'est retrouvés séparés par le taille-mer de l'étrave, et je l'ai plus revu, même si j'ai entendu ses gargouillis et ses hurlements convulsifs en provenance de l'autre côté du navire. Puis il y eut le silence, et je compris qu'il avait dû se noyer, mais j'étais trop occupé pour me poser trop de questions là-dessus.

J'essayais d'agripper avec mes ongles le côté lisse et noir de la coque qui me frôlait, mais je ne trouvai aucune prise. Il n'y avait rien que je puisse saisir, et pas un cordage ne pendait au-dessus de moi, auquel j'aurais pu me raccrocher. J'ai alors pensé au safran et à la pièce de fer à laquelle s'attachaient les chaînes du gouvernail, et j'ai nagé de toutes mes forces le long du navire à mesure qu'il avançait. Mais rien à faire ! La bouée de sauvetage entravait mes mouvements, et je manquai le gouvernail de quelques centimètres.

Le navire continua sur sa lancée et je me suis retrouvé seul sur la mer. J'ai du mal à me rappeler de la suite. Je pense que mon âme a dû lentement me quitter, me transformant en une autre personne. Je me souviens cependant de quelques impressions — et il me semble que c'était il y a à peine une semaine de ça — notamment une, celle d'être seul à la surface de la mer, la nuit, avec pour unique soutien la bouée de sauvetage.

Ensuite, j'ai eu soudain le sentiment d'être de retour parmi les rats, mais c'était juste au moment où j'ai repris connaissance sur ton plancher. La sensation suivante a été de te voir et d'entendre ta voix qui me parlait. C'est là que j'ai enfin compris que j'étais vraiment en vie et que j'étais revenu à terre…

— Et la femme de Boston Road ? lui demandai-je, à la fin de son récit.

— Je lui écrirai comme je l'avais promis à Barnes. Mais je n'irai surtout pas là-bas. *Boston est trop près de la mer !*

Titre original : « *The Grain Ship* »
Traduit par Eric M'Gaides

BIBLIOGRAPHIE FRANÇAISE DE MORGAN ROBERTSON

— *Le naufrage du* Titan*, ou la futilité* (*Futility,* M. S. Manfield & Co., 1898, USA), roman d'aventures maritimes « prémonitoire » à propos du naufrage du *Titanic*. Presses de Valmy, 1999. Réédité en 2000 par Corsaire Éditions sous le titre de *Le naufrage du* Titan et dans une autre traduction.
— « L'horreur des profondeurs » (« From the darkness and the dephts », *New Story Magazine*, janvier 1913, USA), in *Wendigo* #1, 2010.
— « Le cargo de l'horreur » ("The Grain Ship", in *Harper's Magazine*, mars 1909, USA), in *Wendigo* n° 7, 2024.

LE DÉMON DU JEU

par Leroy Yerxa

*Leroy Arnold Yerxa (1915-1946) fut l'un des auteurs les plus prolifiques des magazines de chez Ziff-Davis. Sa première nouvelle, « Death Rides at Night », parut dans le numéro d'août 1942 d'*Amazing Stories. *Au cours des quatre années qui suivirent, jusqu'à sa mort prématurée, au début 1946 (il souffrait d'une très importante hyper-tension), il vendit plus de 70 nouvelles et romans de SF et de Fantastique à Ray Palmer, le rédacteur en chef d'*Amazing Stories *et de* Fantastic Adventures. *Nombre d'entre eux furent publiés jusqu'à trois ans après sa mort. On dit qu'il aurait même rédigé à lui seul un numéro complet de* Fantastic Adventures *(on parle de celui de décembre 1943). Le seul concurrent de Leroy Yerxa pour une si courte période d'activité reste sans doute David Wright O'Brien, décédé au combat fin 1944 après être entré en 1940 dans l'écurie de Palmer et avoir livré plus d'une centaine d'histoires.*

Les auteurs de Palmer étaient si prolifiques qu'il leur fallait adopter des pseudonymes, personnels ou collectifs. C'est ainsi que Leroy Yerxa signa aussi Lee Francis, Elroy Arno (pseudonyme utilisé pour la nouvelle qui suit), Henry Gade, Frank Patton, Morris J. Steele, G. H. Irwin, Richard Casey et Alexander Blade.

Leroy Yerxa était marié à France Yerxa (née Ferris, 1917–2019), elle-même auteur pour les pulps. Celle-ci se remaria en 1948 avec l'éditeur William L. Hamling et occupa des postes de rédaction dans certains des magazines publiés par lui.

Avec une telle production couvrant plus ou moins tous les types de SF et de Fantastique, l'œuvre de Leroy Yerxa est très inégale, mais mérite qu'on lui accorde de l'intérêt pour en tirer le bon grain de l'ivraie, comme c'est le cas ici. À seulement 31 ans, Leroy Yerxa a connu une mort qui semble taillée sur mesure pour un auteur de pulps : terrassé par une crise cardiaque, alors qu'il était devant sa machine à écrire.

RDN

Ross Chaney hésitait, la pièce de cinquante cents toujours entre ses doigts. Sa main se mit à trembler. Plissant les paupières, il dévisageait le *croupier* au visage sombre. Il sentait la chair de poule qui remontait sur sa nuque.

— Répétez voir ça, dit-il.

Sa voix n'était pas très assurée.

Le visage du *croupier* demeura inexpressif.

— Si vous ne gagnez pas, monsieur, votre corps devient ma propriété.

Sa voix était froide et impersonnelle.

La signification sembla lentement s'imprimer dans le cerveau de Chaney, qui pâlit.

— Vous voulez dire que, si je gagne, je remporte cinquante mille billets pour mes cinquante misérables cents. Mais que si je perds, je…

— Vous pariez votre vie, monsieur, pour ainsi dire. Si vous perdez, vous ne posséderez plus votre corps.

La salle à l'éclairage tamisée, au tapis épais, était silencieuse. Une demi-douzaine d'hommes bien habillés formait un groupe dans le dos de Chaney.

Soudain, Chaney comprit qu'ils essayaient de le ridiculiser. Lui, Ross Chaney, le camarade pauvre, invité au Millionnaire Club pour jouer le rôle du pigeon. Il se tourna vers eux, les yeux lançant des éclairs.

— Écoutez donc, c'est quoi, ce genre de blague ? Vous m'avez parrainé pour devenir membre. Si ce gars se croit drôle, je n'aime pas ça.

Il ne vit que des visages sérieux, dénués de sourires. Cela n'avait pas l'air d'une blague pour eux.

—Ward, implora Chaney. Que diable signifie tout ça ?

Ward Talmud sortit du groupe et fit face à un Chaney dérouté. Talmud était un petit homme trapu et bien nourri, au triple menton et au visage pâle et moite. Il tenta de sourire. Il posa une main réconfortante sur l'épaule de Chaney.

— Je suis désolé, Ross, dit-il. Mais tout est régulier. Tu as insisté pour que je te conduise ici. Maintenant, tu sais pourquoi le Millionnaire Club existe.

Ross Chaney déglutit.

— Tu veux dire que, *c'est de là* que venait l'argent. L'argent que toi et les autres… ?

Talmud acquiesça.

— Il y avait autrefois un casino dans ce bâtiment, dit-il nerveusement. Nous avons repris les lieux quand ils ont fermé. La loi les avait rattrapés. Au début, nous l'appelions le Club Local des Ploucs. Ensuite (il désigna de la tête le *croupier*), il s'est installé.

« Ross, je ne t'ai pas dit d'aller dans le salon de la roulette. En général, nous commençons en douceur avec les nouveaux membres. Tu n'es pas obligé de jouer. Les enjeux sont si élevés que la plupart d'entre nous se sentent forcés de prendre le risque.

— Mais *lui*, comme tu dis. Chaney se tourna pour dévisager le *croupier*. À quoi joue-t-il ? D'où vient-il ?

Talmud frissonna.

— Demande-toi qui disposerait de tout l'argent dont il a besoin ? Qui forcerait des hommes à vendre leurs âmes sur un tour de roulette ? Tu as une réponse…

Chaney secoua la tête.

— Je suis désolé, dit-il. Mais c'est trop fantastique ! Pourquoi ne pas *le* fuir comme la peste ?

Le *croupier* lâcha un petit ricanement plein d'amertume.

— Parce que nous sommes humains, fit Talmud. Montre-moi un homme qui ne risquerait pas tout pour cinquante pour cent de chances de faire fortune.

Ross Chaney ne voulait pas croire ce que disait Talmud. Que le type derrière la roulette n'était pas humain. Il regarda le joueur et l'homme lui répondit par un rictus, un pli mauvais écartant ses lèvres. Il s'inclina légèrement comme pour dire :

— *Je suis Satan, monsieur, à votre service.*

Chaney lança un bref regard à Talmud :

— Vous autres avez donc eu de la chance, dit-il.

Talmud hocha la tête.

— Tous, sauf deux. Il frissonna. Bill Towers et Shorty Walker ont parié sur la mauvaise couleur. Ils ont… disparu. Peut-être ont-ils juste quitté la ville, s'empressa-t-il d'ajouter.

Chaney regarda à nouveau le *croupier.*

— Vous pariez votre vie, monsieur. Cela sera-t-il le rouge ou le noir ?

Chaney grimaça un sourire.

— Avez-vous jamais été fauché et sans travail ? Avez-vous jamais essayé de vous insérer dans un groupe qui claque en une semaine plus de pognon que vous n'en avez jamais vu ?

Le *croupier* ne lui répondit pas directement.

— Qu'en pensez-*vous*, monsieur ? demanda-t-il en désignant la roulette.

Chaney poussa un juron. La plupart d'entre eux étaient des chanceux. Ils devaient leurs fortunes à un tour de cette roulette. C'était peut-être une plaisanterie. Peut-être accueillaient-ils ainsi tous les nouveaux venus.

Ward Talmud l'avait amené ici ? Alors, bon sang de bon sang, Chaney allait lui montrer de quel bois il se chauffait !

Il lança sur la table la pièce de cinquante cents. Elle tournoya, roula sur une trentaine de centimètres et tomba sur Noir 22.

— Prenez votre livre de chair, dit-il à voix basse. Le *croupier* gloussa de rire. Il se pencha et fit tourner la roulette. Puis il libéra une bille en ivoire au bord de la roue et elle se mit à cliqueter et à rouler rapidement.

Chaney fixait la roulette. C'était comme regarder quelqu'un d'autre en train de gagner ou perdre. Il ne pouvait croire que c'était véritablement lui qui était concerné. La roulette ralentit. Il sentait l'haleine chaude des hommes qui se rapprochaient derrière lui. Les yeux du *croupier* n'étaient pas fixés sur la roulette. Ils étaient brûlants, rivés sur le visage de Chaney. Qui n'était plus excité. Il était glacé jusqu'aux os. Il n'éprouvait aucune émotion. Ses bras et ses jambes semblaient séparés de son corps.

— Doux Jésus, chuchota Talmud. Noir 22. ICI

C'était vrai. La bille s'était non seulement arrêtée sur le noir, mais s'était arrêtée sur le nombre exact qu'il avait choisi ! Même Chaney savait bien qu'un tel coup de chance arrivait rarement à un homme.

Il se redressa. Il oublia alors que sa vie avait été en jeu. Les autres formaient désormais une barrière entre lui et le *croupier*. Il était heureux, et il leva les yeux. Le regard du *croupier* était plein de ruse. Comme deux braises rouges.

Il poussa une liasse d'argent vers Chaney, qui la ramassa et la fourra dans sa poche. À cet instant, ses yeux se posèrent à nouveau sur la table de roulette.

Dieu sait comment, le temps qu'ils détournent le regard, la bille d'ivoire avait rebondi, de Noir 22 à Rouge 34 !

Il devait y remédier avant que le *croupier* ne découvre le changement de nombre.

Chaney simula un geste maladroit avec son rouleau d'argent, et un billet de cinquante dollars tomba comme une feuille morte sur le sol. Chaney se pencha alors, heurta la table et la boule fut déplacée de quelques nombres.

— Quel avare ! fit Talmud sans humour.

Chaney parvint à ramasser le billet de cinquante. Les doigts tremblants, il le lança au *croupier.*

— Utilisez-le pour allumer vos feux, si jamais vous en allumez toujours…

— C'est un peu démodé, fit l'autre en souriant. J'espère vous revoir souvent, M. Chaney.

Chaney parvint à sourire de nouveau.

— Je vous verrai en enfer, dit-il, et pas avant longtemps, je l'espère.

Il se tourna et suivit ses compagnons au bar. Le rouleau de billets dans sa poche lui conférant une sensation de réconfort et de pouvoir. Car Ross Chaney avait désormais des projets.

*

Chaney s'adossa à son siège et posa les deux pieds sur le bureau. Il regarda son jeune frère d'un air amusé.

— Je te le dis, Johnny, cette vie de play-boy n'est quand même pas si mal, non ?

Johnny Chaney baissa les yeux vers lui, debout et raide de l'autre côté du bureau. Johnny tenait sa casquette à la main. Son visage était presque aussi rouge que sa tignasse mal peignée. Johnny tenait une station-service dans le Quartier Sud et pompait plus d'essence que tout autre employé qui travaillait pour la compagnie. Il touchait trente-cinq billets par semaine et était diablement fier de les gagner honnêtement.

— Mais Ross, protesta-t-il. Tu te trompes complètement. Je ne sais pas d'où vient l'argent et ce n'est pas mon affaire. C'est ce bureau… Et tu prends tes distances. Maman veut que tu viennes à la maison.

Ross Chaney eut un petit rire. Il se pencha, ouvrit un coffret sur son bureau et sortit deux Havanes. Il en passa un à Johnny, qui le prit mécaniquement et le glissa dans son bleu de travail.

— Tu n'es pas un mauvais gamin, Johnny, dit Ross. Peut-être puis-je te montrer comment ramasser un peu de ce pognon. Tu veux mettre la main dessus ?

Les bonnes intentions de Johnny firent le grand plongeon. Il était venu à l'origine, en tant que membre responsable de la famille, pour implorer un frère qui, selon Maman, avait « mal tourné ». Les yeux de Johnny se mirent à briller. Il regarda autour de lui la grande salle et le riche bois sombre du mobilier.

— C'est pas un coup tordu ?

Ross secoua la tête, imitant la voix geignarde de Johnny :

— *Non... c'est pas un coup tordu.*

Un instant, il resta sérieux, puis sourit en se disant à quel point il serait facile de rendre la famille riche, il reprit :

— Avec moi pour t'accompagner, comme porte-bonheur, tu ne peux pas perdre.

— Mais faut avoir de l'argent pour faire de l'argent, dit Johnny. C'est la première règle !

— Dans ce cas, il te faut cinquante cents pour gagner cinquante mille billets, rétorqua sèchement Ross. Ça y est, tu saisis ?

Johnny pensait à toute l'essence qu'il avait dû servir pour économiser juste mille balles.

— Mais… comment, diable… ?

— La roulette, s'empressa de répondre Ross. Un simple tour à la table de roulette…

Il se leva. Il n'était pas sûr de ce que ferait le gamin s'il avait connaissance des enjeux réels. Mieux valait ne rien lui dire avant que tout ne fût terminé.

Ross Chaney, lui, était sûr d'une chose : il avait affronté la table de roulette deux fois déjà, et il avait gagné. La seconde fois, il avait gagné à la régulière. Johnny ne pouvait pas perdre s'il restait sous l'aile de Ross.

— Que dirait Maman de ça, à ton avis ? demanda Johnny. Elle se mettrait en colère si je jouais pour de l'argent.

Ross fronça les sourcils.

— Tu es dingue, dit-il. Une chance de gagner cinquante mille billets, et tu fais ta sainte nitouche ?

Johnny eut l'air inquiet.

— T'es sûr que je n'prends vraiment aucun risque ?

Ross secoua la tête.

— Tu pourrais perdre cinquante cents, dit-il d'un ton sarcastique. Comment peux-tu perdre plus ?

Johnny grimaça un sourire.

— J'imagine que non, avoua-t-il. Bon sang, Ross, t'es un gars épatant !

— Bien sûr que oui, reconnut Ross. Allons-y, gamin !

*

Johnny joua deux tours de la roulette. Il quitta son travail et acheta une chaîne de station-service dans le Quartier Ouest. Il se lassa de la lugubre maison pauvrement meublée du quartier sud, déménagea et loua un joli domicile sur l'Avenue Ashland. Johnny était devenu prospère. Il tenterait sans doute un autre tour à la table de roulette, puis s'arrêterait. Trop d'argent, ce n'était pas bon pour un homme.

*

Le petit homme en haillon, un bandeau noir sur un œil, arrêta Ross Chaney qui sortait sur Millionnaire Club. Ross riait fort et agitait un billet de cinq dollars enflammé devant ses camarades. À l'œil du petit homme au bandeau, ils paraissaient à moitié ivres, et donc proies faciles. Il se plia, gémit et s'avança d'un pas traînant au centre du groupe.

— Une petite pièce pour manger un peu, gémit-il. Juste une petite pièce, messieurs. C'est pas beaucoup pour des messieurs comme vous.

Ross Chaney porta le billet de cinq enflammé à son cigare, aspira profondément la fumée et jeta le billet en feu sur le trottoir. Pour la première fois, l'homme au bandeau parut s'apercevoir que Chaney brûlait de *l'argent*. Il fixa les cendres du billet.

— Mon Dieu, monsieur… Il dévisagea Chaney. Vous êtes cinglé, voilà tout.

Chaney lâcha un petit rire. Il venait de réaliser son dixième tour de roulette. Personne ne pouvait plus l'arrêter.

— Donne quelques billets au clochard, Chaney, dit Ward Talmud. Tu as encore touché le gros lot cette nuit.

Ross Chaney toisa le loqueteux au visage pincé.

— Quel est ton nom, l'ami ?

Tout son argent avait en quelque sorte conféré à Chaney un rictus permanent. Il essayait de le cacher, mais était forcé de regarder de haut les pauvres cloches qui n'avaient pas beaucoup à dépenser. Chaney menait la grande vie et personne ne pouvait plus le faire tomber. Il était devenu si éminent que nul ne pouvait l'atteindre.

— Peter Squab, dit Bandeau sur l'Œil.

Chaney prit un air sérieux.

— Eh bien, Pete, dit-il. Tu viens avec moi, et je te fais gagner une fortune.

Peter Squab le regarda, dubitatif.

— Vous vous moquez de moi, monsieur. Vous n'avez pas le droit de…

Il s'interrompit. À l'expression de ceux qui l'entouraient, Peter Squab comprit qu'on ne se moquait pas de lui, du moins pas comme on pourrait se l'imaginer. Il resta parfaitement immobile, l'œil rivé sur Chaney, qui attendait.

— Tu as eu de la chance avec ton frère, Ross, dit Talmud. Peter Squab n'avait aucun moyen de savoir de quoi parlait le petit homme dodu.

— J'ai toujours de la chance, Ward, fit Chaney. Et puis sinon, quelle différence ça ferait ? Ce ne serait pas une grande perte.

Il regarda le clochard et ne vit qu'un inutile sac d'os frissonnant.

— Eh bien ? s'écria-t-il. Fortune ou pas fortune, que décides-tu ?

Squab tenta de sourire.

— Je prendrai tout ce que vous avez à donner, monsieur, dit-il. Montrez-moi le chemin.

La foule s'écarta et Chaney retourna dans l'entrée faiblement éclairée du club. Peter Squab ôta son chapeau, lissa ses cheveux d'une main calleuse et le suivit. La lumière l'aveugla.

— Diantre… C'est bien du genre à Chaney de la faire durer, dit alors Talmud. Je n'ai jamais vu une telle chance. S'il ne trébuche pas bientôt, je sens que je vais moi-même tenter à nouveau la roulette…

Ils restèrent en groupe soudé, juste devant la porte. Le froid se fit plus intense. Quinze minutes s'écoulèrent. Talmud ne cessait de regarder sa montre.

— J'ai l'impression que…

— Non, attends, dit quelqu'un. Bon Dieu, Ward, ils sortent, tous les deux.

Talmud pivota sur lui-même. Ils étaient bien là.

Chaney marchait en tête, son visage affichant un large sourire satisfait. Traînant dans son sillage, Peter Squab tenait l'argent à deux mains, le contemplant d'un air incrédule. Chaney sortit dans la nuit, tenant la porte pour Squab qui ne faisait plus attention à rien. Il regarda Talmud en gloussant.

— Et un autre citoyen riche, grâce à moi… dit-il.

Peter Squab avait oublié que les autres existaient. Il resta près de la porte, appuyé au bâtiment pour s'abriter du vent. Les doigts tremblants, il tentait de compter sa liasse d'argent. À un moment, un billet tomba au sol comme une feuille morte et Squab se jeta dessus, marmonnant dans sa barbe.

Il leva le regard et les surprit qui le dévisageaient. Peter Squab se crispa.

— C'est à moi, dit-il. Mon argent, compris ? Vous n'aurez rien !

Talmud gloussa.

— On dirait que tout cela a ébranlé le vieux pou. Quelqu'un ferait peut-être bien de lui montrer comment tout cacher, pour que ses bons potes ne le lui prennent pas.

Squab serra la liasse contre lui.

— Personne ne prend rien, gronda-t-il. N'approchez pas de moi et allez au diable !

Il recula pour s'éloigner d'eux. Une fois à bonne distance du groupe, il se retourna et se mit à courir. Le vent était froid, mais il ne le sentait pas.

Cette nuit, il allait retourner dans l'asile de nuit d'où ils l'avaient viré la nuit passée.

Cette nuit, ils *ne pouvaient pas* le jeter dehors. Personne ne pourrait plus le jeter à la rue. S'ils essayaient, il achèterait toute cette fichue baraque. Les flics avaient intérêt à laisser Peter Squab tranquille. S'ils le jetaient en taule, il irait voir le maire et il achèterait cette maudite force de police !

Tandis qu'il courait, Peter Squab sentait de plus en plus le pouvoir que lui donnait l'argent… Il ralentit, gonfla la poitrine et se mit à marcher, lentement. Il n'aurait plus jamais besoin de courir.

Il pénétra dans un restaurant ouvert toute la nuit et s'assit à une table près de la fenêtre. Quand la serveuse apporta le menu, elle le regarda d'un air de dégoût.

— Pas de mendiants, dit-elle.

Peter Squab sortit un billet de cinquante dollars. Il le retira de son rouleau et le poussa vers elle.

— Commencez en haut. Il désigna le menu. Je vous dirai quand arrêter !

Il regarda par la fenêtre. Un clochard se tenait nez collé à la vitre, regardant Peter avec avidité. Peter se détourna, son visage arborant une expression pincée de dégoût.

*

Mary Howard tournait le dos à la porte, observant Chaney qui descendait de la luxueuse voiture et remontait l'allée. Mary ne pouvait voir qui c'était dans l'obscurité. Elle avait vu la voiture arriver et ajusté sa chevelure soigneusement teinte en blonde. Elle se leva doucement et la balancelle du porche qui gémit parce qu'elle venait de la quitter. Elle examina la paire de pantoufles usées et le trou de sa robe au niveau de genou.

Sans doute un politicien venu voir Papa, sinon elle aurait le temps de courir se changer. Ross passa sous le lampadaire du trottoir et elle vit son visage. Elle se retourna et se rua à l'intérieur, tout en hurlant :

— Maman… Pour l'amour de Dieu, c'est Ross Chaney ! Il vient de se garer. Fais-le attendre pendant que je change de tenue.

Maman Howard rappela à Ross Chaney, quand ils s'assirent sur la balancelle du porche, que Mary était plus jolie que jamais et qu'elle s'était terriblement inquiétée pour lui.

— Tu n'es pas passé depuis des semaines.

Maman avait entendu dire que Ross avait fait fortune et elle vit qu'il portait des vêtements qui affichaient « la classe » à un demi-pâté de maisons à la ronde.

— J'étais occupé, dit Ross. Je me suis fait un peu d'argent depuis notre dernière rencontre. Est-ce que Mary sort la nuit ?

— Elle est folle de toi, Ross. Elle n'a pas vu un homme depuis des semaines.

C'était un mensonge et Maman le savait. Elle était sûre de ce que Mary aurait répondu, et elle l'avait dit. Toutes deux étaient de parfaite connivence pour ce qui était de séparer Ross Chaney de son argent.

Ross fut satisfait. Ils restèrent assis en silence pendant quelques minutes. Puis, au bruit de la porte, il leva les yeux.

— Ross, chéri.

Il se leva rapidement et Mary vint dans ses bras. Il lui sembla à cet instant que Mary était aussi fraîche et parfaite qu'une rose. Sans soupçonner que cette suggestion d'une roseraie venait directement du magasin Woolworth le plus proche.

— Ross, où étais-tu passé ?

Il la regardait en la tenant à bout de bras.

— Une grosse affaire m'a retenu, dit-il. J'avais presque oublié à quel point tu es épatante !

Elle espérait qu'il ne pouvait pas lire dans ses pensées. Elle ne lui paraîtrait peut-être plus aussi épatante si un des autres garçons faisait une apparition. Mary Howard n'était pas du genre à laisser l'herbe pousser sous ses pieds. Après tout, l'argent était le plus important, même si elle n'aimait pas la façon dont Ross Chaney redressait la tête et affichait de grands airs.

— J'espérais que tu viendrais à la maison, dit-elle puis, pour la première fois, parut remarquer le puissant coupé garé contre le trottoir.

— Ross, ce n'est pas ta voiture.

— Bien sûr que si, dit-il. Pourquoi ne pas l'essayer ? J'ai quelques idées en tête…

Mary le regarda pudiquement, puis se tourna vers sa mère.

— Ça ne te dérange pas, Maman ? Juste un petit moment ?

Maman Howard tenta de prendre un air soucieux.

— J'imagine que non, dit-elle finalement. Pas avec Ross, voyons…

*

La soirée mena donc au seul havre que connaissait Ross Chaney. Elle se termina à la table de roulette, et Mary Howard rentra chez elle plus riche de cinquante mille dollars.

Cette nuit-là, Ross Chaney perdit la dernière chose à laquelle il avait toujours tenu. Car, malgré le chaud baiser que Mary Howard échangea avec lui sur le porche, la fille ne pensait plus vraiment à lui, mais à l'argent, et à la façon dont elle et Maman allaient s'installer dans un appartement de Beverly Hills.

— Tu as été vraiment adorable, dit-elle, levant la tête pour regarder Ross dans les yeux. Il y avait un drôle de bonhomme à la table de roulette. Il a eu l'air furieux quand j'ai gagné tout cet argent. Comment quelqu'un peut-il avoir une chance pareille ?

— Seulement les gens que je connais, s'empressa-t-il de répondre. C'est ma chance qui t'a fait gagner.

Elle lui pressa le bras, espérant qu'il allait bientôt partir.

— J'aimerais encore essayer un autre soir, dit-elle d'une voix excitée. Merci, Ross, de me laisser garder tout l'argent.

— Bien sûr, dit-il. Bon… je crois que je devrais y aller. Puis-je te voir demain soir ?

Elle l'embrassa encore, chaleureusement cette fois. Après tout, une fille peut donner un baiser ou deux pour cinquante mille billets.

— Bien sûr, fit-elle d'un ton léger. Demain soir, et tous les autres soirs.

Elle se demandait si l'on pouvait acheter une maison et emménager le même jour. Sinon, elle et Maman prendraient une jolie chambre d'hôtel en centre-ville. Ce serait amusant. Au diable Ross Chaney ! Il ne pourrait pas la trouver, une fois qu'elle serait partie.

— Bonne nuit, dit-il, avant de descendre l'allée. Elle le regarda monter dans sa voiture. Il sifflotait fièrement.

— Crétin… fit-elle à voix basse, et elle se tourna vers la porte. Bon Dieu, mais il est dingue. Quand je retournerai dans cette maison de jeux, ce ne sera sûrement pas avec lui !

*

Ross Chaney hésita, la pièce de cinquante cents entre les doigts. Pour la première fois en un an, ses doigts se mirent à trembler. Il fixa les paupières plissées du croupier au visage sombre. Il sentit la chair de poule remonter sur sa nuque.

— Répétez voir ça, dit-il.

Sa voix manquait de fermeté.

— Je disais que certains de vos amis sont venus aujourd'hui. Ils n'ont pas eu autant de chance que vous.

Un silence de mort régnait dans la salle. Personne n'était entré avec Ross. Ils n'osaient plus entrer. Chacun redoutait qu'il ne revînt pas. Ils le regardaient comme s'il était un fantôme, parce qu'il était toujours revenu, devenant plus dominateur et sûr de lui après chaque victoire.

— Vous ne pouvez pas me faire peur, dit-il.

Mais il avait peur. Il voulait demander qui était venu. Qui avait été malchanceux.

— Votre frère était ici, dit le croupier.

Son frère… Johnny !

— Il… n'a pas… perdu ?

Le croupier lui décocha un regard mauvais.

— La fille était là aussi. Celle que vous appeliez Mary. Peter Squab était là également.

Chaney se pencha au-dessus de la roulette.

— Vous êtes un sacré idiot, dit-il. Vous n'arriverez pas à me déstabiliser de cette manière. Ils ne seraient pas tous venus le même jour. Ils ne pouvaient pas tous perdre en même temps.

— L'argent est puissant, dit le croupier. Les gens ne peuvent y renoncer, même s'ils savent qu'il leur brûlera les doigts.

Chaney grimaça un sourire en coin.

— C'était entièrement de leur faute, dit-il. Mary était une bonne à rien, tout juste différente de Squab en matière de bon à rien.

— Johnny lui n'était pas un bon à rien, répondit le croupier. C'était un bon gamin. Vous les avez tous amenés ici.

— Écoutez-moi bien ! cria soudain Chaney. Vous la fermez ! Ils n'avaient pas à revenir. Ils avaient assez de fric !

Le croupier sourit.

— Vous, vous continuez à revenir, dit-il. Vous reviendriez même si vous saviez que vous ne pouviez pas gagner. Et c'était par votre faute que les autres sont venus.

Chaney retrouvait à présent tout son calme. Il s'était convaincu qu'il détestait Mary. Quelle différence cela faisait-il pour Peter Squab ? Quant à Johnny, eh bien, le gamin avait pu profiter de beaucoup de plaisirs de la vie pendant un temps…

— Vous ne pouvez pas me battre, dit-il. Vous vous souvenez du numéro qui m'a fait gagner la première fois ?

Le croupier hocha très légèrement la tête.

Chaney fit tomber la pièce sur Noir 22.

— C'est mon numéro porte-bonheur, dit-il, et il s'appuya contre son dossier tandis que la roulette tournoyait.

— Vous avez été une entreprise très profitable pour nous, dit le croupier.

Il fit tomber la bille ivoire sur la roue. Chaney ne leva pas les yeux. Il était sur ses gardes. Sa voix était rauque de peur quand il demanda :

— Que voulez-vous dire ?

Le croupier rit. La bille tournait toujours rapidement.

— Je veux parler de la manière dont vous avez été notre agent.

Chaney redressa vivement la tête.

— Quoi ? Je ne saisis pas…

La roulette cessa de tourner. La bille était bien immobilisée sur Noir 21. Chaney poussa un soupir. Il avait encore réussi.

— Pas tout à fait à la hauteur de mon premier coup de chance, dit-il. Mais… tant que c'est le noir, je ne peux pas me plaindre. Voyons, cela fait un million cette fois, n'est-ce pas ?

Le croupier croisa les mains sur sa poitrine et ne proposa pas de payer.

— Je pense qu'il est temps que nous cessions la plaisanterie, n'est-ce pas ? dit-il.

Chaney se pencha, s'efforçant de prendre un air dur. Il sentait ses genoux faiblir. Il n'osait pas se lever.

— Je… ne saisis pas, répéta-t-il. Cette fois, ce n'était guère plus qu'un murmure.

La transpiration perlait sur son visage. Ses mains étaient froides et moites.

Le croupier grimaça un sourire maléfique.

— Je pense que si, dit-il. Vous avez fait plus que votre part pour nous aider. Vous avez fait don des âmes de trois personnes que nous n'aurions jamais pu atteindre sans votre aide. Il est temps de ne plus tenter, vous, de nous échapper…

Chaney ne prononça pas un mot. Ses mains serraient le bord de la table.

— Vous ne pensiez pas vraiment que nous étions assez puérils pour commettre cette erreur la première nuit, pas vrai ?

Ross Chaney se souvint soudain la nuit où il avait pour la première fois battu la roulette. La nuit où il avait bousculé la table de roulette, envoyant la bille glisser loin du Rouge 34 pour sauver sa vie.

Il tenta de parler pour se défendre, mais quand il ouvrit la bouche aucun son ne sortit. La salle était désormais plus obscure, et le visage du croupier paraissait plus long, et d'une teinte jaune maladive.

— Vous nous avez beaucoup aidés, Chaney, dit le croupier. Et pendant tout ce temps, vous avez tenté de nous prendre pour des pigeons.

Chaney pensait à Mary Howard, à Peter Squab, et à Johnny. Il pensait au peu de bien, et surtout tout le mal, qu'il avait fait avec ce pognon.

— Et tout ce temps-là, vous étiez le pigeon, Ross Chaney, dit le croupier. Regardez autour de vous, Chaney, et voyez ce que cela vous a apporté.

La voix était dure et pleine d'une haine à l'état brut. Chaney se tourna lentement vers l'emplacement où s'était trouvée la porte. Ses yeux s'écarquillèrent et ses poings se serrèrent. Les muscles de sa gorge furent pris de mouvements convulsifs, et un hurlement horrifié s'échappa de ses lèvres sèches.

Titre original : « *You Bet Your Life* »
Traduit par Martine Blond

BIBLIOGRAPHIE FRANÇAISE DE LEROY YERXA

— « Terreur sur la ligne » (« Terror on the Phone », in *Amazing Stories*, septembre 1947, USA), in *Wendigo* n° 6, 2021).
— « Le démon du jeu » (« You Bet Your Life », sous le pseudonyme d'Elroy Arno, in *Fantastic Adventures*, mai 1948, USA), in *Wendigo* n° 7, 2024.

POURQUOI ADHÉRER A L'ODS

En plus de rassembler toute une « faune de l'espace » passionnée de littératures de l'imaginaire, science-fiction, fantastique, fantasy, etc. et tant de chercheurs érudits des univers de l'étrange, l'ODS est une association active qui organise ou coordonne de nombreux événements dans les domaines qui nous intéressent.

C'est un fait que l'activité de publication de fanzines qui était son expression principale à ses débuts a dû être transférée vers notre maison d'édition, EODS, faute de lecteurs assidus dans un secteur qui s'est peu à peu reporté vers le web. Certaines revues ont disparu, d'autres sont nées à cette occasion. Force est de nous adapter au potentiel du lectorat d'aujourd'hui, et nous voilà au XXIe siècle !

Toutefois, tout en nous adaptant, nous tenons, à l'ODS, à préserver cette convivialité qui fut toujours la première motivation de notre existence associative. C'est pourquoi nous poursuivons avant tout l'organisation de rencontres, conférences, congrès, dîners thématiques et autres missions scientifiques autour des thèmes qui nous sont chers. Participer à ces nombreuses activités, les organiser ou permettre à certains invités de venir y présenter leurs travaux, voilà aujourd'hui la vocation de l'ODS. Ainsi, tout au long de l'année, vous êtes conviés à nous rejoindre lors de dîners informels, comme celui du Nouvel Eon en janvier, et toutes sortes de rencontres à thèmes intitulées « on the spot », selon le calendrier de la venue d'auteurs en région parisienne, ainsi qu'à des colloques de haute teneur dont ceux organisés à Rennes-le-Château (ARTBS) ou à Paris comme le Congrès Fortéen, les journées Heuvelmans ou Jacques Bergier, etc, mais aussi à nous rendre visite sur les stands des nombreuses conventions auxquels nous participons.

L'organisation de ces événements et la participation de l'association à ceux organisés par d'autres sont aujourd'hui devenus notre activité principale, car c'est ce qui fait vivre notre univers littéraire et préserve ce caractère unique qui nous plaît. Si certains supports de lecture disparaissent petit à petit au profit de medias plus modernes – du fanzine au webzine, des listes de discussions aux réseaux sociaux, etc. – il reste que nous sommes tous attachés aux livres originaux au format papier, non seulement à l'objet que l'on peut aujourd'hui commander en trois clics, mais surtout à ce qui va autour, c'est-à-dire les rencontres, les discussions, le partage et les possibles collaborations qui s'improvisent au gré des initiatives de nos membres les plus passionnés et, bien entendu, au plaisir de lire !

La participation de chacun à cette fourmillante activité littéraire et autour de la littérature se coordonne le plus simplement possible par le moyen de notre association, et c'est la raison d'être de l'ODS. En y adhérant, et surtout en participant par votre présence et votre concours à ces rencontres, ainsi qu'à la naissance et la réalisation de nouveaux projets, vous nous aidez à prolonger la vie de notre multivers littéraire. Bienvenue à tous et merci pour votre présence !

Emmanuel Thibault, membre du Conseil de AODS.

LES ÉDITIONS DE L'ŒIL DU SPHINX

SARL au capital de 15.245 €

R.C.S. Paris B 432 025 864 (2000 B11249)

36-42 rue de la Villette

75019 PARIS

Mail ods@oeildusphinx.com

http://www.œildusphinx.com

Tél 09.75.32.33.55

Fax 01.42.01.05.38

Toutes nos parutions sont sur :

http://boutique.oeildusphinx.com

Achevé d'imprimer en mai 2024

par KDP Publishing

Dépôt légal : mai 2024

LES ÉDITIONS DE L'ŒIL DU SPHINX
36-42 rue de la Villette
75019 PARIS
FRANCE

www.ingramcontent.com/pod-product-compliance
Lightning Source LLC
LaVergne TN
LVHW052029170826
845678LV00018B/2192

* 9 7 8 2 3 8 0 1 4 0 8 7 3 *